UNA SOMBRA DE SOSPECHA

Planeta Internacional

NATHAN OATES

UNA SOMBRA DE SOSPECHA

Planeta

Titulo original: *A Flaw in the Design*

Traducido por: Luis Ham
Diseño de portada: © Planeta Arte & Diseño / Diego Medrano

Bajo el sello editorial PLANETA M.R.
Avenida Presidente Masarik núm. 111,
Piso 2, Polanco V Sección, Miguel Hidalgo
C.P. 11560, Ciudad de México
www.planetadelibros.com.mx

Primera edición en formato epub: septiembre de 2023
ISBN: 978-607-39-0598-5

Primera edición impresa en México: septiembre de 2023
ISBN: 978-607-39-0506-0

Impreso en los talleres de Litográfica Ingramex, S.A. de C.V.
Centeno núm. 162-1, colonia Granjas Esmeralda, Ciudad de México
Impreso y hecho en México – *Printed and made in Mexico*

1

Enero, 2018

Todavía tenía tiempo para darse media vuelta, marcharse y pretender que Matthew no había llegado. En la zona de reclamo de equipaje, una pantalla indicaba que el vuelo de Nueva York había aterrizado. Puerta 3. En cualquier momento descenderían los pasajeros por la escalera eléctrica frente a él. Por ahora, él podría irse. Podría escapar antes de que su sobrino lo viera. Urdir alguna excusa que contarle a Molly: «El vuelo se canceló; no está contestando las llamadas. ¿Qué extraño, no? Bueno, quizá mañana». Después de todo, él era el tutor legal del niño, y lo buscarían. O el chico llegaría por su cuenta a la casa y eso sería peor, porque entonces sabría cuánto miedo le tenía Gil. Cuánto odio. No estaba bien pensar de esa manera. Debía detenerse, aunque no podía hacerlo.

Una multitud dispersa bajó por las escaleras, apurando su paso por la terminal casi vacía para hacerse de un lugar frente a la cinta transportadora. Era demasiado tarde: ahí estaba Matthew, vistiendo un abrigo corto y negro, demasiado ligero para el invierno de Vermont, con una camisa blanca y brillante debajo, con su peinado de lado, sonriendo de forma burlona a través de esa curvatura mínima en sus labios, lo suficientemente reconocible para provocar aversión en Gil.

Sabía que el muchacho se vería distinto después de todo este tiempo, pero no estaba preparado para esto. Antes era un niño escuálido, ahora medía más de uno ochenta, algunos centímetros más que Gil. Matthew dio unos pasos para esquivar a un viejo que recogía su abrigo y su maleta de ruedas y, de pronto, su cara fue llenándose de molestia y aburrimiento; como si todo esto fuera rutinario, como si fuera un joven empresario al que habían mandado de la ciudad a la provincia para revisar una inversión.

Gil lo saludó con la mano, y mientras Matthew levantaba la barbilla para saludar de vuelta, recordó a su hermana Sharon, quien estaba muerta y le había dejado a su hijo.

—Bueno, hola, bienvenido —dijo Gil mientras abría sus brazos, pero el chico retrocedió, como si desconociera ese gesto o al hombre detrás de él—. ¿Qué tal el vuelo?

—¿El vuelo? —preguntó Matthew, observando seriamente los kioscos de *check-in*, los puestos vacíos para rentar coches, la nieve soplando en estelas sobre el asfalto de fuera, su tío bobo con su chamarra negra y sus torpes botas de invierno—. Supongo que fue como la mayoría de los vuelos. Bien, en tanto que no lo recuerdo.

—Perfecto —dijo Gil—. ¿Tienes maletas? —Señaló a la multitud que esperaba con desaliento la inmóvil cinta gris.

—No. Todo listo —dijo Matthew, tirando de su equipaje de mano.

¿Debía Gil ofrecerse para cargar su equipaje? Aunque la mochila era pequeña y fácil de llevar, como si el chico fuera a quedarse sólo un fin de semana. Matthew entrecerró los ojos con indiferencia, sabiendo que debía esperar a ser guiado, aunque la dinámica que lo subordinaba a Gil era, claramente, un agravio de la justicia, dadas sus verdaderas posiciones en la vida. O tal vez Gil sólo estaba siendo un imbécil. Quizá Matthew estaba distante porque se sentía incómodo: viviría con su tío, a quien no había visto en años. Tal vez eso explicaba la sonrisa forzada. Esperaba que Gil, el adulto, tomara las riendas.

—Me estacioné acá, justo afuera —indicó Gil, girando hacia unas puertas de vidrio que contenían sus reflejos borrosos y rotos por la nieve amontonada en la banqueta; los destellantes faros de los coches que pasaban bien podrían haber sido un retrato de Nueva York: un indigente (Gil) pidiendo dinero a un joven e irritado banquero (Matthew).

—Quizás quieras subirte el cierre. Hace bastante frío —dijo Gil.

—Creo que sobreviviré —respondió Matthew, mientras los paneles de cristal se abrían y el viento helado penetraba la terminal.

Gil reconoció en Matthew un destello de Sharon mientras esperaban que un taxi atravesara el cruce peatonal: el chico tenía el perfil de su hermana; el arco elevado de sus mejillas, sonrojadas ahora por el frío, sus ojos gris-azulados. Le gustara o no, Matthew era su familia, su único sobrino, así que debía tratar de ver la situación como el chico seguro lo hacía: una camioneta sucia estacionada en la banqueta; la zona para recoger pasajeros por lo demás vacía; una patrulla aparcada al otro lado, que despedía una hebra de humo por el tubo de escape; las luces afiladas en la fría ráfaga que atravesaba su abrigo, y un aeropuerto de provincia en el norte helado y despoblado, a donde había sido mandado a vivir con extraños.

Gil había arruinado la bienvenida, pero podía hacerlo mejor. Todos ellos, Molly, las chicas, todos podían hacer que este muchacho se sintiera cobijado tras lo que había sufrido. Aunque Gil no pudo evitar darse cuenta, mientras señalaba el camino hacia el Chevy, que Matthew no parecía en absoluto acongojado. Se mostraba enfadado o desconcertado, pero no triste o destrozado, como cualquier niño estaría tras perder a ambos padres hace menos de un mes.

Un accidente en Sixth Avenue. Su deportivo había sido casi aplanado por un camión de transporte robado. El conductor había huido, fugándose hacia el metro. En ese momento, Matthew se había quedado huérfano con apenas diecisiete. A todas luces, un adulto, pero no a los ojos de la ley; por eso estaba aquí, en Vermont, al menos hasta que cumpliera dieciocho en el verano y luego, unas semanas después, partiera a la universidad.

Gil, Molly y las chicas habían volado a Nueva York para el funeral compartido y para hacer los trámites con los que Matthew estaría bajo su tutela. Se quedaron en el departamento de Sharon en el Upper East Side —diciembre en Nueva York, un enorme árbol de Navidad en la sala, decorado como si lo hubiera hecho un profesional: copos plateados, delicadas esferas de vidrio y luces blancas— pero, para su sorpresa, Matthew no había estado ahí, ni cuando llegaron ni en ningún otro momento. El abogado de la familia les explicó que Matthew se estaría quedando con amigos, ya que era lo más cómodo para él ante las difíciles circunstancias. El mismo abogado fue quien llamó tras el accidente de Sharon para informarles que, de acuerdo al testamento, eran ahora los tutores legales del niño. Antes de que Gil y Molly tuvieran a sus hijas, cuando aún vivían en Brooklyn, Sharon les había pedido ser los padrinos del niño. Habían asistido al bautizo en la iglesia de la Trinidad, cerca de Wall Street, habían sostenido en brazos al bebé que no paró de llorar, pero tras el quiebre casi total entre las familias, Gil había asumido que su hermana designaría como tutor a alguien más, a alguna amistad de su mundo, o quizás a los padres de Niles, quienes se habían retirado a Edimburgo, Escocia. Sin embargo, no fue de esta manera. Si había sido un descuido, algo en lo que su hermana dejó de pensar una vez que Matthew empezó a crecer, o un gesto de conexión familiar, Gil no tenía idea. Molly estaba segura de que esto último era más probable. La gente como Niles y Sharon, gente con dinero y recursos de verdad, no escribían un testamento para luego dejarlo desatendido. Si Molly estaba en lo correcto —y claro que lo estaba—, Sharon les había confiado a su único hijo, incluso después de toda la amargura y aspereza de los últimos seis años.

Asumieron que Matthew asistiría al funeral, el cual había estado repleto de personas de su escuela privada y del banco de inversionistas de Niles. Los hombres altos y con el pelo cuidadosamente corto para esconder su calvicie, o con peinados caros que parecían improbables a su edad, estrechaban la mano con rigidez, con su cabeza echada hacia atrás, como recordando algún detalle inconveniente que Niles les había contado sobre su cuñado. Era escritor, ¿cierto? ¿Profesor? ¿Que no vivían en el bosque? ¿Maine?

Vermont, les había corregido, y ellos asintieron para indicar que no había diferencia: no era Nueva York, no eran negocios, así que no era de verdad. Sus esposas parecían esculpidas y eran aterradoramente delgadas, con caras estiradas e inyectadas tantas veces que nunca más volverían a sonreír de verdad.

Por mucho tiempo, Gil había despreciado el mundo de su hermana, pero sabía que en parte era un asunto de celos. Es cierto que eran demonios sin alma, pero tenían millones de dólares, departamentos gigantescos en zonas exclusivas y lujosas casas para vacacionar. Los hombres eran genios de las matemáticas que se habían dedicado al comercio de divisas y a la manipulación del mercado en vez de, por ejemplo, a la Astronomía o a la Medicina. Las mujeres tenían títulos, maestrías, doctorados y posdoctorados, pero pocas de ellas trabajaban. Habían renunciado a sus carreras por el lujo, al que se accede fácilmente a través de un marido poderoso. Gil se dijo que no quería nada de ello. Esto, claro, no había sido una oferta: la élite financiera no buscaba escritores de ficción matemáticamente analfabetas. No había de qué preocuparse.

Cuando el sermón estaba a punto de iniciar, Gil le preguntó por su sobrino a una mujer cuyo hijo estaba en la generación de Matthew.

—Ah, no creo que Matthew llegue hoy —dijo la mujer con pómulos de navaja. *Hoy*. Como si esto fuera otro pedazo de la rutina, entrenamiento de fútbol o la obra de teatro escolar.

—No lo hemos visto. ¿Está bien? Pensé que vendría —dijo Gil, sabiendo que sonaba patético.

—¿No tienes su número? —preguntó la mujer, incrédula, aparentemente sin darse cuenta de qué tan bajo en la escalera evolutiva se encontraba verdaderamente esta *persona*.

—Le he dejado mensajes, claro —dijo Gil. Pero ella ya se había volteado para abrazar a otra mujer que parecía salida del mismo molde dorado.

Estas mujeres estaban resguardando a Matthew, protegiéndolo de Gil y de Molly. ¿Y por qué no habrían de hacerlo? Seguramente conocían más al chico que él. Gil no sabía casi nada, salvo lo que se podía escudriñar de las cartas navideñas anuales que su hermana mandaba. Las había leído, incluso cuando las cosas estaban en su peor momento. Habían sido su última forma de conectar con su ingenio, y siempre encontraba en ellas pequeñas luces de la Sharon joven y sarcástica, la Sharon de su infancia que se había borrado, que había sido absorbida por su nueva vida como esposa rica.

Se echó de reversa en el estacionamiento y pagó por su hora en la taquilla, imaginándose que seguramente Matthew se había dado cuenta del dólar con el que había pagado. No fueron doce, o dieciocho, o cuanto sea que hubiera sido en Nueva York. Aquí en su pueblo remoto, entre bárbaros que no sabían cómo funcionaba esa cosa del dinero en otras partes del mundo.

—¿Tienes hambre? —dijo Gil—. Molly está preparando lasaña.

—Claro— dijo Matthew, sacudiendo la cabeza, como si fuera la pregunta más estúpida que había escuchado—. A todo el mundo le gusta la lasaña, ¿no?

Gil no sabía cómo responder, así que resopló de forma estúpida, como si se hubiera tratado de una broma o de una respuesta astuta.

Usualmente tomaba las rutas alternas por fuera de Burlington, pero la I-89 era más rápida. Después, mientras bajaba por la rampa hacia la autopista, se le ocurrió que la interestatal, con sus camiones y su tráfico, podrían recordarle a Matthew la muerte de sus padres. Pero el muchacho sólo parecía mofarse —o quizás era su expresión natural— de los centros comerciales y los departamentos suburbanos escarchados de hielo y nieve.

—Qué bien que podrás terminar la preparatoria desde acá —dijo Gil.

—Supongo —contestó Matthew, mirando aún por la ventana. Extendió dos dedos y tocó el vidrio para que el vaho se extendiera a su alrededor.

El director de Herbert, la escuela privada del chico, le había explicado en una llamada que Matthew completaría su carga de trabajo restante por correspondencia electrónica con sus maestros. Matthew era —el director lo había remarcado con un acento lujoso— significantemente dotado para todas las materias, así que no sería un problema, dadas las trágicas circunstancias. También estaba la posibilidad de que Matthew tomara una o dos clases en la Universidad de Essex, donde Gil enseñaba. El director estaba investigando si era posible.

Matthew habló por su cuenta:

—El último año es casi una broma en Herbert. Me iba a romper la espalda con Ética y Yoga, así que no me estaré perdiendo de mucho.

—Bueno, eso suena bien —dijo Gil.

—Tomé una clase en Columbia en el otoño. Ya estoy prácticamente graduado.

—Te llevaremos de vuelta para la graduación —dijo Gil rápidamente.

Matthew se contrajo, como si caminara por un pasillo lleno de orines.

—No, gracias. No será necesario.

—Pensé que tal vez...

—Lo sé. Lo agradezco, pero estoy bien. Es lindo alejarse, de hecho. La escuela es un nido de víboras sofocante.

Gil desvió la mirada de la carretera helada, pero a todas luces Matthew parecía sincero. Quizás era cierto. Quizás odiaba Nueva York. Quizás era un joven descontento y no el imbécil malcriado que Gil había asumido.

—Y todo esto es bastante lindo —dijo Matthew, haciendo un gesto hacia el paisaje, las montañas azul profundo en la última luz del día. —¿Nada es sofocante por acá, cierto?

—Te sorprenderías —dijo Gil—. Espera a que nieve y luego vuelva a nevar.

—Definitivamente entiendo por qué dejaste Nueva York —dijo Matthew, aunque ahora la carretera bajaba y no había más que nieve oscurecida por el lodo a los lados de la autopista y más allá, árboles sin hojas y campos congelados y abultados.

—Si puedes aguantar hasta mayo, todo esto vale la pena —dijo Gil con un destello de culpa. Matthew jamás había venido a visitarlos. Nunca le habían extendido una invitación. Luego pensó que Matthew, sin embargo, había pasado mucho tiempo en *resorts* de lujo y fincas gigantescas, segundas o terceras residencias de neoyorquinos ricos en Stowe o Killington.

—Seguro que sí —contestó Matthew, tras una pausa tan larga que Gil casi olvidó a lo que se refería. El verano. Lo hermoso de Vermont. Claro.

Pronto llegarían a casa y Molly estaría ahí y se encargaría de todo. No siempre sentiría esta tensión incómoda con el chico. Acababa de llegar. Todo estaba destinado, con el tiempo, a volverse más fácil. Todo iba a mejorar pronto.

2

Gil amaba su casa con todo su ser. La amaba desde que la vio por primera vez, cuando llegó de Nueva York hace doce años. Era el tipo de lugar con el que fantaseaba cuando convenció a Molly de dejar la ciudad, con un techo negro inclinado y una extensión que le habían hecho al granero original, que terminaba en un patio al borde del campo. Habían usado la herencia que Gil recibió tras la muerte de su madre para saldar las deudas que aún tenían por sus estudios, las cuales terminaron siendo más grandes de lo que esperaban. Aún así, hubo suficiente para pagar el enganche de la casa. Vermont era caro, pero nada comparado con Nueva York, ¿cierto? A pesar de endeudarse de nuevo casi de inmediato, —el techo necesitaba arreglos, los impuestos municipales subieron— habían conseguido instalarse. Gil había obtenido un puesto como profesor adjunto en Essex, y tras unos años y la publicación de su segunda novela, obtuvo una posición como conferencista, y después una plaza permanente, eventualmente con titularidad. Como casi todo mundo, apenas ganaba lo suficiente, pero esta era su tierra y este era su hermoso hogar.

Claro que había ocasiones en las que se quejaba —las tormentas de nieve por la noche que había que atravesar, la entrada de la cochera que se cubría de hielo o los cazadores extraviados por la ladera—, aunque era saludable hacerlo. No hay que amar todo sobre el lugar en el que se vive. Sabía que la mayoría de las personas no amaba casi nada de Vermont, más allá de que les resultaba conocido.

La grava congelada crujió bajo las llantas mientras giraba para entrar por un lado del muro de piedra. Matthew observaba los árboles —ahora los árboles de Gil— con la mirada ausente; había estado así desde que salieron de la autopista.

«Nervio», seguramente, pensó Gil. Eso explicaría la expresión indiferente del chico. No era que no estuviera impresionado.

La puerta principal se abrió, derramando una cálida luz amarilla sobre el camino helado que llevaba a la entrada, y Molly, con *jeans* negros y una camisa larga de mezclilla, bajó por los escalones de piedra azulada y hacia el coche para abrazar a Matthew. Había estado tan nerviosa como Gil sobre su llegada, pero lo escondía bien, envolviendo al chico entre sus brazos como si lo amara, como si no quisiera otra cosa más que cuidar de él. Las niñas, Ingrid y Chloe, se quedaron en los escalones, saludando cautelosamente con la cabeza.

¿Qué veía el muchacho en esta casa que tanto adoraban Gil y Molly, este lugar donde Gil despertaba sintiéndose afortunado de tener hogar, esposa y dos hijas brillantes? Gil sabía que su amor por el mundo distorsionaba su visión del mismo. Quizás el chico lo veía como una banalidad familiar y burguesa, vuelta doblemente triste por el júbilo desmedido de Gil. Pero Matthew tenía diecisiete. ¿Qué no a los diecisiete se despreciaba todo? ¿No había hecho Gil lo mismo? ¿Y qué posibilidad había de que el chico viera esta casa como un hogar, un lugar de calidez y ternura, cuando lo habían enviado aquí como equipaje?

Molly frotó el brazo de Matthew, sonriente y encantadora, con el viento sacudiendo su cabello castaño.

—Entremos. Está helado —dijo Molly.

Elroy esperaba a un lado de la puerta y saltó hacia Matthew con su sonrisa boba de *golden retriever*. Gil pensó que el chico se espantaría —Sharon nunca tuvo perros—, pero se arrodilló de inmediato a un lado del maravillado animal, frotándole sus costados y sacudiendo su cabeza, hasta que Elroy se desplomó y se giró para mostrarle a todos su blanca y brillante panza.

Gil pasó por detrás de ellos, intentando suprimir lo que sabía era una ridícula punzada de celos. ¡Su propio perro! Un traidor a la primera oportunidad.

—¿Tienes hambre? Ya casi está la cena —dijo Molly, quitándose las botas.

— Sí, huele bien —dijo Matthew.

—Primero te enseñaré tu cuarto —dijo Molly, poniendo su mano de nuevo en el brazo de Matthew. Como si necesitara cuidados especiales, como si fuera un huérfano.

Mientras el resto de la familia, incluyendo a Elroy, subía al cuarto de Matthew —que antes había sido la oficina de Gil—, Ingrid siguió a su padre a la cocina, se recargó contra la isla; sus lentes resbalaban por su delgada nariz y su cabello se arremolinaba en el gorro de su sudadera.

—Está aquí —dijo Gil, abriendo el refrigerador y considerando si estaba bien sacar una de sus cervezas artesanales. ¿Necesitaba una cerveza? La verdad era que sí. Realmente necesitaba una, pero Ingrid estaba allí, arrugando las cejas y mirando sus calcetines de lana, en los que estaban metidos sus *jeans*. No debió asumirlo así, como si se tratara de un problema, de un acontecimiento que provocaba temor. Incluso si de verdad lo era. Pero su hija de once años sabía que estaba mal. Tenía, como dice el cliché, un alma vieja. Aunque para él no era *vieja*, sino *mejor*. Mejor afinada ante los demás.

Ingrid hacía amigos con facilidad, y las traiciones preadolescentes de su grupo de chicas la lastimaban en en buena medida, pero no exagerada. Como las amistades, la escuela le resultaba fácil y, aunque nunca se quejó, a él le preocupaba que la escuela pública no fuera lo suficientemente desafiante. No pensaba que fuera un genio, pero sí tenía una parte del significado original de la palabra: un espíritu protector presente desde el nacimiento.

—Sí, está aquí —dijo Ingrid, con un tono que Gil no lograba descifrar, si es que había algo que descifrar.

Habían hablado con ella sobre el hecho de que Matthew viviría con ellos, aunque Gil había preferido decir que se «quedaría con ellos». Una situación temporal. No permanente, ni de lejos. Querían saber cómo se sentía ella ante la posibilidad. Ingrid, desde luego, había dicho: «Está bien. Es nuestro primo. Es familia». Ingrid era una buena chica, generosa, quizá demasiado. ¿Podría ser que en realidad estaba aterrada de recibirlo? ¿Cómo no lo estaría? Pero ella era más valiente que Gil. También estaba la posibilidad de que recordara de otra forma el incidente de la alberca en Montauk, de que su memoria hubiera cambiado para hacerlo más digerible y poder seguir con su vida. Molly y él habían hablado con ella al principio, quizás demasiado, hasta que Ingrid les rogó que se detuvieran. Después, posiblemente, había reprimido sus sentimientos, ocultándolos en la oscuridad.

—Entonces, no vendrá a la escuela, ¿cierto? —dijo Ingrid, jalando y empujando el cajón de cubiertos con los dedos: un hábito que había desarrollado desde que era una niña pequeña, a pesar de varios meñiques machucados.

—Creo que el plan es que tome sus clases en línea. O en Essex. No estoy seguro.

—Eso está bien, supongo.

—Sólo serán unos meses —dijo, lo cual terminó sonando cruel, estaba seguro. Como si recibir a Matthew fuera una pesada tarea, algo desagradable. Y lo era. Ambas cosas, en realidad.

—¿Está triste? —preguntó ella—. ¿Sobre lo de sus padres?

—Claro —respondió—. Claro que está triste.

Las uñas de Elroy hicieron un estruendo al bajar las escaleras. Molly, Matthew y Chloe lo seguían.

—La lavandería está en el sótano —dijo Molly—, pero puedes dejar tu ropa en el cesto del baño. Es lo que las chicas hacen.

—Claro que no —dijo Matthew, mientras entraban a la cocina—, puedo hacerla yo. Mi mamá siempre mandaba a hacer la lavandería. Ahora puedo aprender algo útil.

Elroy dio un medio salto para acariciar su mano y luego se recargó contra las piernas de Matthew, aparentemente enamorado.

—Te puedo enseñar las máquinas luego, si quieres —dijo Molly.

—Perfecto —dijo Matthew.

Siguió un momento de silencio. Elroy gimoteó contento.

—¿Quién tiene hambre? —preguntó Gil.

—Mucha —dijo Matthew—. Olvidé comprar un almuerzo.

Se había quitado el abrigo negro, pero aún se veía elegante con su impecable camisa blanca y sus pantalones grises de lana. Incluso sus calcetas azul marino con formas blancas, que quizás eran estrellas, lucían elegantes. Gil, en comparación, parecía un vago, con sus pantalones caqui holgados y su pesado suéter arremangado a la altura de las muñecas.

—Lasaña —dijo Molly, acercándose a la estufa, tomando sus guantes para horno de la barra—. Espero que esté bien. No eres vegetariano, ¿o sí?

—Soy vegano —dijo Matthew. Molly lo miró estremecida y el muchacho sacudió la cabeza—. No, lo siento, estoy bromeando. No te haría eso.

—Un par de mis amigos son veganos —dijo Chloe. La hija mayor de Gil se asomaba desde el marco de la puerta. Tenía quince, sólo un par de años más joven que Matthew, pero parecía de una generación distinta, inocente e ignorante. Tenía el cabello grueso y crespo como el de su hermana, castaño con destellos cobrizos y lo llevaba recogido en una coleta alta. Usaba un suéter verde brillante, *leggings* y los mismos calcetines de lana que su hermana.

—Pero creo que sólo lo hacen para adelgazar.

—Pues es la única razón que tendría sentido.

Chloe se sonrojó y se colgó del marco, como si fuera a colapsar. Estaba nerviosa también, pero a diferencia de Ingrid, ella encaraba las cosas que le preocupaban, intentaba transformarlas con su energía y buena voluntad. Eso, pensaba Gil, explicaría la sonrisa coqueta que tenía ahora en la cara. Gil tenía que decir algo. Liberar la tensión, aunque no tenía idea de cómo hacerlo frente a todos.

—¿Por qué no se sientan? —dijo Molly, sacando la lasaña del horno—. Voy a dejar que repose, y podemos empezar con la ensalada.

La mesa estaba preparada como para una cena formal, con manteles individuales y servilletas de tela. Había una botella de vino abierta al lado del plato de Gil. ¿Debería ofrecerle un poco a Matthew? Tenía diecisiete, pero era difícil pensar que el chico no tomara. Aun así, era la casa de Gil, y podría ser raro para Ingrid y Chloe.

Molly llevó la ensalada a la mesa y por unos segundos todo lo que se escuchó fue el raspar de las pinzas de madera contra el tazón, el claqueteo de los tenedores sobre los platos, el suspiro del hielo contra el vaso mientras Ingrid tomaba agua.

—Así que… —dijo Gil— ¿A qué universidades aplicaste?

En cuanto las palabras salieron de su boca sonaron mal. Igualmente pudo haber preguntado: ¿cuándo te irás y nos dejarás regresar a nuestras vidas?

Matthew miró su ensalada con los ojos entrecerrados, como tomándose un momento para digerir la falta de cortesía.

—Apliqué a Yale. Mis papás básicamente me obligaron. Se supone que aplicaría a un montón de otros lugares, Brown y Princeton, y a toda una larga lista que sacaron en Herbert. Pero se me pasaron algunas de las fechas, por obvias razones.

La forma en la que lo decía, como si se tratara de un descuido, *¿puedes creer que mis papás hicieron eso?*, le nubló el pensamiento a Gil.

—Pensaba quedarme en Essex —agregó Matthew, como si se tratara de una elección obvia, como si apenas valiera la pena mencionarlo.

Cuando Matthew regresó a su plato, Molly le lanzó a Gil una mirada de sorpresa y acusación, como si él hubiera sabido y lo hubiera ocultado. ¿Por qué no habría de querer quedarse aquí el muchacho? Además de todas las diferencias obvias entre Yale y Essex, ¿cuáles eran esas diferencias? Quizá los alumnos no eran tan ricos en Essex. Menos de ellos habrían asistido a internados lujosos. Menos de ellos tendrían como destino una vicepresidencia en las compañías de sus padres después de graduarse. Pero Matthew probablemente podría aprender tanto en Essex como en las *mejores* universidades. ¿No era eso lo que Gil creía? Las universidades de élite eran centros de investigación para empresas y fábricas de prestigio. Matthew ya tenía numerosos contactos y suficiente dinero para varias vidas opulentas. Quizá quería alejarse de todo eso, dirigirse hacia algo que consideraba de mayor valor. Vaya, auténtico.

—Al menos podrás probarla primero —dijo Gil—. Tu director mencionó que quizás tomarías algunas clases este semestre.

—¿Qué clases? —preguntó Chloe. Era lo primero que alguna de las chicas decía desde que llegaron a la mesa y hubo una pausa incómoda, como si un niño hubiera interrumpido a los adultos.

—No lo sé. Creo que tengo que pedir permiso primero —dijo Matthew.

Gil debió haber respondido, debió seguir con la conversación, pero dejó que el charco de silencio se extendiera sobre la mesa.

—Chloe —dijo Molly, salvándolos—, cuéntale a papá sobre el debate.

Y por un momento la normalidad se restauró. Su hija contó su victoria, las estrategias que habían aprendido, y su voz fue elevándose y se llenó de emoción. Del otro lado de la mesa, Matthew se hundió en su asiento, aliviado de no ser el centro de atención. Mientras Chloe repasaba punto por punto los argumentos que utilizó a favor del transporte escolar, Matthew se inclinó sobre su plato y se llevó una mano al mentón. Movió la cabeza, cogió su tenedor y tomó un bocado de ensalada. No importa cuánto lo intentara, Gil no podía ver nada del chico que recordaba, nada del chico al que tanto había temido y con quien tanto le aterraba pasar tiempo. El niño que casi había arruinado su vida —definitivamente había arruinado su relación con Sharon, la primera familia de Gil—.

Después de la cena, Matthew mencionó que estaba agotado y subió a su habitación provisional. Era evidente que necesitaba un poco de privacidad para mensajearse con sus amigos, postear en Instagram o en Snapchat. Eso era lo que los chicos hacían y Matthew era un chico, urbano y sofisticado, pero sólo un chico.

Molly le ayudó a Gil a lavar los platos y, dándose cuenta de lo distraído que estaba, le puso al corriente de la pelea de Chloe con su mejor amiga, Lily. Lily había estado actuando de forma extraña desde que su papá había dejado su casa, lo cual era entendible, aunque parecía que su forma de afrontarlo era siendo cruel con sus amigas. Gil dejaba que Molly se encargara de aconsejar a las niñas, ya que su forma de lidiar con las situaciones, en general, se reducía a decir «a la mierda» y terminar la conversación. Aquel no era un gran consejo, a menos que fueras un misántropo, lo cual, por fortuna, no era una característica que sus hijas hubieran heredado de él.

Cuando estaban listos para irse a la cama, la luz en el cuarto del chico parecía estar apagada. Podría seguir despierto, en su celular, pero Gil sabía que no podía quedarse callado toda la noche, necesitaba desahogarse.

Molly se acomodó a su lado en la cama, con sus lentes puestos. Se inclinó hacia él para besar su frente y susurró:

—Entonces, está aquí.

—Vaya que sí —dijo Gil. Ella sabía lo que necesitaba.

—¿Y cuántos días son ocho meses? —dijo, quitándose las gafas y frotándose los ojos. Agotada de fingir felicidad en torno a la llegada de Matthew.

Después del funeral, el abogado había llamado —¿cómo era que eso había sido apenas hace unas semanas?— para informarles que, como tutores legales del muchacho, debían planear cómo recibirían a Matthew en Vermont. Antes de que Gil pudiera decir algo, el abogado añadió que, al ser sus tutores, recibirían una mensualidad que serviría para cubrir cualquier gasto relacionado al cuidado del muchacho. Sharon y Niles habían asumido que la cantidad sería lo suficientemente generosa como para mantener el estilo de vida al que Matthew estaba acostumbrado. Por lo tanto, recibirían diez mil dólares al mes, mientras el chico estuviera en su casa, y cuando partiera a la universidad, la cantidad sería de mil dólares al mes hasta que el chico cumpliera veintiuno. Esta pensión, el abogado les había explicado, era inusualmente generosa, y debería ser tomada como un símbolo de la gratitud de Sharon y de Niles.

Diez mil dólares al mes. Cada mes por ocho meses. Para comida, ropa, ¿y qué más? Siempre lograban pagar, apenas, sus cuentas antes del fin de mes, y lo más probable era que vivieran endeudados hasta morir cuando las chicas partieran a la universidad. Sin embargo, ahora podían ser libres de todo eso. Un nuevo comienzo. Podrían, incluso, contribuir a los fondos universitarios de las niñas, en los que aún se encontraba su depósito inicial de quinientos dólares para cada una. Si recibían a Matthew, se liberarían, de alguna forma.

Claro que había preocupaciones más allá del dinero. ¿Qué si el chico resultaba ser un lunático? De acuerdo con lo que sabían de él, era una posibilidad real. ¿Y cómo se sentirían las niñas al respecto? ¿Seguras en su propia casa? ¿Tendrían resentimiento hacia sus padres, quienes, de algún modo, habían escogido el dinero por encima de su comodidad y felicidad?

Tras una semana de hablarlo con Molly, le regresó la llamada al abogado para hacerle algunas preguntas. En cuanto Gil balbució sus preocupaciones, el abogado se dedicó a hacerlo sentir mal. De ninguna manera estaban *obligados* a recibir a Matthew. Dicho esto, Sharon y Neil habían esperado que lo hicieran. Después de todo, era el hermano de Sharon. Su única familia restante. Gil era, además, el padrino del muchacho, ¿no era así? ¿Y qué no había aceptado ser el tutor legal del chico? Todo eso era cierto, pero habían accedido cuando el muchacho era un niño, hace diecisiete años. Con seguridad su hermana había nombrado segundas opciones, ¿no? Tras una pausa rebosante de decepción, el abogado respondió que había una medida de contingencia: los padres de Niles, pero vivían en Escocia y tenían casi ochenta años. El abuelo de Matthew no estaba saludable, y era probable que pronto requiriera una cirugía en el corazón. ¿Gil se había dado cuenta de que no habían ido al funeral? Si Gil no estaba dispuesto a cumplir los deseos de su hermana, el abogado suponía que habría otra solución.

Tras otra noche inquieta, Molly y él aceptaron: lo recibirían. ¿Qué si algo les hubiera pasado a ellos en vez de a Sharon? ¿No habrían esperado que ella, la única familia de edad cercana que les quedaba, hubiera cuidado de sus niñas? ¿No sería un acto hipócrita rechazarlo? Gil llamó al abogado al día siguiente:

—Está bien. Mándenlo. —El abogado dijo que le alegraba escuchar que cumplirían sus obligaciones, y su secretaria les mandaría la información del vuelo, así como los formularios bancarios para la pensión.

—Al menos se le ve completamente diferente —dijo Molly, volteando su almohada y acomodando su cabeza—, si lo comparamos a cuando estuvimos en Montauk.

—Es verdad —contestó Gil. Ella tenía razón. Matthew era callado, educado, incluso si su privilegio burbujeaba por debajo de la superficie. Pero el antiguo Matthew, el que habían conocido, estaba ahí dentro, merodeando. ¿Cierto?

—Y parece estar tomándolo bastante bien —dijo Molly.

—Supongo que pensé que estaría más, no sé, ¿triste?, ¿dolido? O quizás un poco asustado, desorientado. Eran sus padres, pero él…

—Es un adolescente —dijo ella—. Sus padres murieron, y hasta donde sabemos, es un chico problemático. Estoy segura de que está alterado, pero, honestamente, Gil, mi interés principal es que atravesemos esto, las chicas, tú, y yo. Llegar a julio. Esa es la meta, ¿no?

—Tienes razón. Podemos hacerlo, estaremos bien. Molly se acercó de nuevo para besar su mejilla, y luego se volteó a leer. Gil observaba las páginas de la novela que estaría enseñando la próxima semana, pero no podía concentrarse en las palabras. Su atención estaba en el muchacho al final del pasillo. Gil se esforzaba por escuchar algo: un tosido, al menos, o el sonido de la puerta cerrarse. Pero más allá del crujido, cada que Molly cambiaba de página, la casa continuaba en silencio.

3

Su primer impulso cuando despertó al amanecer fue asegurarse de que las niñas estuvieran a salvo: un pánico que conocía de cuando eran bebés, el temor de que hubieran muerto por la noche mientras él dormía, egoísta. Pero, como entonces, estaban bien. Ingrid estaba hecha bola entre sus sábanas, y podía ver a Chloe por un resquicio de su puerta, arrumbada en un sueño profundo y con su cara por encima del edredón. La puerta de Matthew, al final del pasillo, estaba abierta: su mochila estaba metida debajo de la cama, las sábanas tendidas y había un vaso de agua en la mesa de noche. Aún medio dormido, Gil sintió una breve y ridícula esperanza de que el chico, de alguna forma inexplicable, simplemente se hubiera ido y, de esta forma, estuvieran liberados de su presencia.

Matthew no estaba en la cocina o en la sala. Eran tan sólo poco más de las siete treinta; apenas se veía una débil capa de luz por encima de la serpenteante hilera de árboles negros. Gil encendió la cafetera. Habían sobrevivido la noche. Pero, ¿dónde estaba Elroy? Usualmente dormía en la cama que tenía instalada en el cuarto de Gil y Molly, y siempre se despertaba con quien lo hiciera primero.

—Elroy —susurró Gil, chiflando por lo bajo, pero no escuchaba el claqueteo de sus uñas en las escaleras, los golpes de su cola contra la puerta, mientras giraba hacia la cocina.

Los zapatos y el abrigo del muchacho no estaban donde los había dejado la noche anterior, y cuando Gil observó el perchero en el recibidor, la correa de Elroy tampoco estaba. Así que Matthew había sacado al perro a pasear. Tras la cena, Gil le había dicho al chico que la propiedad tenía diez acres, la mayor parte de los cuales eran bosque, extendido por lo bajo de una ladera. Le había dicho que al día siguiente se lo mostraría, si Matthew quería. Gil había abierto un sendero que subía por la ladera y bajaba junto a un estanque.

Se puso las botas y salió a buscarlo por el patio trasero. Un frente ártico había llegado por la noche y a través de sus agujetas desatadas se colaban ráfagas de aire helado. Matthew estaba al fondo del jardín, cerca de los árboles, y Elroy olisqueaba en el otro extremo de la correa. El chico tenía los hombros encorvados ante el frío —no llevaba gorro— y se giró en dirección a la casa. Hablaba por teléfono. El chico hizo un gesto de enojo con una mano y luego la apretó contra su pecho. Gil le chifló a Elroy, y sus orejas se levantaron. Matthew miró hacia la casa.

—Puedes dejarlo ir —gritó Gil, sin pensar en que no debió hacerlo, pero ya era muy tarde. Seguramente acababa de despertar a Molly.

—Elroy, ven —llamó Gil, dando palmadas sobre sus muslos. Matthew finalmente lo entendió. Elroy posó, luego corrió por la nieve con su nariz negra levantada hacia el viento. Se detuvo al llegar al patio congelado, meneándose alrededor de las piernas de Gil.

Matthew se volteó y Gil metió al perro para secarlo. Luego se sentó en la barra de la cocina con su cuaderno, en el que escribía sus pensamientos, ideas y observaciones. Siempre les decía a sus estudiantes que los esbozos eran una parte esencial de la escritura y, aunque eso era verdad, en ese momento, su actividad literaria consistía sólo en ello. Pero era algo. Hojeó la libreta —había un símil nada malo en una de las páginas, otra que no tenía sentido en absoluto, como si hubiera omitido las palabras más importantes, y encontró una página en blanco, y se obligó a escribir antes de que la duda lo paralizara por completo. Escribió, sin quererlo, sobre Matthew en el aeropuerto; alternaba su mirada entre la página y la figura del chico, caminando por el oscuro muro de árboles. Cuando el café llegó al final explosivo de su preparación, escuchó los pasos de Molly en el piso superior.

—Buenos días, esposo ruidoso —dijo, sobándose los ojos mientras entraba a la cocina. Llevaba sus *shorts* de pijama y una camiseta. El frío marcaba sus pezones contra el algodón amarillo, tan usado que era casi traslúcido.

—Perdón, estaba… —dijo, señalando al perro a sus pies. Cerró su libreta y le sirvió una taza de café.

—Gracias —dijo ella, temblando, sosteniendo la taza con ambas manos.

—Te traigo una sudadera —dijo Gil, mirando a Matthew en el jardín. Por encima de los árboles se extendían manchas azules y amarillas, y el patio de repente se volvió blanco.

—Podrías prender la chimenea —dijo, cruzando sus brazos por encima de su pecho. Estaría pensando lo mismo, que debía ponerse algo en caso de que Matthew entrara y viera sus pechos… Pero esta era su casa y Matthew era familia. En apariencia era un niño, aunque también un desconocido. Y a todas luces un hombre.

—Buena idea —dijo él, pero primero caminó al perchero de la entrada y tomó una sudadera para cada uno.

Limpió las cenizas de la noche anterior, colocó leños nuevos y prendió la yesca. Cuando recién llegaron, anticiparon que habría mucho que tendrían que aprender, pero esto era lo que más satisfacción le daba: encender un fuego que calentara y durara sobre su lecho de brasas. Más que mantener el jardín, las reparaciones a la casa, la plomería, o más que abrir un sendero en el bosque, era esto lo que le hacía sentir que se había ganado su lugar en Vermont.

Matthew entró cuando los leños más grandes comenzaban a encenderse y aceptó el café que Molly le ofreció, llevándoselo frente al fuego para sentarse.

Gil se ocupó de los *hot cakes*. Quiso preguntarle a Matthew sobre su llamada, pero sabía que no era de su incumbencia. ¿Por qué estar ahí parado en el frío? ¿Por qué no hacer la llamada desde adentro? A menos que estuviera escondiendo algo. ¿Estaría hablando mal de sus primas, ridículas y palurdas? Aunque, ¿qué otro adolescente estaría despierto a las siete de la mañana durante las vacaciones de invierno?

Las chicas bajaron juntas cuando el desayuno estaba casi listo. Chloe se sentó en el sillón frente a Matthew e Ingrid se sentó en uno de los bancos de la barra detrás de ellos. Chloe encendió el noticiero. Molly y Gil siempre veían las noticias con las niñas a pesar de los frecuentes horrores, cada uno con el potencial de ser peor que el último. Chloe había adoptado esta tradición, sintonizando los noticieros matutinos del fin de semana y a menudo insistiendo que dejaran el resumen de noticias durante la cena. Se informaba sobre política y le apasionaba. Tras la elección presidencial, Molly y ella habían volado a D.C. para la Marcha de las Mujeres con sus sombreros *pussyhat*, y después Chloe se había postulado a las elecciones estudiantiles y había trabajado como voluntaria durante la elección de Elizabeth Warren. Había abrazado el interés de sus padres y lo había vuelto suyo. Sin embargo, pronto se dio cuenta que el lado supuestamente apasionado por la política de su padre no era más que una fachada, ya que nunca se involucraba con seriedad en los eventos, no protestaba más que en los grupos de Facebook, donde opinaba con total libertad desde la seguridad de su sala.

Un senador particularmente odioso apareció en la pantalla con cachetes que colgaban y una frenética mirada saltona de poseso.

—Oh, Dios, este sujeto no —dijo Chloe.

Matthew dijo algo que hizo enderezarse a Chloe. Gil se esforzó por escuchar su respuesta, la tacita medidora sobre el sartén caliente, la mezcla cayendo sobre la mantequilla con un siseo excesivamente ruidoso.

—¿Es broma, cierto? —dijo Chloe.

Pero luego Molly comenzó a lavar los trastes y las palabras que venían del sillón quedaron opacadas, aunque se daba cuenta de que estaban discutiendo, o debatiendo, o bromeando. Afortunadamente, continuaban cuando los llamó a la mesa. Su hija le quitó el volumen a la transmisión, pero la dejó encendida, y los rostros en vivo siguieron parloteando con sus grotescas bocas.

—Lo siento —dijo Chloe—, pero no es un chiste. Esas leyes tienen repercusiones reales en la vida de la gente. No es sólo una idea.

—Pero lo es —dijo Matthew, sentándose en la silla junto a Chloe. Se le veía cómodo, como si fuera normal estar sentado en esta mesa, con estas personas, en vez de una pesadilla o un desastre. Era un desastre, pero no había pruebas de que el chico así lo sintiera.

—Digo, para esos tipos —dijo Matthew, señalando el televisor—. Quizás no en la forma en la que se aplican las leyes, claro, pero para *ellos,* no es nada, solo un concepto. Ni siquiera son *sus* ideas. Todos esos políticos, esos tipos a los que tanto odias, son unos nadies. Esas ideas solo fluyen a través de ellos, y ni siquiera creo que las alcancen a registrar como ideas. Más bien como nodos de transferencias financieras. De eso se trata todo, al final. El dinero fluye de un lugar a otro.

—Muy neoyorquino de tu parte —dijo Chloe, ahogando sus *hot cakes* con miel de maple—. Esas ideas son verdaderas. Tienen repercusiones reales. La comunidad gay, las comunidades negras, las mujeres, esas ideas impactan directamente a todos estos grupos. No es sólo un remolino posmoderno, sin importar lo que hombres blancos y privilegiados quieran pensar.

Por debajo de su ansiedad, Gil sintió un torrente de orgullo. Su hija era más elocuente que él ahora, y estaba a kilómetros por delante de donde había estado a su edad. No había nada que no pudiera hacer. Esa era la prueba de que la habían criado bien, incluso si eso significaba no interferir con sus habilidades naturales, que sacaba de su madre.

—¿No te parece extraño que los hombres ricos y blancos son los más abiertos a aceptar que todo es una transacción? —dijo Matthew, alzando sus cejas—. Es como si no soportaran perder nada ante esa verdad. Quizás intentaba hacerse menos, bromear un poco sobre sí mismo, pero lo opacaba el hecho de que él era el hombre rico y blanco aquí.

—Quizás deberían vivir como una mujer, o pasar hambre un año. Y luego veríamos qué tanta importancia les dan a esos *nodos* de transacción —dijo Chloe, partiendo sus *hot cakes.*

Cuando Gil mencionó que iría a la universidad más tarde, Matthew preguntó si podía ir con él. Seguramente quería salir de casa un rato.

Chloe, quien había estado jugueteando con su celular, levantó la vista y preguntó:

—¿Puedo ir yo también?

—¿Al pueblo? —dijo Gil, como si fuera una petición ridícula.

Miró a Molly, intentando descifrar la situación, pero ella estaba lavando los trastes. Con seguridad, por su falta de respuesta, la había cagado al dejar que esto sucediera. Pero, ¿cómo negarse sin dejar a la vista que no deseaba que Chloe estuviera cerca de Matthew? No lo quería: no solos, en el pueblo, el primer día que el chico aquí. No significaba que fuera a ocurrir algo. Sin embargo, sentía un nudo de ansiedad en su estómago, una tensión que le hizo desear solo haberse ido a la universidad, sin que nadie se diera cuenta. Antes de que pudiera responder, Matthew dijo:

—Sí, estaría bien. Así no me perderé en la gran ciudad.

Ingrid miraba todo esto de cerca, como lo había hecho durante todo el desayuno: sin decir una palabra. Al menos, ella tenía una buena excusa para no ir: sus clases de equitación. Asistía una vez por semana, incluso a medio invierno, cuando la pista estaba absolutamente helada. No era el deporte que Gil habría elegido para ella, puesto que era caro y peligroso. Nunca se sintió cómodo con aquellos animales porque los consideraba demasiado conscientes de su superioridad física. Ingrid le había explicado que ese era su problema: los caballos se daban cuenta de que no confiaba en ellos, y eso los ponía nerviosos. Bromeó y le dijo: «Bueno, éste es el mundo de los humanos ahora, ellos deberían ser los que se adapten». Excepto que, cuando entras a un corral con un caballo, instantáneamente dejas de estar en el mundo humano, entras al de esas criaturas masivas y de cuerpos imposibles que podrían matarte en un segundo. Claro, los caballos no matan personas. No a menudo. Pero todos sabían que podían hacerlo, incluyendo los mismos caballos.

Se taparon con chamarras y botas tras el desayuno —Matthew insistió en que su suéter y su delgado abrigo estaban bien, aunque Gil jamás habría dejado que las chicas salieran de casa vestidas así— y se subieron al helado Chevy.

—Entonces, Chloe, ¿dónde los dejo? —dijo Gil, mirando por el retrovisor con el coche en neutral.

—¿Sobre la calle Church? —respondió.

—Tú eres la experta —dijo Matthew, mirando a Chloe. Gil podía ver por el espejo cómo su hija se sonrojó y volteó hacia la ventana.

—Quizás deberías buscar un abrigo más cálido ya que estás ahí —dijo Gil.

—Dios, papá, ¿es en serio? Su abrigo está súper bien —dijo Chloe, asomándose por entre los asientos.

—Seguro que está muy bien, sólo no quiero que le dé frío.

—Papá —dijo Chloe, alzando la voz—. Es un Moncler.

—Está bien —dijo Gil, sin tener ni idea de lo que la marca significaba—. Tú eliges, Matthew.

—Recibido —dijo el chico con un gesto rápido, y bajó su barbilla hasta el cuello de su abrigo.

Gil sintonizó la radio pública, que transmitía una entrevista con una escritora que él conocía; incluso habían compartido una presentación en una conferencia hace unos años. En realidad, hace doce. Si hubiera estado solo en el auto con Chloe se lo habría dicho, pero ahora, con Matthew ahí, tuvo que guardárselo. Podía parecer presunción, que intentaba demostrar lo importante que él era, aunque vivieran en medio de la nada. Pero, a fin de cuentas, no era tan importante.

Nadie habló de camino a Burlington. ¿Qué le parecía el silencio a Matthew? ¿Era como si no tuvieran nada que decir? ¿Como si él se estuviera interponiendo entre su vida normal y fácil? La calle Collins, que los sacaba a Dorset, curveaba a través de interminables campos nevados más allá de árboles grises, una casa con un garabato de humo cada tanto y naturaleza.

Los primeros indicios del pueblo fueron un alivio, y Gil señaló el campus de la Universidad de Vermont, con un lago gris de fondo. Matthew se asomaba como si no quisiera perderse nada. Gil se estacionó en la cima de la calle Church. Dos hombres con chamarras sucias y botas que se caían a pedazos —indigentes, probablemente, aunque nunca se sabía en Burlington— discutían en una banca a unos metros de ellos, moviendo las manos, retazos de vaho escapando de sus bocas cubiertas por barbas salvajes. Matthew parecía no verlos porque estaba acostumbrado, obviamente. Nueva York.

—Te escribo cuando esté listo, o tú me puedes escribir a mí —dijo Gil, mientras Chloe se movía para bajar por el lado de Matthew.

—Sale, papá —dijo ella, cerrando la puerta con una fuerza que hizo temblar al coche. Mal estacionado, Gil los vio caminar hacia el centro comercial, a través de montones de nieve apilada. Podrían haber sido hermanos. Aunque también, por la forma en la que Chloe caminaba pegada a Matthew, podrían haber sido una pareja.

Tenía que detenerse. Dejar de encasillar a Matthew en este papel de villano. Nada le pasaría a Chloe. Estaban en público, en el centro comercial. Nada iba a ocurrir. Matthew no estaba aquí para hacerles daño, estaba aquí porque sus padres habían muerto. Y hasta ahora, el chico sólo había sido increíblemente educado y bienintencionado.

Así como la casa de Gil coincidía con la imagen de su fantasía vermontés, la universidad del condado de Essex se quedaba bastante corta ante su fantasía de escuela novo-inglesa. Al centro del campus, tres viejas y lujosas mansiones de ladrillo rojo presidían sobre el lago, pero el resto, contruido en los sesenta y setenta, era una torpe conglomeración de un falso estilo colonial y una débil imitación del estilo brutalista —edificios cuadrados y bajos, oxidados y opacos en el invierno de Vermont. La oficina de Gil estaba en uno de los edificios menos miserables, el Viejo Granero, que llevaba ese nombre quizás por ser realmente un granero remodelado o porque estaba en el lugar donde antes había estado un granero. El estacionamiento para profesores estaba vacío, al igual que los pasillos amarillentos, en los que hacía frío. La calefacción estaba apagada, para ahorrar. Había una interminable crisis de presupuesto que la universidad enfrentaba desde su fundación.

La primera persona con que se encontró Gil era una estudiante que le había escrito sobre una tarea. Susie ya había estado en tres de sus clases, y seguramente estaría en muchas más, ya que él era el único profesor de narrativa. Ella había sido la mejor escritora de su clase el semestre pasado, una de las mejores en años. Le había escrito para revisar un texto del semestre pasado y, aunque normalmente Gil hubiera dicho que no, Susie era una de sus favoritas. Ella leía y Gil se inclinó para echar un vistazo a la portada: *Secretos abiertos*, Alice Munro.

Cuando Susie cerró el libro y levantó la vista, un puñado de oscuros sentimientos lo inundaron. Esto estaba mal, era un error, grave y previsible. ¿Qué hacía aquí? Llaves en mano, mochila al hombro. Listo para hablar de lo que sea. Narrativa, cartas de recomendación. Se suponía que se sometería a este parloteo sin importancia, en un mundo en que su hermana había muerto. Su cuerpo aplastado por el coche; su cuerpo extraído de los escombros; la ambulancia rumbo al hospital; la declaración de su muerta antes de llegar; su cuerpo incinerado y vuelto cenizas ásperas y pesadas. Y lo más terrible era que apenas había hablado con su hermana en años: algunos mensajes de texto cuando era el cumpleaños de alguna de las chicas, las postales festivas cada diciembre pero, esencialmente, la había abandonado. No se habían visto, no se habían abrazado, no se habían demostrado ningún tipo de amor en años, y él dejó que todo eso ocurriera. Ahora estaba muerta. No por haberla dejado ir, pero de alguna forma se conectaba. Si hubiera actuado diferente, si hubiera sido un mejor hermano, alguien que pudiera perdonar, más abierto, quizás todo sería distinto y, de alguna forma, ella no estaría muerta. Era ridículo y lo sabía.

Quería echarse contra la pared y llorar, y luego encontrar un hoyo oscuro en el que meterse y esconder su cara. Pero sólo quedaba ir al trabajo en un mundo sin su hermana, en el que tendría que fingir que le importaba un carajo tal o cual cuento, o a dónde aplicaban sus estudiantes de maestría. No tenía alternativa. No podía marcharse de su propia vida.

—Susie —dijo, buscando la llave. Su mano temblaba y el metal claqueteaba contra la madera—, ¿qué tal las vacaciones?

4

Afortunadamente, las cosas regresaron a la rutina después de esos primeros y desconcertantes días. Las chicas tenían clases el lunes, así que Gil se despertó temprano para hacer el desayuno. Las llevó a la escuela y hablaron sobre los próximos exámenes y sobre el horario después de la escuela —el club de debate, caballos, el plan de Chloe para audicionar al musical de primavera—. Era una liberación porque en el coche estaban lejos y a salvo de Matthew; allí podían ser quienes eran, recordarlo y salir de la sombra oscura de la tragedia. La mañana siguiente, tras cuatro noches de que Matthew estuviera ahí, Gil les preguntó cómo pensaban que iba todo.

—Parece que lo está llevando bien. Ya sabes, a pesar de todo —Ingrid contestó desde el asiento trasero.

—Sí —dijo Chloe—. Es tan diferente de lo que esperaba. Supongo que esperaba que fuera, no sé, un imbécil, supongo. Pero más bien es callado.

—Lo es —dijo Gil—. Lo he notado también.

—Probablemente sea así porque está triste —dijo Chloe.

—Claro que está triste —dijo Ingrid, con la voz entrecortada—. Sus padres murieron.

Gil miró por el retrovisor mientras frenaba, anticipando el cruce de la calle siguiente: se habían formado lágrimas en los ojos de Ingrid. Aquel muchacho había intentado herir a esta hermosa y amable chica, y allí estaba ella, rebosante de sentimientos hacia él.

—Sí, es terrible —dijo Gil—. Pero él está bien. Quizás ustedes puedan hablar con él sobre eso. Dudo mucho que quiera hablarlo conmigo.

—¿Por qué? —Chloe dijo, frunciendo por encima de su mochila—. Eres como su papá ahora, ¿no?

—Es cierto —respondió. Se había resistido a pensarlo de esa manera. A diferencia de Ingrid, Matthew no le provocaba simpatía, sino un miedo vago. Tenía que hacerse responsable de alguien de quien no sabía nada. El requerimiento de amar a un *extraño*, a quien por tantos años detestó. Sería un fracaso.

—Su edad es más cercana a la de ustedes. Sólo digo, si sale el tema…

—Sí, es bastante raro, ¿saben? No lo hemos visto en mucho tiempo —dijo Chloe.

Gil miró a Ingrid que veía por la ventana. ¿Estaba pensando en el incidente de la alberca, lo que Matthew le había hecho?

—Tú hablaste con él cuando estaban en el pueblo —dijo Gil, mirando a Chloe—. ¿Qué terminaron haciendo?

—Sólo caminamos —dijo Chloe, bajando el visor y abriendo el espejo para ponerse un poco de brillo labial con cuidado, aunque a Gil le parecía excesivo.

—Tenía algunos mandados, o algo.

—¿Mandados?

—Fuimos a la tienda de Verizon. Se compró un teléfono, y eso nos tomó un rato. Luego fuimos al banco. Al cajero, en realidad.

—¿Un teléfono? ¿Qué no tiene uno? —Pero sabía la respuesta: Gil lo había visto escribir en él la noche que llegó, lo había visto hablando en el jardín.

—Supongo que un ¿segundo teléfono? No sé, no me explicó por qué, papá —dijo, mirándose los labios.

Ahora intentaba concentrarse en manejar, en no salirse de la raya, pero ¿un segundo teléfono? ¿Qué estaba haciendo el chico? ¿Qué razón posible tenía para hacer eso?

—Vale —dijo—. ¿Algo más?

—También vio algunos abrigos —dijo, en un tono burlón. Porque el muchacho tenía un Moncler. Gil había *googleado* la marca en su oficina el día que los había dejado en el pueblo para descubrir que el abrigo del chico, tan corto y aparentemente insustancial, costaba al menos dos mil dólares.

—Pues, qué bien, sólo digo —exclamó, intentando disimular su fisgoneo—. Si quiere hablar contigo, ya sabes que puedes. Si no te sientes cómoda, tampoco tienes que hacerlo.

Chloe, aún mirando el espejo, respondió:

—Claro, papá. Está bien. Sobreviviremos.

—Muy bien —dijo Gil—. Y ustedes son buenas chicas, ¿lo sabían?

—No sólo buenas: las mejores —dijo Chloe.

—Del mundo entero —añadió Ingrid, imitando la voz cantora con la que Gil les hablaba cuando eran más chicas.

Matthew no necesitaba mucho de ellos; al menos no de Gil, más allá de comida. Pasaba mucho tiempo en su cuarto, en su celular —o en uno de sus celulares—, aunque bajaba cada día al sótano, donde Gil tenía un juego de pesas ligeramente oxidado y crónicamente en desuso. Una tarde, Gil bajó a cambiarse la ropa cuando escuchó un ruido metálico, un gruñido, y ahí estaba Matthew, levantando pesas en la esquina. Llevaba una camisa sin mangas y en sus hombros se notaban músculos esbeltos y bien definidos; sus tríceps se alzaron en un relieve geométrico al levantar la barra para ponerla en su sitio, donde la dejó caer con un estruendo.

—Puedo ser tu monitor, si alguna vez lo necesitas —dijo Gil, mientras Matthew se incorporaba, bañado en sudor, jadeando y mirándolo con los ojos entrecerrados por el esfuerzo.

—Gracias —dijo el chico, limpiándose la cara con una toalla de mano antes de recostarse de nuevo y poner sus manos alrededor de la barra.

Por la tarde, Gil bajó a revisar. El chico había estado levantando cien kilos. Más de lo que Gil podía, mucho más. Lo cuál no debería molestarlo, pero lo hacía. Lo sentía como una amenaza. Pero el chico sólo estaba ejercitándose. Quemando energía. Sin embargo, cuando se sentó en la banca, jadeante, el rostro de Matthew reflejaba rabia. Quizás sólo había sido el pico de testosterona. Pero Gil estaba convencido de haber visto odio en aquella mirada, un atisbo de lo que el chico verdaderamente sentía.

Molly parecía haber aceptado a Matthew bastante mejor que Gil, lo cual no era mucho decir. Cuando él bromeó:

—Sobrevivimos otro día —Ella entrecerró los ojos detrás de sus gafas de lectura y contestó—, creo que vamos a estar bien, Gil.

—Claro que lo estaremos —dijo, alzando su voz inesperadamente. Entonces respiró profundo, cerró sus ojos, concentrándose en no hacerlo de nuevo—. Sólo digo, ¿quién es él? ¿No te lo preguntas? Es casi como si hubiera recogido a la persona equivocada en el aeropuerto. En él no queda nada del niño que era.

—¿No es eso algo bueno? —Lo estaba contemplando por encima de sus anteojos. ¿Por qué no se los quitaba si lo iba a sermonear? Sólo que no era un sermón, ya que él había sacado el tema.

—No lo sé. Estoy un poco sorprendido. No de una mala forma. Sólo esperaba más, no sé. —Gil cogió su libro esperando que la conversación se detuviera, pero Molly se quedó sentada, observándolo y esperando.

—Tal vez esperaba que fuera más complicado.

—Yo también —dijo Molly—. Esperemos que siga así, por el bien de las niñas.

—Sí, las niñas —Le lanzó un beso y abrió su libro. Un momento de mutuo acuerdo que suavizaba su necesidad desagradable de antagonizar a su sobrino.

Pasó el día siguiente refinando sus planes de estudio, enviando correos electrónicos, subiendo lecturas al sitio web de la clase, y por la tarde, para no enloquecer, decidió sacar a pasear a Elroy al bosque. El cielo estaba despejado y, por primera vez en semanas, el aire estaba lleno de luz, un resplandor que la nieve reflejaba. Asumiendo una negativa, le preguntó a Matthew si quería acompañarlo.

—Claro —dijo el chico, bajando el teléfono en el que había estado escribiendo furiosamente—. Suena bien. Me he estado preguntando qué hay ahí afuera.

—Principalmente árboles y nieve —le contestó Gil.

La emoción de Elroy, fanático aguerrido de las caminatas, escaló cuando se dio cuenta de que su nuevo mejor amigo también vendría. Bailaba por la sala, y cuando Gil abrió la puerta, se lanzó por esta, saltando por los escalones, patinando, resbalando y hasta perdiendo el control de sus patas traseras por un segundo, hasta que salió disparado a través de la nieve hacia el sendero.

Desde el patio, Gil podía ver salir una delgada línea de humo de la chimenea del garaje. Habían transformado el espacio en el estudio de Molly hace años. Seguramente estaba ahí dentro, trabajando en una nueva serie: paisajes del bosque, complejos y precisos. No podía verla porque la ventana en la pared era demasiado alta, pero le hacía sentir bien saber que ella estaba trabajando. De alguna forma Molly aliviaba la tensión que Gil sentía por descuidar su escritura, como si ella lo absolviera de su negligencia.

El crujido del suelo suplía la charla pero, una vez que estuvieron bajo el silencio de los árboles, se detuvo para que el muchacho pudiera alcanzarlo.

Matthew llevaba un par de botas viejas que eran de Gil y una chamarra usada, también de él. Ambas eran demasiado grandes, haciéndolo parecer un niño jugando a la adultez. Matthew era más alto que Gil, o de la misma estatura —Gil no tenía ganas de comprobarlo—, pero era delgado, sin la masa que se acumula con la edad y la paternidad. No es que Gil estuviera gordo. Claro está que no era delgado. El chico sólo era joven. No le envidies eso. Tarde o temprano, la edad se le pondría al corriente pero, cuando sucediera, Gil sería un vermontés viejo y arrugado.

El sendero se inclinaba poco después de adentrarse en el bosque, y Gil tuvo que concentrarse en no resbalar, encajando sus botas en los surcos de la nieve y empujando su peso con las rodillas. Elroy subía y bajaba por el sendero, dejando un rocío ocasional, regresando hasta donde estaba Matthew, luego pasando a Gil y subiendo más allá de donde podían verlo. Tras la colina, el sendero seguía el borde de una meseta antes de bajar hacia un estanque.

Elroy los esperó donde el camino tomaba una curva. A Gil le encantaba la forma en que la pendiente se unía con el estanque, y cómo el límite entre la tierra y el agua era sólo un leve bulto en la nieve, y luego la severa uniformidad del hielo. Ahí se reunían ciervos, y a menudo se veían halcones en las ramas de los árboles.

Matthew lo alcanzó, sus manos en los bolsillos, exhalando vaho, entrecerrando los ojos por el brillo.

—Nada mal —dijo el muchacho.

Gil sintió una inexplicable cercanía con el muchacho mientras observaban el blanco paisaje. Casi un afecto. Quizás había estado equivocado todo este tiempo; el chico había sido un demonio en algún momento, pero había cambiado: se había vuelto una mejor persona, capaz de ver la belleza que ofrecían los paisajes invernales de Vermont.

—¿Patinas? —le preguntó a Gil, señalando el lago—. Seguro que se congela por completo.

—No es nuestra propiedad —dijo Gil—. El borde del sendero es hasta donde llega. Esto es del vecino. Vive más atrás de aquellos árboles.

—Qué mal —dijo Matthew.

¿Dónde patinaba en Nueva York? ¿Central Park? ¿Qué más ignoraba Gil? Eran muchas las preguntas.

—Hay una pista de patinaje en el pueblo y algunos estanques cerca —dijo Gil.

—Como sea —contestó Matthew—. Este clima no es un chiste, ¿eh? —No traía puesto un gorro y las puntas de sus orejas lucían rojas.

Gil le quiso decir que se pusiera la capucha, pero no lo hizo.

—No te preocupes, sólo durará tres meses más —dijo, bajándose el gorro, antes de tomar el camino que les llevaba de regreso a casa.

5

No vio el nombre de Matthew en la lista; tan sólo la había visto de reojo por la mañana tras recogerla de su buzón escolar, así que al verlo ahí, cerca de las ventanas al fondo, Gil tuvo que detenerse en la puerta a corroborar el número de salón; era, claro, el 105. Por un breve y desconcertante momento estaba seguro de que el chico estaba ahí para lastimarlo. Su buena actitud y amabilidad habían sido una farsa para encubrir este momento. ¿Por qué otra razón sonreiría de esa forma, mostrando sus dientes a través de los labios? No había forma de que el chico estuviera ahí para tomar Introducción a la Narrativa, aunque resultó ser así una vez que Gil sacó el papel ya arrugado de su mochila y pasó lista.

Ninguno de los otros estudiantes notaba algo fuera de lo ordinario. Matthew simplemente era un estudiante más, quizá más guapo y mejor vestido, con su pulcra camisa de cuadros azul. Pero sí había una diferencia, Gil pensó al leer en voz alta la descripción de la clase, que sonaba más seca que nunca. A diferencia de los otros estudiantes, que leían sus rúbricas con los nervios del inicio del semestre, Matthew miraba fijamente a Gil, como si lo hubiera estado cazando por mucho tiempo y ahora no planeara dejarlo escapar.

¿Por qué no le había dicho que tomaría su clase? ¿Cómo había entrado? La clase se había llenado desde la segunda semana del periodo de registro, y Gil ya había rechazado media docena de peticiones. Ayer Gil había llevado al muchacho al campus para que se reuniera con el rector y discutieran las clases que tomarían. Ahora estaba aquí, escuchando mientras el resto de los estudiantes se presentaban. Cuando llegó su turno, se enderezó y puso los codos sobre la mesa.

—Soy Matthew Westfallen. Estoy tomando este curso como materia optativa. Soy de Nueva York. Um, ¿libro favorito? He estado leyendo mucho a Nabokov. Mis favoritos son *Desesperación* y *Pálido fuego,* supongo —Se sentó de nuevo, luego se inclinó súbitamente y añadió—; ah, y ese de ahí es mi tío.

Un murmullo de risa corrió por la mesa.

—¿Susie? —dijo Gil, señalando a la jovencita sentada junto a Matthew, esperando dejar atrás el percance.

—¿Disculpa? —respondió ella, alterada, mirando a Matthew, que parecía encantado con el revuelo que había causado.

—Susie, ¿te puedes presentar? —dijo Gil. Probablemente debía hacer algún tipo de chiste, un comentario sobre cómo, desafortunadamente para Matthew, estaban emparentados. Pero cualquier mención implicaba el hecho de que el chico vivía con ellos, lo que llevaría, indudablemente, a preguntas que sólo la muerte de su hermana podría resolver. Pensar en eso le revolvía el estómago, y apretó su pluma con un puño débil y trémulo.

—Sí, claro, perdón —dijo Susie, sonriéndole a Matthew.

Cuando terminó la clase —cuarenta y cinco minutos antes de la hora indicada, aunque les advirtió que no se volvería una costumbre— quiso pedirle a Matthew que se quedara un momento, pero no se le ocurrió cómo estructurar el primer enunciado, cómo hacerlo parecer razonable, sin delatar que estaba dándole atención especial al chico. Para entonces, ya era demasiado tarde.

Como alternativa, Gil fue a la oficina del colegio de Inglés. La única forma en la que Matthew podía haber entrado a la clase al último minuto era a través del decano, Simon, quien había dirigido el colegio por cuatro años tras el turbulento reino de un victorianista anticuado, que se había aferrado al poder como un dictador enloquecido hasta su retiro atrasado. A diferencia de otros miembros del profesorado, Simon veía muy poca diferencia entre un escritor y un académico, y había aceptado la sugerencia de Gil con respecto al poeta que habían contratado el año pasado. La especialidad de Simon era el teatro isabelino, y tenía un poco del ingenio de aquellas obras en su forma de actuar, además de una locuaz formalidad al hablar.

Una fila de estudiantes salía de su oficina y seguía por el pasillo. Gil se abrió paso entre ellos. Simon entrecerraba los ojos frente a su computadora, su pelo lucía como una mata blanca de pastura despeinada. Una mujer malhumorada estaba sentada frente a él, masticando la tapa de su pluma.

—Simon, ¿tienes un segundo? —dijo Gil.

Confundido, apartó la vista de la pantalla de su computadora.

—Claro, Gil. Date una vuelta en marzo —contestó Simon. Entonces, su cara se iluminó—. ¡Aquí está! Hay un problema con tus créditos extra. Tendrás que ir a la oficina de registro, disculpa. —Y con eso le pidió a la joven, cuya cara se había vuelto un manojo de rabia, que se retirara.

—¿Almorzamos? —dijo Simon, poniendo su mano sobre el brazo de Gil, mientras vislumbraba la fila de quejosos—. ¿En media hora?

—Claro —dijo Gil.

Simón gritó:

—¡El que sigue! —Y un joven vestido de *pants* y sudadera entró, de forma que Gil tuvo que hacerse a un lado para pasar.

Gil había terminado de responder minuciosamente los correos de estudiantes exasperados que querían tomar su clase, pero aún no había señal de Simon, así que comenzó a revisar el papeleo de su clase, algo que no hacía sino hasta semanas después de haber comenzado el curso. Además de repasar la rúbrica y presentarse, los estudiantes también se habían inscrito al taller de narrativa. El nombre de Matthew estaba en el primer lugar de la lista y, debajo de éste, el de Susie. Usualmente nadie se apuntaba para esos primeros espacios y Gil tenía que convencer a estudiantes más experimentados, o aplazar los talleres al final del semestre. El primer lugar. El chico estaba presumiendo. No sólo podía entrar a una clase llena, a la que ningún estudiante de primer año lograba entrar, sino que también podía entregar su trabajo antes que nadie. Esta escuela, esta clase, estas tareas eran una broma. Después de todo, estaba destinado a Yale.

Tras terminar con sus pendientes, Gil sacó su libreta y la abrió en una página en blanco. Escribió sobre un profesor que entraba a clase y encontraba a su sobrino ahí, un sobrino que despreciaba y temía. Era horrible lo bien que se sentía escribir la verdad, o alguna versión de la verdad.

Simon llamó a la puerta de Gil, jalando de su chamarra. Unos mechones de pelo blanquecino salían por debajo de su gorro de lana.

—¿Listo? Si no vamos ahora quizá no logre escapar nunca.

Salieron por la puerta trasera del departamento y hacia abajo por las escaleras, mientras Simon hablaba sin parar sobre el caos del nuevo semestre; las clases de escritura que debían ofrecer el próximo año; mencionó la conferencia de la próxima semana; habló sobre algún académico literario y Gil debía incitar a sus estudiantes a que asistieran. Una vez fuera, las ráfagas de viento interrumpieron la conversación. La cafetería para maestros estaba en el último piso del Centro Universitario, escondida junto con las oficinas de los clubes estudiantiles. Le pagaron cinco dólares a Sandy en la recepción, recolectaron su mezcolanza de comida —pedazos de pollo frito servido en humeantes charolas de aluminio, un poco de ensalada casi totalmente compuesta por corazones de lechuga— y consiguieron una mesa.

Mientras guardaban sus muslos con servilletas de papel, Gil dijo:

—Esta mañana, en mi clase de ficción, me sorprendió darme cuenta que mi sobrino estaba inscrito.

Simon clavó un poco de ensalada en su tenedor, sin saber cómo recibir esas palabras. ¿Estaba Gil haciendo una observación? ¿Era una queja?

Gil no añadió nada más. Simon asintió:

—Ah, sí, debí habértelo dicho, disculpa. Vino a mi oficina ayer, me preguntó si podría hacer una excepción —Se ajustó las gafas, pequeñas y redondas—. Ya sabes cuánto odio las excepciones, pero es tu sobrino, así que me imaginé que lo había hablado contigo antes. Me da la impresión de haberme equivocado.

—No me lo mencionó. Seguro asumió que estaría bien.

—¿Y lo está? —dijo Simon, engullendo un trozo de jitomate.

—Claro. Yo… —Pero Gil no sabía qué decir. Ahora que lo hablaba con Simon, los problemas que había percibido antes se desvanecieron.

—En mi defensa —dijo Simon, levantando las manos como rindiéndose—, tenía una carta de su director en la que nos pedía inscribirlo a las clases. Sé que es inusual. Si prefieres, el chico puede entrar a poesía, con Nicole.

—No, seguro estará bien —dijo Gil. Era un idiota. Había estado tan seguro de que algo estaba mal, pero no podía explicarlo exactamente. Tan sólo mirar el pollo frito en su plato hizo que su cara se sintiera grasosa, pero igual hundió el cuchillo en uno de los trozos.

—¿Y cómo está tu sobrino? —dijo Simon, mostrando una preocupación genuina—. Ambos padres. Pobre.

—Parece estar bien. Considerando todo—. Una esquina del pollo cedió, fibrosa y tan seca como la piel, pero igual la clavó con su tenedor.

—Y tu hermana… Lo siento tanto. Me gustaría haber podido ir al funeral —dijo Simon. Mientras tragaba un trozo de pollo, Gil recordó la llamada que había recibido ayer. No la había olvidado por completo, pero la hizo a un lado por la excitación del inicio del semestre. Una detective de Nueva York le había dejado una nota de voz: «Quería repasar algunas cosas de la investigación, si pudiera devolvernos la llamada». Le había dejado su número.

—Pensé que podría ser bueno para él —dijo Simon. Gil se había perdido el último par de enunciados.

—¿Bueno para quién?

¿Qué cosa?

—Hacer que se sienta más cómodo, más en casa.

—Ah, Matthew. Claro —respondió Gil—. Seguro que estará bien. ¿Qué tal estuvieron las entrevistas para las maestrías?

Feliz de cambiar de tema. Simon volteó los ojos y relató las peripecias de conducir entrevistas en el campus para la posición de Literatura Americana del Siglo XIX.

Gil escuchaba a medias, intentando explicarse cuál era el problema. ¿Por qué había querido hablar con Simon? ¿A qué le tenía miedo? Porque, siendo honesto, tenía miedo. Había tenido miedo. Seguía teniéndolo.

Quizás Matthew no recordaba el incidente... Pero claro que lo recordaba: tenía once años. No había sido un bebé, y eso lo empeoraba todo. Es lo que lo volvía, para Gil, un acto de maldad.

6

Junio, 2012

—Es ahí, definitivamente —dijo Molly, apuntando a un techo que sobresalía por entre las dunas. Gil había pensado que estaban perdidos. El pueblo de Montauk había quedado atrás y ahora entraban a lo que parecía una reserva natural. Solo el centelleo de algunas mansiones por entre los arbustos y los árboles parecían indicar lo contrario. Fincas privadas, pensó, mientras giraba para entrar por un camino angosto que no estaba en el GPS, pero que estaba marcado por un señalamiento de madera clavado a un delgado pino: los Westfallen.

Nunca se había acostumbrado al apellido de su cuñado. Ahora era el de su hermana. Tan expresamente anglosajón-blanco-protestante. Niles, probablemente, tenía estudiado su linaje hasta el año 1066, o más atrás. Hasta llegar a los romanos, quizás. Y si había alguien que tenía los recursos —el dinero— para investigarlo, era Niles. Quedaba claro al ver esa casa enorme, emergiendo del paisaje, como si saliera de la arena para entretener al *rey Niles*.

La casa era moderna, con ángulos agudos y casi toda de vidrio. El techo inclinado estaba cubierto de paneles solares, y ahí en la entrada, aparcado bajo un porche que le daba la vuelta a la construcción, había un Ferrari rojo brillante. Gil estacionó el coche rentado —un Mercedes, que se veía mal en comparación— lejos de la entrada.

No habían visto a Sharon ni a su familia en dos años, desde que ella había llamado para decirles que llevaría al pequeño Matthew, de nueve años, a Vermont. Qué de lujo, ¿no? Irían a Stowe con algunos amigos. ¿Quizás podían verse en las montañas?

Los pases por día para el *resort* costaban casi tanto como un pase de temporada completa en la pista de esquí que ellos frecuentaban. Pero, en la ausencia de sus padres, Gil había sentido lo frágil que podía ser la familia, cómo podía desaparecer su pasado. Además, las chicas buscaban algún tipo de conexión más allá de ellos, primos o más familia.

Una vez que llegaron a la montaña se volvió difícil recordarlo. Durante el registro, su hermana apenas les puso atención. Pasó la mayor parte del tiempo susurrando como una colegiala con su amiga, una mujer hermosa y arrogante con licras de esquí ajustadas, quien los miraba con desprecio y no les dirigió en ningún momento la palabra. Gil pasó la mayor parte del día con Ingrid en las pistas más sencillas, así que los reportes sobre el comportamiento de Matthew llegaron a través de Molly. Aparentemente, el chico había atacado a su niñera, una joven francesa, con sus bastones: mientras se ponían las botas, le había gritado que la odiaba, llamándola una perra, diciéndole que quería matarla. Más tarde, durante un descenso, el chico se le había metido a la niñera y la había hecho tropezar. Ella había caído, perdiendo sus esquíes. Aunque no estaba herida, la niñera había llorado al levantarse, mientras se ponía otra vez los esquíes que Molly había recuperado, y descendía siguiendo la figura de Matthew. Molly y Chloe habían visto a la niñera y a Matthew en el café de la cima de la montaña, donde el chico bebía una enorme taza de chocolate caliente mientras la joven miraba con desesperanza por la ventana, como si estuviera considerando aventarse.

Gil no interactuó con su sobrino hasta el final del día, mientras se quitaban las botas. Ingrid estaba cansada y callada, y Chloe tomaba chocolate caliente junto a su madre, observando a su primo con cautela.

—¿Te divertiste? —le preguntó Gil a Matthew, mientras le quitaba las botas a su hija.

—¿Te divertiste? —el niño repitió en una voz aguda y molesta. Sus mejillas se habían sonrojado con el frío, su pelo rubio y húmedo se encontraba adherido a sus sienes y sus labios formaban la curvatura de una mueca.

—¿Discúlpame? —dijo Gil, confundido.

—Ay, ¿qué pasa, tío Gil? — dijo el niño. Sus ojos azules brillaban con malicia. Gil siempre había asumido que eso nunca ocurría, les decía a sus estudiantes que nunca incluyeran ojos brillando en sus cuentos. Sin embargo, los de su sobrino brillaban con odio, como si fueran a salirse de sus órbitas.

—¿No escuchas bien? ¿O sólo estás tarado?

—¿Qué? —Sostenía las botas de Ingrid en una mano; su hija estaba tensa, mirando al chico.

—¿Sordo? —gritó el chico, acercándose tanto que un poco de saliva saltó de sus labios y terminó en los párpados y la mejilla de Gil—. ¿Eres sordo, tío Gil?

Gil sofocó el impulso de tomar a su enclenque sobrino por la tráquea.

—Supongo que sí. Y tarado —dijo Matthew, mientras se levantaba para retirarse.

Hirviendo, Gil terminó de quitarle las botas a sus hijas, las llevó al baño y buscó a Sharon. Le envió un mensaje, pero no obtuvo respuesta. Luego intentó llamarla, pero entró directo a buzón. Mientras Molly y las chicas bebían chocolate, Gil salió al estacionamiento, miró estúpidamente las hileras de coches, luego al hotel. Su hermana tenía una habitación, pero no sabía el número. Después la encontraron en el bar, sentada al fondo de la barra, como escondiéndose con su amiga, bebiendo una copa de vino blanco. Sharon les invitó sin mucho ánimo a subir a su habitación, ignorando a su hijo, que estaba arrodillado, vaciando paquetitos de azúcar sobre la alfombra. Gil dijo que tenían que llegar a casa porque las chicas estaban cansadas, había clases mañana. Esto fue un claro alivio para Sharon, aunque al menos se dignó a bajar de su silla para darle a todos unos breves y tibios abrazos. Matthew no hizo caso cuando su madre le dijo que se despidiera de sus primas.

Fue doloroso no decir nada hasta que las chicas se durmieran, pero tan pronto lo hicieron, Molly y él compartieron en susurros su disgusto hasta llegar a casa. ¿Sabes qué? Ya estaban hartos de ellos. ¿Que no Matthew siempre había sido lo peor? ¿Desde que nació? La madre de Gil le había contado cómo Matthew la había mordido una vez cuando estaba en la cuna. A veces los niños muerden, pero esto había sido diferente: Matthew se había reído. Su madre no solía hablar de la vida familiar de su hermana con él, pero durante esa conversación se llevó la mano vendada al pecho y dijo que el niño le había parecido malvado porque lo había disfrutado. Pero luego, quizás dándose cuenta que había sido demasiado franca, dijo que era sólo una etapa. Todos los niños pasaban por malas fases. Algunas sólo eran más profundas que otras.

Había algo de cierto en esto. De un día para otro, la hija de su vecino, una joven encantadora, se había transformado en una rufiana malhumorada y caprichosa que no les devolvía las llamadas. Y, en unos años, quizás se transformaría en otra persona. Tan pronto habían nacido sus hijas, Gil comenzó a escribir sobre las infancias, fascinado por su naturaleza cambiante que le confirmaba lo que había llegado a creer: el «ser», o la «identidad», no era más que una delgadísima máscara. Una hoja de papel revoloteando en la mano. Sólo se necesitaba una sorpresa, un cambio en la dirección del viento, para que saliera volando por la banqueta, para que cayera y se volviera pulpa en la alcantarilla.

Tras el viaje de esquí, Molly y él a menudo habían hablado —o malhablado, en realidad— de Matthew, Sharon y Niles. ¿Podía siquiera considerarse crianza lo que hacían? ¿Dejar a su hijo al cuidado de una serie de niñeras que parecían haber sido escogidas por su físico y sus acentos europeos, y no por su habilidad para cuidar a un niño, especialmente a un niño difícil y malvado? Fue a través de esta rutina de queja y juicio que sintió cómo empezaba a desagradar a su hermana, a despreciar a la mujer en la que se convirtió, a quien desconocía en lo absoluto. Al final, quizás, ese era el problema: había perdido contacto con ella y eso le generaba un dolor intenso. Estaba perdiendo contacto con la única persona que quedaba en el mundo que había conocido cómo era Gil hace tanto tiempo: un niño que había dormido con su foca de peluche toda la preparatoria, un secreto que ella jamás había revelado. Ese chico había desaparecido casi por completo, pero vivía aún en la mente de su hermana. Su hijo era un dolor de huevos y ella ya no era la persona que Gil conocía. Estaba bastante seguro de que se había puesto bótox. Quizás había sido el clima frío, pero sus ojos y mejillas se veían inquietantes y tiesos. ¿Quién era? Aunque había otra pregunta más importante: ¿la había conocido en realidad?

No había sido una sorpresa en lo absoluto el que Gil siguiera los pasos de sus padres al llevar una vida —modesta, es cierto— de intelectual y académico. Era una buena vida en muchos sentidos. Llena de significado, o al menos con el potencial de tenerlo. Además, estaba el estatus social de ser profesor, de contar con los veranos libres y una paga constante —si bien reducida. Había asumido que Sharon buscaba lo mismo, pero después de que ella dejó la maestría para casarse con Neil y transformarse en esta nueva persona, Gil reconoció ciertas señales de su descontento en retrospectiva: su obsesión cuando niña por los caballos; sus constantes berrinches cada que sus padres le explicaban que no podían pagar clases de equitación; su amistad con el grupo de chicas más adineradas en la preparatoria privada, a la que sus padres la habían metido con un préstamo del banco, y sus amargas quejas cuando no eran capaces de mandarla de viaje en año nuevo para esquiar en Deer Valley o a pasar Semana Santa en las Bahamas. Gil se dio cuenta, más tarde de lo que debía, de que Sharon había resentido su vida de clase media, su pequeña casa en Alexandria con sólo un baño completo —inodoro y lavabo adicionales en el sótano—, una situación que requería cuidadosa planificación para ducharse por la mañana. Había resentido, sin pelos en la lengua, su Volvo de diez años, que había conducido sólo cuando no quedaba alternativa. Ella y sus amigas lo habían apodado «caquita con ruedas», y se refería al carro por ese nombre, incluso delante de sus padres. Gil podía ver, detrás de todo este tiempo, cómo Sharon siempre buscó una vida diferente, edificada sobre la comodidad que trae consigo la riqueza. Le había dado a la Academia una oportunidad a medias: licenciada en Filosofía por Yale, iniciando su maestría en Columbia. Pero, a la primera oportunidad real, lo había dejado todo: su estudio en Morningside Heights para mudarse al departamento de Niles, en Tribeca, y luego a uno más grande y lujoso al norte de la ciudad. Su nuevo y ondulado armario de gustos discretos y caros había reemplazado a la mezclilla negra y a las botas. Se cortó el cabello y se lo tiñó, y su cara parecía esculpida. Dejó de llamar a Gil: casi nunca la veía y, cuando lo hacía, tenía que lidiar con la sorpresa de que esta mujer, con tacones y con su cartera de piel bajo el brazo, era su hermana. Mientras lo saludaba con la punta de los dedos y se inclinaba a besar su mejilla, se preguntaba, ¿quién era ella?

Sin embargo, solo había una forma de descubrirlo, a medida que la edad comenzaba a apilarse y sus vidas se separaban más. Evitándola no lo lograría. Tenía que esforzarse, pasar tiempo con ella a pesar de su insufrible hijo.

Así que viajaron a los Hamptons. Era una oportunidad para reapropiarse de algo. No sólo su relación con su hermana, sino también su pasado, el chico que había sido. Si su hermana se había vuelto un cascarón vacío, como temía, si su hijo era un monstruo impenitente, si su esposo era un hombre pretencioso, ávaro y condescendiente, pues entonces dejaría morir la relación. Pero algo dentro de él necesitaba intentarlo una vez más.

Molly y las chicas se bajaron del coche, murmurando sorprendidas por lo magnífico de la casa. En verdad lo era. También lucía terrible, injusta, ridícula y absolutamente hermosa. Su hermana había comprado la casa el otoño pasado, tras rentar en East Hampton por años, pero tenía que alejarse de ese círculo, al menos eso les había dicho cuando llamó por teléfono para insistir en que usaran su avión privado. No se imaginaba que Montauk fuera diferente; un poco más alejado, en la punta de Long Island pero, a fin de cuentas, tierra de millonarios que construían mansiones imposibles entre dunas. A estas casas las arrasarían los niveles crecientes del océano, pero eso era parte del punto. Eran símbolos de exceso, emblemas de consumo descarado, aquello que había elevado los niveles del mar, aquellos glaciares derritiéndose en Groenlandia. Estas casas eran un acto de rebeldía —quince, veinte millones invertidos en una casa que podría ser arrasada por un huracán el próximo año— y un regocijo frente a esa precariedad. *Aquí estamos. Haz lo peor que puedas.* Cuando llegara, Sharon y su familia estarían a salvo, instalados en su casa de montaña en Vail, protegidos por un escuadrón de soldados bien pagados, mientras el mundo ardiera hasta las cenizas.

Si se hubiera atrevido a decirle esto a cualquiera, incluso a Molly, pensarían que era ridículo y lo tacharían de envidioso. Porque era así, ridículo y envidioso.

—¡Aquí están! —gritó su hermana, abriendo una puerta corrediza para salir a la terraza. Llevaba un conjunto de jugadora de tenis, falda y blusa blancas y su pelo oscuro recogido.

—Pasen, pasen, la puerta está abierta. —Y mientras entraban, añadió:— ¡Dejen sus zapatos en la entrada!

Sharon los recibió en la cima de las escaleras con besos y abrazos para todos. A diferencia de Gil, que tenía menos pelo que la última vez que se habían visto —hace cinco años, cuando sintió por primera vez el frío del cierre en la chamarra de Chloe mientras la cargaba en sus hombros, revelándole el destino baldío de su cabellera—, Sharon todavía se veía joven: sin ojeras, sin líneas de expresión y con una quijada bien definida y esbelta.

La casa era igual de impresionante por dentro. Parecía ser sólo un gigantesco espacio, pero se segmentaba en partes más pequeñas, cuartos, o alguna aproximación más contemporánea: había paredes que resultaban ser puertas y que Sharon abría con el toque de un panel. El frente de la casa, que tenía vista al océano, era completamente de vidrio: un paisaje liso e ininterrumpido de olas blancas y espumosas.

Por una de las ventanas, Gil alcanzó a ver la piscina: un óvalo brillante y azul, más oscuro en uno de los extremos. Su hermana no la había mencionado, como si no valiera la pena hacerlo.

—Niles y Matthew están en la lancha —dijo Sharon, apuntando al mar, como si fueran a pasar por ahí. Gil había visto fotos de la lancha en Facebook y estaba bastante seguro de que se trataba de un yate—. Pero ustedes pónganse sus trajes mientras aún queda sol.

Las chicas corrieron por la casa hacia el cuarto de huéspedes. Cuartos de huéspedes.

—Estoy tan feliz de que estés aquí —dijo Sharon, tomando su brazo y guiándolo hacia la impecable cocina. Barra de mármol negro o tal vez algo más exótico, electrodomésticos con un acabado futurista de cromo, un lavabo en el que se podría bañar un niño grande. Mientras entraban, una mujer salió por la otra esquina de tal forma que Gil sólo pudo ver su pelo, atado en un chongo, y su camisa blanca. Sharon no hizo ademán de presentarlos, y Gil asumió que se trataba de la empleada doméstica o una niñera.

—Gracias por recibirnos —dijo—. La casa es preciosa.

—Nos gusta bastante —dijo, señalando con un ademán las brillantes ventanas que atravesaban la sala de estar, como si no fuera gran cosa. Podía ser difícil de procesar, pero gastar veinte millones en una casa así era, para Niles, como si Gil comprara un Chevy usado. Algo laborioso, que necesitaba investigación y papeleo, pero definitivamente posible.

—Las niñas están muy emocionadas de venir a la playa —dijo Gil. Y añadió, pensando que podía sonar como si no les importara ver a Sharon o a su familia—. Y de estar aquí con ustedes. No han visto a Matthew en mucho tiempo.

—Matthew; sí, bueno, Matthew —dijo Sharon con voz suave. Sacudió la cabeza—. Mejor apúrense. Cócteles a las cinco. Somos muy estrictos con eso por aquí.

Siguieron un camino sinuoso entre las dunas para llegar a la playa. Mientras seguían a las chicas, cada una cargando una tabla de *bodyboard* y varios dispositivos de flotación, decidió que venir aquí había sido la decisión correcta. Extrañaba a su hermana. Ella era todo lo que le quedaba tras la muerte de sus padres. Sin Sharon, sólo tendría a Molly y a las chicas, y claro que ellas eran suficientes, pero pronto crecerían y se irían a la universidad, como deberían hacerlo. Entonces, sólo serían ellos dos en la casa de Vermont. Cuidaría del jardín, cortaría madera, caminaría por el bosque, que sería exactamente como el bosque era ahora, sólo que sería un anciano quien caminara por sus árboles, con una gorra negra cubriendo su cabeza totalmente calva. Y cuando regresara a casa, habría silencio; sólo el murmullo de la radio en la cocina donde, quizás, Molly estaría preparando algo; o el sonido de una lámpara encendiéndose antes de que comenzara a leer. Con Sharon, su mundo era un poco más grande. Y no importa qué tan malo fuera su hijo —qué alivio había sido llegar y no verlo—, podían soportarlo.

Cuando eran niños, sus padres los habían llevado a la playa, pero nunca a un lugar así. Habían acampado, bajando por las colinas de los Outer Banks hasta Ocracoke, donde alzaban sus tiendas en una caleta detrás de las dunas —una para sus padres, con un habitáculo donde se escondían de los mosquitos por las tardes, y una tienda de dos para ellos—. Pasaban tres o cuatro noches, y sus bolsas de dormir iban llenándose de arena, y siempre despertaban con la piel irritada. Partían con su padre por las mañanas, mientras su madre dormía asoleada en la tienda. A menudo se habían aventurado al océano por su cuenta, donde Sharon tomaba su mano mientras se sumergían, alejándose lo suficiente como para dar vueltas en el agua mientras su padre tomaba café. Gil lo recordaba con claridad: sentado con las piernas cruzadas en la arena, una gorra de béisbol percudida bloqueando el bajo sol de la mañana, de forma que no se le veía la cara entre la barba y el visor.

Hasta su último viaje, cuando Sharon tenía doce, habían inventado sus propios juegos dentro del agua. *Star Wars*, a menudo; o a veces eran huérfanos, otras peleaban contra mosquitos que los habían seguido desde las dunas.

Por la tarde, conducían alrededor de la isla o se detenían en la única tienda a comprar provisiones y refugiarse del sol, y luego su padre preparaba la cena. Era un pésimo cocinero, pero era el único que sabía cómo mantener encendida la estufa de gas —un modelo alemán poco confiable que había comprado por correo años antes de que naciera Sharon—. Su madre se sentaba en una silla plegable, leyendo, viendo a su esposo acuclillarse sobre la llama azul, en la que cocinaba patatas en papel aluminio, que siempre quedaban duras por dentro; filete, que quedaba demasiado sangriento; o champiñones y habas, que se le quemaban. Comían con cubiertos especiales de acampar: cucharas-tenedores con asas amplias, demasiado grandes para sus bocas, y cuchillos de la colección de su padre, con los que debían tener cuidado para no atravesar el plato de papel sobre sus muslos en la oscuridad. La cena de su padre quedaba fría mientras desarmaba la estufa, quitando el pequeño tanque de propano, dejando el quemador a un lado para que se enfriara, y luego sirviéndose vino en una taza azul, vaciándola bocanada a bocanada mientras los observaba comer antes de tomar asiento, decepcionado de haber terminado con sus labores.

En casa, Sharon se estaba volviendo una adolescente —pasaba muchas horas en el teléfono, acaparándolo, aunque Gil no tenía nadie a quién llamar—, pero en la playa seguía siendo una niña. Cada vez que ella decía «Vamos a jugar», salían corriendo hacia las dunas o hacia su tienda, y Gil sentía un salto de alegría, como si supiera que esa cercanía no podría durar.

Ahora estaban en los Hamptons, la fantasía neoliberal de la vida en el mar. Una mansión en lugar de una tienda, con baños de mármol en vez de baños públicos, y chefs privados en vez de lasaña congelada. Pensar la casa de Sharon como una traición hacia la crianza que les habían dado su madre académica y su padre periodista era demasiado simplista, pero Gil estaba seguro de que su padre estaría de acuerdo. Pese a ello, Sharon había invitado a Gil y a su familia. Los quería aquí, con ella, en este paraíso comprado. Era difícil el resentimiento entre las olas suaves y la arena dorada.

Era junio y las niñas gritaban al entrar y salir del agua fría. Para cuando Molly terminó de acomodar las toallas y las sombrillas, las chicas le rogaban que fuera con ellas más adentro para que pudieran mojarse. Gil se estremeció un poco al primer contacto con las olas y se aferró de la mano de Ingrid —tenía apenas seis y era demasiado pequeña para nadar en el mar por su cuenta—, pero Chloe, independiente a sus nueve años, se rehusó a tomar su otra mano. Vadearon mar adentro, dándole la espalda a las olas que chocaban contra ellos y luego, a la cuenta de tres, se sumergieron bajo el agua, salieron empapados y regresaron a la arena cálida.

Ingrid quería meterse a la alberca, por la que pasaron de regreso a la casa, pero tenían que bañarse antes de cenar. Su teléfono sólo tenía una barra de señal y eran casi las seis. Habría tiempo de sobra para la alberca, porque estarían aquí toda la semana.

Tras enjuagarse la arena en la regadera de la planta baja —en lugar de suelo de hormigón, estaba revestida de lo que él pensó que era pizarra, suave pero sin ser resbaladiza— las chicas subieron corriendo envueltas en toallas.

Al principio pensó que la casa estaba vacía, pero alcanzó a ver la cabeza de su hermana en una de las sillas de la terraza por la puerta de vidrio.

—Echen sus toallas en el cesto del baño —dijo—. Y, para su información, llegan tarde —Levantó un mojito—. Pero te perdono, hermano. Ahora, sírvete un trago para acompañarme en el libertinaje.

Un hombre apuesto con acento europeo recibió a Gil en la cocina y le preguntó qué le preparaba. Molly no tardó en unirse a ellos en la terraza, mientras las chicas se quedaban en la habitación viendo programas en el gigantesco televisor.

Sharon le preguntó a Molly a qué artistas debía poner atención, pero Molly admitió que no había ido a las galerías de Nueva York en años. Era tan fácil perder contacto, y el mundo del arte estaba cambiando constantemente. Sonaba avergonzada, igual que Gil lo hubiera sentido si Sharon le hubiera pedido recomendaciones de lectura. ¿Acaso era que esta casa, este terreno, toda la opulencia, amplificaban el sentimiento de haber pasado desapercibidos? Incluso si uno veía el mundo de las finanzas como un fraude—y Gil definitivamente lo veía así—, Niles lo había conquistado, sin duda alguna; Molly y Gil habían fallado. No eran famosos o reconocidos. Habían trabajado, habían vendido algo de su obra, pero ¿dónde estaban los monumentos en su honor?

—Nosotros tampoco hemos ido. La última gran exposición que vimos fue Abramović en el MoMA —dijo Sharon.

—Dios mío, eso suena increíble —dijo Molly, enderezándose—. Desearía tanto haber ido.

Recordaba que ella había estado un poco obsesionada con ese performance: había visto la transmisión en vivo en el sitio web del museo por horas. La había encontrado llorosa, mirando a una mujer sentarse frente a extraños hora tras hora. No entendía qué era lo que le parecía tan profundo; se había resistido de alguna forma al arte performático.

—Verdaderamente fue increíble. Estuvimos en la inauguración —dijo Sharon—. Nos sentamos junto a ella.

—¿En serio? —dijo Molly, quitándose los lentes de sol, como si apenas pudiera resistir tanta emoción—. ¿Cómo?

—Bueno, ya sabes, Niles es miembro de la junta directiva. Cuando nos ofrecieron la oportunidad, obviamente aceptamos. Fuimos de los primeros, y claro, esa pieza tiene que ver con la resistencia, todos esos rostros, día tras día, pero aun así, fue intenso y terrible. Sólo me senté con ella por siete minutos. Ella de verdad me *miraba.* Sin tregua. Pero también, de alguna forma, era gentil y eso lo volvía peor. No estamos acostumbrados a eso, creo.

—El reconocimiento —dijo Molly.

—Exacto. La sensación de ser visto por completo. No solemos mirarnos así entre familia y entre amigos. Lo cual suena como si a nuestras vidas les faltara algo. Quizás sí. Pero es lo que consideramos nuestras vidas, estos destellos del otro. Y sentada ahí, de frente a Marina, fue demasiado humano, dijo alguien. Pero iba más allá. Escuché a alguien más decir que fue un momento religioso, con todo el miedo y el misterio de la religión.

Gil sentía que escuchaba un parpadeo de la vieja Sharon, la persona que habría sido si no hubiera conocido a Niles al inicio de su maestría.

Ella se rio y sacudió la cabeza.

—Así que, claro, luego va Niles y se sienta por más de una hora. Más tiempo del que nadie se había sentado hasta ese momento. Después fuimos a cenar, y fue como si nada hubiera ocurrido.

Contó aquello como un chiste y, al mismo tiempo, como prueba de lo que ya todos sabían: Niles era superior. O Gil no lo comprendía. Quizás estaba molestando a Niles, burlándose un poco de él. Gil, con gusto, lo habría molestado más: el esposo de Sharon era un narcisista muerto por dentro que se esforzaba por transformar una obra de arte sobre la conexión humana en una exhibición de su capacidad para dominar.

Esta era la Sharon que no quería conocer. La ama de casa, la mujer rica, la mujer que se derretía por su esposo arrogante. La única vez que se quejó de esto con su madre, tras la boda de Sharon y la compra de su apartamento en el Upper East Side, su madre había insistido en que todavía era la misma: seguía siendo inteligente, interesante, pero ahora eso se expresaba de nuevas maneras. ¿Tan difícil de creer era —le preguntó en su tono más didáctico— que alguien quisiera renunciar a la academia, a sus salarios bajos y competitividad constante y su sexismo implícito? ¿Era tan sorprendente que Sharon quisiera comodidad, placer, viajes y la libertad para hacer cualquier cosa, ir a cualquier lugar? ¿Qué no siempre le había encantado viajar? ¿No había pensado en transferirse a Oxford tras su año de intercambio allá? Y con Niles podía tener al menos una versión de la vida que parte de ella siempre había querido, y eso era lo que todo mundo intentaba hacer con sus vidas, ¿o no? Entendía eso. Pero ¿esto era lo que ella quería? ¿Una vida entre fanfarrones suntuosos? Quizás, su madre había sugerido, simplemente envidiaba la comodidad y riquezas de Sharon. «Pura mierda», había dicho, enojado, pero era difícil no sonar a la defensiva. En ese momento estaba viviendo al día con su salario de suplente. Su padre, un periodista endurecido por lo brutal que era reportar el mundo semana tras semana, había escuchado toda la plática con el ceño fruncido, y declaró que Gil debería estar feliz por su hermana, incluso si no entendía sus decisiones. Sharon estaba feliz, hasta donde cualquiera de ellos podía ver. Y eran su familia. Nadie le pedía a Gil que apoyara a Sharon, sólo que la aceptara, que fuera feliz por ella. Gil sería más feliz, su padre había dicho, si hacía a un lado sus diferencias. No había prueba de esta última declaración o, probablemente, no había hecho caso a los consejos de sus padres.

Un joven —Giovanni, de Roma, les explicó Sharon— les trajo otra ronda de bebidas, y mientras las tomaban de la bandeja, Niles y Matthew regresaron.

Primero fueron los gritos.

—¡No, papá, jódete tú! —Gil escuchó abajo, donde un coche se había estacionado, aunque uno tan fino que no era detectable por el oído humano, y se levantó de su silla, en la que su negroni y la sensación de las olas lo habían atrapado.

—¡Matthew! —rugió Niles, al azotarse una puerta en la planta baja.

—Bueno, regresaron —dijo Sharon, levantándose los lentes de sol para mirar un ave posada en uno de los mástiles al fondo de la terraza.

—¡Vete a la mierda y déjame solo! —gritó Matthew adentro, más cerca. ¿No los veía ahí afuera? ¿No habían notado su coche?

Gil resistió el deseo de voltear y ver boquiabierto a su terrible hijo. Probablemente podría ver al chico por el cristal y Sharon podría tomarlo como un maleducado.

La puerta a la terraza se abrió y ahí estaba el chico, jadeando, con su hermosa cara vuelta un remolino de rabia. Más allá, el chico era inquietante en otros aspectos: once años, pero no era un preadolescente enclenque. Lucía como una versión pequeña y finamente esculpida de un adulto.

—¡Mamá! —gritó, como si ella no estuviera a dos metros de distancia— ¡Mamá!

—Sí, Matthew —dijo Sharon, volteando la cabeza, pero sin levantarse.

—Mamá, ¿puedes venir a decirle a papá que deje de ser un hijo de puta? —Todo esto lo gritó desde la puerta, con sus brazos extendidos en el marco dejando ver los músculos de sus brazos.

—Cielo, quizás necesitas tomarte un tiempo fuera y calmarte —dijo Sharon.

—¡No! —gritó el chico, cerrando sus ojos con fuerza y echando su cabeza para atrás, luego volteando hacia Gil, mostrando sus dientes como un perro rabioso.

—Ven a decirle hola a tu tío, por favor —dijo Sharon, como si la cortesía fuera posible.

—No, ven aquí ahora mismo. Necesito que le digas a papá que deje de ser un chupapitos—. Su tono ahora era un quejido y saltaba en el umbral de la puerta como si estuviera a punto de orinarse encima.

Sharon dejó escapar un suspiro elaborado y se levantó, bajando sus lentes de sol para mirar las olas.

—Guárdenme el lugar —dijo. En ese momento, Gil sintió que el ambiente había cambiado y supo que el resto de la semana no sería en absoluto como esas primeras y relajantes horas.

Sharon pasó del muchacho, que se quedó en la puerta, mirando fijamente a Gil, como si estuviera considerando escupirle en la cara a su tío. Con un giro de la cabeza se volteó y siguió a su madre, volviendo a gritar.

—Mejor voy a ver a las niñas —dijo Gil, levantándose y sosteniéndose de la silla para no perder su balance tras las bebidas y el súbito estruendo de adrenalina—.

—No me puedes dejar aquí sola —susurró Molly, inclinándose en su silla para tomar su mano—. ¿Qué si regresa?

—Entonces será mejor que vengas a esconderte —susurró, como si algo pudiera escucharse por encima de los gritos.

Bordearon la sala por el lado más alejado de la cocina, de donde venían los gritos de Matthew: «Esto es pura mierda. ¡Mentirosos hijos de la chingada! ¿Cómo se atreven a mentirme así?».

Gil cerró la puerta de la suite para invitados, despuntando la voz del niño. Había un seguro en la puerta que debería poner. Después de todo, su sobrino estaba aparentemente loco. Una vez que sus padres estuvieran muertos, el chico vendría por ellos con el cuchillo ensangrentado.

Las niñas estaban viendo *Juego de gemelas* con caras de preocupación. Era obvio que habían escuchado todo.

Deberían irse. Llamar un taxi y tomar el tren a Nueva York. Matthew tenía problemas y su presencia sólo empeoraría las cosas.

Si tan sólo hubiera hecho caso a su intuición, quizás todo habría sido distinto.

Todo el día siguiente Gil tuvo problemas para mantenerse despierto. No se había quedado dormido en una playa desde que tenía veinticuatro, cuando había desfallecido en una playa de arena negra en Guatemala, donde había estado viajando para escribir, aunque en realidad pasaba la mayor parte de su tiempo borracho y pacheco en bares de gringos. En Guatemala se había despertado para descubrir que sus amigos se habían ido y que los mosquitos estaban sobre él. Pero ahora había personas a las que tenía que cuidar, debía asegurarse de que las niñas no entraran solas al mar.

Se obligó a sentarse junto a Molly, quien estaba bajo la sombrilla con un libro abierto sobre su pecho. Su cabeza le palpitaba, un pulso seco y a destiempo del sonido de las olas rompiendo.

Cada vez que Niles había abierto una nueva botella, Gil respondía «Claro, gracias», incluso cuando sabía que era mejor detenerse. ¿En qué otro momento podría beber tanto vino? Niles era un presumido, pero tenía un gusto impecable. ¿O el *sommelier* que llenaba su cava tenía gusto impecable y Niles se quedaba con el crédito? ¿Qué importaba cuando había botellas de un Valentini Montepulciano del 2000, un Latour, también del 2000, y un La Tache, que Niles declaró como «algo verdaderamente especial»?

Sharon dejó a las chicas y a Matthew en los asientos suaves del cine privado frente a una gigantesca pantalla en la que verían *Up: una aventura de altura*. Había dejado que Ingrid escogiera la película y, tras media hora, mientras seguían con sus platos de ensalada, Matthew salió refunfuñando, diciendo que no vería una tonta película de bebés porque él no era un bebé y odiaba esa película. Una puerta se azotó a la distancia. Mientras la cena seguía, Gil fue a revisar cómo estaban las niñas, quienes estaban acurrucadas junto a un gran tazón de palomitas. La niñera —una mujer mayor con rasgos asiáticos— le sonrió desde la hilera del fondo, asintiendo como si indicara que todo estaba bien. Matthew, gracias a Dios, no estaba por ninguna parte. Se quedó viendo la pantalla un minuto: una casa ornamentada flotaba por el cielo, sujetada por globos. Habían visto la película en el cine. Cuando dio un paso para recordárselo a las niñas, sintió de repente su borrachera, el vino en su aliento, el mareo placentero y puso una mano en los asientos para no perder el balance. Probablemente se veía borracho, al menos a los ojos de la niñera, así que se dio la vuelta y regresó a la luz de la casa con los adultos.

Para cuando sacaron el bourbon, Gil ya había perdido el sentido del gusto, pero aun así sostuvo la copa especial bajo su nariz, le dio unas vueltas, escuchó la historia de lo exótica que era este lote, cómo Niles le había comprado la botella a un peculiar coleccionista japonés que tenía una manada de lobos en sus tierras. Gil de repente comentaba lo interesante que era todo, y se quedó en la mesa cuando Molly se levantó para acostar a las niñas. Sharon se fue a acostar poco después.

Era interesante, incluso las obscenas cantidades de dinero que un solo sorbo costaba lo volvían ridículo. Pero Niles no era una persona normal. Su personaje, elegante con brutalidad, te lo decía desde el primer momento. Estaba espeluznantemente en forma y vestía mezclilla elegante a juego con una playera blanca y con zapatos de piel que se veían tan suaves que Gil tuvo que resistir su impulso de agacharse y tocarlos. Tenía un rostro hollywoodesco —algo de Christian Bale o de Viggo Mortensen—, aunque sólo conseguiría papeles de villano guapo y masculino: el esposo abusivo, el encantador asesino serial, el banquero devora-comunidades. Al menos uno de esos y, con algo de esperanza, sólo uno, era un papel que ya interpretaba Niles.

A medida que la noche seguía y la borrachera lo empapaba, Gil se dio cuenta de que, tal vez, esta era la conversación más larga que habían mantenido. Quizás si seguía escuchando a Niles entendería a su hermana y sabría en quién se había convertido estos últimos quince años. Niles contó una larga historia sobre una riña entre mafiosos rusos, dueños de algunas islas griegas, que terminaba con alguien siendo atropellado por una lancha. Niles estuvo presente, pero esto fue durante la porción de bourbon de la noche. Todo lo que Gil sabía era que Niles esperaba que se sintiera impresionado, quizás con un poco de miedo. Por las costuras del carisma de Niles salía intimidación. Sutil, suave, pero presente, aunque no a simple vista. Apenas perceptible porque, de hecho, Niles nunca había sido otra cosa que educado y generoso, si bien retraído y *cool*, con Gil y con su familia.

En su boda con Sharon —la cual Niles había insistido en pagar por completo, en preocupación y asistencia a los padres de Gil— había sido gracioso y hasta había soltado algunas lágrimas durante su brindis. Sharon lo amaba. Supuestamente. No. Lo amaba. Ojalá. Quizás Gil solo tenía prejuicios sobre los ricos. Asumía lo peor, sin evidencia. Aunque el horror que era Matthew debía tener su génesis en algún lugar. ¿Los pecados del padre, multiplicados en el hijo? ¿Qué eso no estaba en la Biblia? O podría ser simplemente su histriónica estupidez de borracho. Aquí estaba, en casa de Niles, bebiendo cientos o miles de dólares de alcohol, ¿y lo estaba criticando?

Eventualmente, Gil suplicó no más bebidas y se tambaleó hacia la cama, donde Molly seguía leyendo.

—Vaya, vaya —dijo, mientras él se desplomó en el colchón junto a ella—. Vas a tener un gran día mañana, cariño.

Lo habían dejado dormir hasta tarde, pero cuando se despertó a las diez, su cabeza se sentía como si le hubieran dado una paliza. Su boca estaba infinitamente seca y la necesidad desesperada de seguir durmiendo lo cubría como una manta de plomo. Cualquier intento de quitársela, como beberse cuatro tazas y media de café de un jalón, sólo la aferraban más a sus hombros.

Pensó que quizás las olas le sacudirían la cruda, así que bajó a donde las niñas estaban buscando cangrejos y les preguntó si querían entrar. Gritaron de emoción y corrieron por sus flotadores. El agua fría se mecía en sus tobillos y la arena se movía debajo de él, resbalosa y traicionera. En cuanto la primer ola lo golpeó, sintió que iba a vomitar. La fuerza del agua sobre sus piernas mientras intentaba mantenerse de pie, el golpe de la próxima ola, mientras se movían más adentro, donde no los revolcarían: todo era demasiado. No era natural. Cuando una ola más lo golpeó en la espalda, casi soltó la mano de Ingrid.

—¡Papá! —El pánico lo tomó de la garganta: Tenía que salir del agua.

Aunque sus ojos estaban abiertos y desorientados, y su cabello era un desastre sobre su cara, Ingrid le rogó que se quedara, e intentaba jalarlo mientras Gil marchaba hacia la playa. Sin aliento, le gritó a Chloe, ordenándole salir del agua en ese momento.

Se tambaleó hasta colapsar en su toalla. El corazón le palpitaba de manera acelerada y la cabeza le daba vueltas. Pensó que podría dormir, pero le preocupaba quemarse —su cuello estaba caliente, y los espacios calvos de su cabeza y su cara quedaban al sol—, así que se desplomó sobre uno de los camastros bajo la sombrilla. Estaba muy bajo e intentó que su cabeza descansara sobre su pecho.

—¿Todo bien, campeón? —le preguntó Molly, picando su brazo.

El vino de la noche anterior no parecía tener efecto sobre ella. Sus lentes de sol sostenían su cabello con unos cuantos mechones cayendo a un lado de su cara. La imagen de sus hermosos pechos en el traje de baño negro detonó una ola de deseo en él, seguida, de manera extraña, por una sensación de desesperanza que le humedeció los ojos.

—No entres a ese mar —dijo, apuntando a las olas como si lo hubieran engañado, y el fuerte sonido de una casi ahogó sus palabras.

—¡Papá! —Ingrid gritó con cara triste desde la orilla— ¿Cuándo podemos entrar otra vez?

—Nunca. Jamás. A menos que su madre quiera.

—Su madre definitivamente no quiere. Ese es trabajo de papá. ¿Cierto, niñas?

—Así es, mamá —dijo Chloe, con una mirada severa, los brazos cruzados—. Y papá no está haciendo un buen trabajo.

—Es un mar malo —dijo Gil, demasiado cansado para siquiera levantar su brazo—. Nunca regresaremos.

—¡Papá! —gritó Ingrid, golpeando su toalla— ¡Papá, por favor!

—Nadaremos en la alberca en la casa —dijo.

De niño, ¿a los nueve? Sí, como a la edad de Chloe, podía pasar horas solo en el mar. Aun así, no dejaría a Chloe entrar por su cuenta. Tal vez el mar se había vuelto más peligroso en los últimos treinta años. O quizás sus padres habían sido negligentes. O su generación era un montón de locos.

—Prométalo —dijo Ingrid, arrojando un puñado de arena hacia las olas.

—Lo prometo. Después de comer.

—Ya lo escucharon —dijo Molly—. Hemos llegado a un acuerdo.

Los siguió un silencio, todos leyeron o miraron el océano por quince minutos. Luego Chloe e Ingrid preguntaron si podían caminar y Molly dijo que las acompañaría; querían ver qué tan lejos estaba la próxima casa, una de sus torres visible por entre las dunas. A solas, Gil intentó dormir, pero falló de nuevo. Este lugar, la playa, la casa, la privacidad —había otra familia, tan lejos en la arena que se veían diminutos— era excesiva. Pero se encontraba aquí. Y, Dios, era hermoso. ¿Qué alternativa tenía? ¿Rehusarse a venir? ¿No ver a su hermana? ¿Sermonearla sobre los peligros del trabajo de su esposo como hombre de finanzas, con un apartado en el que mencionara que su hijo necesitaba terapia con urgencia? Terapia de choque, quizás. Una lobotomía.

Las chicas regresaron de su caminata y se llevaron las sillas de playa a la orilla, donde las olas bañaron sus piernas y gritaban cuando la marea las levantaba. Gil esperaba que su hermana los alcanzara, pero para cuando dio la hora del almuerzo no había llegado, así que regresaron a la casa para tomarse un descanso del sol.

La casa estaba vacía. El cocinero, ya en la cocina, dijo que les prepararía el almuerzo, así que salieron a la terraza y jugaron Uno bajo la sombrilla de las mesas. Llegaron sándwiches con un tazón de papas y otro de verduras, y una jarra de limonada con vasos fríos. Jugaron hasta que Ingrid tuvo que comer cartas demasiadas veces seguidas y se rindió. Molly dijo que esa era la señal internacional para la siesta.

—Papá, la alberca —dijo Ingrid, jalando de su brazo, todavía molesta por el juego de cartas.

—Siesta —gimió Gil.

—Lo prometiste, papá —se quejó Ingrid.

—Así es —dijo Molly, levantándose y estirándose—. Diviértanse en la alberca.

Bueno, podía tomar una siesta después. Y la limonada le había aliviado lo peor de la cruda.

La mitad de la alberca estaba en la sombra, pero el agua estaba tibia. Jugaron básquetbol en el aro del lado menos profundo de la alberca. Ingrid se sacudía violentamente cada que se acercaba al lado profundo, entrando en pánico de inmediato, de forma que Gil tenía que levantarla y calmarla. No estaba seguro de por qué le costaba tanto aprender a nadar. Chloe, a los seis años, ya daba vueltas. ¿O fue a los ocho? Sabía que mencionarlo sonaría como una crítica, así que se abstuvo de sermonearla sobre relajarse, flotar y no entrar en pánico.

Jugaron por una hora. Cuando le pidió un descanso, ella accedió, para sorpresa de Gil. Acercó un camastro a la sombra y le dijo a Ingrid que se alejara de la piscina. Se sentó a colorear en uno de sus libros sobre la mesa de cristal cerca de él. Su niña buena.

Debió haberse quedado dormido. No había sido su intención. Un error. Quedarse dormido cuando tu hija está al lado de la alberca. ¿Por qué no le había dicho que entrara? ¿Por qué no se había ido a dormir al aire acondicionado?

Quizás fue el sonido del chapuzón lo despertó, aunque no lo recordaba. Se enderezó rápido, con el corazón acelerado. Matthew tenía una camisa gris y *shorts* negros, parado a un lado de la alberca, mirando hacia adentro. Por un momento Gil observó al chico sin saber si estaba soñando.

—¿Matthew? —dijo Gil. El chico no volteó, y luego Gil pensó en buscar a Ingrid porque no estaba ahí. Quizás estaba jugando en algún lugar donde él no podía verla, detrás de su camastro o cubierta por los arbustos al fondo de la terraza, pero cuando se puso de pie notó la forma en la que el agua se movía: calmándose tras un momento de agitación. Ahí, debajo de la superficie, estaba Ingrid.

No nadaba. Gritó su nombre y pasó del lado de Matthew, quien se hizo a un lado como si su tío estuviera siendo un bárbaro —Gil sólo alcanzó a ver la cara de desprecio del chico o, pensaría más tarde, su sonrisa burlona—, y se lanzó a lado hondo de la alberca.

El agua se agitó y se espumó por unos segundos. Pensó que quizás se estaba ahogando, pero luego se dijo ¡*Ingrid*! Enderezándose bajo el agua, bajó hasta el fondo de la alberca donde ella estaba suspendida, con sus ojos abiertos, viéndolo acercarse. Puso sus brazos alrededor de su pecho y usó ambos pies para impulsarse desde el fondo y hacia la superficie. Agitándose y balbuciendo, tiró de ella hacia el borde, diciéndole que aguantara. «Cielo santo, cariño, agárrate del borde». Aunque su cara tenía un tinte azul, logró colocar una mano débil en la orilla y Gil la sacó del agua. Él salió y la puso de lado con sus brazos sobre su estómago y presionó para que vomitara sobre las piedras grises y mojadas.

—Ingrid, ¿estás bien? ¡Cariño, respóndeme! —gritaba, justo en su cara. Ella balbució y su cara se deshizo para comenzar a llorar.

Así los encontró Molly, Ingrid llorando contra su pecho.

—¿Qué pasa? ¿Qué ocurrió? ¿Se lastimó? Gil, ¡cielos!, ¿qué pasó? —Él sólo pudo mirarla sin comprender y decir que estaba bien.

—Está bien, la tengo. —Más tarde pensaría que Molly lo había entendido más que él en ese momento, probablemente desde que escuchó que Gil gritaba el nombre de Ingrid, cuando los vio a un lado de la alberca. Sabía sus vidas pudieron haberse roto por completo. Molly se arrodilló y le arrebató a Ingrid de entre sus brazos y se la llevó a uno de los camastros, lejos del agua que se agitaba y temblaba, como si estuviera llamando a la que se había querido llevar.

Ingrid estaba inconsolable, no podía explicar nada. No parecía haberse lastimado, pero había estado sumergida lo suficiente como para causarle daño cerebral. Mientras Molly calmaba a la niña, con hipo, sentada en la cama, Gil buscaba frenéticamente en internet, sin poder resolver nada, ya que no sabía cuánto tiempo Ingrid había estado sumergida.

—Yo no, yo no —repetía Ingrid cada vez que Gil la cuestionaba, hasta que Molly lo calló con un gesto de manos y le dio un iPad a la niña con un episodio de *Phineas y Ferb*. Ingrid se acomodó entre las almohadas, con su pelo húmedo alrededor de sus hombros, sus ojos hinchados de tanto llorar y sus labios un poco azules. O podía ser eso el reflejo del brillo de la pantalla. Chloe se acurrucó junto a su hermana, lo suficiente para que Ingrid pusiera su mano en su pierna, como hacía cuando era una bebé.

Molly lo llevó al otro lado del cuarto.

—Gil, ¿qué pasó?

—Me quedé dormido —dijo, sabiendo que no tenía sentido ocultarlo y, como temía, una ola de desprecio cruzó la cara de su esposa. Lo odiaba en ese momento. Y él se lo merecía.

—Me quedé dormido y ella estaba jugando, pero no al lado de la alberca. Le dije que no se acercara. Pero me desperté y ella estaba dentro. Salté y la saqué. Está bien, ¿cierto? ¿No está bien?

—¿Qué bien va a estar? ¡Casi se ahoga! —gimió Molly.

Chloe se acercó más a Ingrid, quien dejó caer su cabeza sobre el hombro de su hermana.

—Matthew estaba ahí. Al lado de la alberca. Cuando desperté.

—¿Qué?

—Cuando desperté, estaba parado, junto a la alberca, mirando a Ingrid desde ahí.

—¿Qué estás diciendo, Gil? ¿Estás diciendo que Matthew, que tuvo algo que… —Señaló la puerta.

—No lo sé, Molly, no le pregunté. Para cuando saqué a Ingrid del agua, él se había ido.

Pero Molly tenía razón, y la idea también había cruzado su mente: Matthew a un lado de la alberca, Ingrid en la alberca. Había hecho algo. La culpa era de Matthew.

Molly lo miró, sospechosa. Abrió la puerta, pidiéndole a Chloe que le pusiera pausa a su programa.

—¡No! ¿Qué haces? Todavía no acaba —dijo Ingrid.

—Cielo, yo lo sé, pero primero, ¿puedes contarnos qué pasó? —Molly se sentó junto a la niña. Gil estaba detrás, exiliado por culpa.

—Quiero el programa —dijo Ingrid, golpeando su almohada.

—Solo dinos qué ocurrió, cielo. ¿Cómo te caíste?

—No me caí —dijo Ingrid, como si sus padres estuvieran siendo tontos a propósito.

—¿A qué te refieres, cielo? ¿Qué pasó?

Ingrid suspiró, volteó los ojos.

—Estaba jugando y Matthew salió cuando papá estaba dormido y me empujó a la alberca.

Lo había dicho como si no fuera gran cosa, como si ya deberían de saberlo. ¡Idiotas!

Gil sintió algo que jamás le compartiría a otra persona: estaba dichoso. Estaba en lo correcto. Matthew tenía la culpa. También él. Igual se había quedado dormido. Pero su hija no se había lastimado por su negligencia, casi se ahogaba por el cabrón malvado que tenía de primo. A medida que la dicha se volvía ira no escuchó la pregunta de Molly —su corazón le latía en los oídos— pero se obligó a escuchar la respuesta de Ingrid.

—Estaba jugando y él me preguntó si podía jugar y luego aventó mi piedra —su cara se llenó de indignación y frustración, pero siguió adelante— al agua y luego la buscamos y me empujó.

La pequeña estudió sus caras y, finalmente, añadió:

—Entonces, ¿puedo ver mi programa?

—Espera, cielo, no. Dime qué pasó. ¿Fue un accidente? ¿Crees que quizás te tropezaste? —dijo Molly, con la voz temblorosa.

Gil contuvo sus ganas de decirle que Ingrid no estaba equivocada. El chico la había empujado, probablemente a sabiendas de que no podía nadar. E incluso si no lo sabía, él había visto cómo se hundía y no había hecho nada. Sólo mirar cómo se ahogaba. «Ese maldito gusano. Ese pequeño cabrón asesino».

Claro que estaba segura, dijo Ingrid. Matthew la había agarrado por debajo de los brazos y la había arrojado a la alberca.

—Entonces… ¿no te empujó? —La voz de Molly se quebró con enojo. ¿No la empujó, sino que la lanzó? ¿La arrojó a la alberca?

Chloe tenía su brazo puesto alrededor de Ingrid y se había quedado callada todo este tiempo, pero agregó:

—Mamá, está diciendo la verdad.

Los ojos de Ingrid se llenaron de lágrimas.

—Lo sé. Te creo, cielo. Lo lamento, termina tu programa, ¿sí? —dijo Molly.

Gil siguió a Molly al baño, donde cerró la puerta y se volteó hacia él.

—Tenemos que irnos en este momento. —Tuvo miedo de ella misma en ese momento: el enojo le apretaba la piel de la cara, le coloreaba los bordes de los ojos de bermellón. Se veía salvaje. Feral.

—Claro, puedo ahora mismo empacar.

—No. Tienes que decírselo a tu hermana.

Aunque su pausa fue mínima, Molly podía ver su reticencia. Su cobardía.

—Tienes que decirle, Gil. Su hijo arrojó a Ingrid a la alberca. Ella no puede nadar —Molly hizo una pausa, se llevó las manos a los ojos y soltó un aliento escalofriante.

—Lo haré —dijo—. Le diré.

—Bien —dijo ella, quitándose las lágrimas y alcanzando la puerta detrás de él. Se apretó contra el clóset para dejarla pasar.

El espejo del baño le mostraba su ridículo reflejo: el pelo que aún le quedaba, aplanado contra su cabeza, su barba mojada y colgante, su pecho untado de pelos ásperos y oscuros, su entrepierna fría en el traje de baño, sus delgadas y pálidas piernas que terminaban en sus pies incómodos y grandes. Debería cambiarse antes de ir a hablar con Sharon y terminar su relación con ella. Eso era lo que esto significaba. Su vínculo se había vuelto frágil y agonizante en la última década; Gil no podía imaginarse cómo sobreviviría un golpe tan severo como este. No si les decía la verdad. A menos que le mintiera a su hermana y traicionara a Molly y a Ingrid o que su cobardía fuera más importante que la seguridad de su familia. Sus manos temblaban mientras se quitaba el traje para ponerse un pantalón de mezclilla. Se abotonó mal la camisa dos veces. Molly lo observaba, irradiando cólera.

Sharon estaba en el sillón leyendo una revista. Gil balbució una versión de lo que había ocurrido: cómo se había despertado, lo que Ingrid había dicho. La cara de Sharon poco a poco se convirtió en una máscara de asco.

Cuando terminó, Sharon agregó:

—No Gil, lo siento, pero es ridículo. Suena a que Ingrid estaba muy asustada. Es una niña y los niños se confunden. Te prometo que Matthew no lo hizo.

Sharon llamó a su hijo a la sala. Niles debió haber notado algo en su tono, porque llegó con el muchacho. Sus brazos cruzados marcaban la forma de sus bíceps debajo de la camiseta.

—¿Qué? —dijo Matthew, con un iPhone pegado a la cara.

—Cariño, ¿estabas jugando cerca de la alberca? —dijo Sharon, con arrogancia. Les pondría fin a las estúpidas ensoñaciones de Gil.

—Ajá —dijo Matthew, sin voltear a verlos.

Gil notó cómo su hermana se estremecía. Su relato falló desde la primera página.

—¿Y qué estabas haciendo? —dijo Sharon. Ahora tenía miedo porque ella sabía de lo que era capaz el pequeño cabrón. En negación, bloqueando la verdad con niñeras, escuelas privadas, tutores, campamentos de verano, pero lo sabía en el fondo.

—Estaba hablando con Ingrid. Aquella niña —dijo, sacudiendo su mano hacia Gil.

—¿Y qué pasó? —dijo Sharon.

Niles dio un paso hacia delante, como preparándose para intervenir. Matthew notó el movimiento de su padre y lo miró fijamente mientras respondía.

—No sé. Estaba jugando algún juego tonto.

—¿Y qué pasó? —dijo Sharon.

—¿Qué? —dijo Matthew, azotando su teléfono contra su muslo.

—Sharon, por favor —dijo Niles.

La intervención de su padre azuzó a Matthew. Entonces los miró y dijo, regodeándose:

—Sí, ella estaba con algo; tenía, no sé, como una piedra o algo. Y luego se le cayó a la alberca y se tropezó, supongo. Debió haberse tropezado y se cayó a la alberca.

—¿Se cayó? —dijo Sharon, su voz más animada, como si fueran mejores noticias de las que había esperado.

—Sí, digo, supongo. Se tropezó, o como sea.

—¿*O como sea*? —dijo Gil, más fuerte de lo que quería.

Matthew volteó hacia su tío.

—Sí, tío Gil, así es. Se tropezó. *O como sea.*

—¿No la empujaste? —dijo Gil, caminando hacia el muchacho. De reojo podía ver como Niles se enderezaba.

—¿Empujarla? —dijo Matthew.

—Gil —dijo Sharon, levantando una mano—, por favor, sólo déjame.

—Sharon —dijo Gil, cerrando los ojos para contener la calma, pero no funcionó—. Ingrid nos dijo lo que pasó, nos dijo que él la empujó a la alberca.

—Bueno —dijo Niles, caminando por la sala como si no fuera un gran tema, una tarde común en la casa Westfallen—. Todo esto suena a un malentendido. Ingrid ya está bien, ¿cierto?

Él no podía mirar a su cuñado, pero podía imaginarse la sonrisa condescendiente en su cara. Gil, un supuesto adulto, enfadándose por travesuras adolescentes. Ingrid ya está bien. ¿Por qué seguimos con este tema?

—¿Por qué mentiría Ingrid? —dijo Gil—. ¿Qué razón posible tendría para decir que Matthew la empujó a la alberca? Fue muy clara al respecto.

Antes de que Sharon pudiera responder, Matthew soltó una risotada.

—¡Ay, Dios mío! ¿De verdad crees que la empujé a la alberca? ¿Eso crees? —Miró fijamente a Gil con una mirada afilada.

—Sólo estoy diciendo lo que…— Gil balbució, pero el chico lo interrumpió.

—¿Sabes qué? vale. La empujé. —Se cruzó de brazos y se hizo hacia atrás, como si hubiera ganado un punto decisivo—. Lo hice. Ella quería su estúpida piedrita o lo que sea, así que la empujé.

—Matthew, vamos —dijo Niles—. Déjate de estupideces y dinos qué pasó de verdad.

—Papá, eso es lo que pasó. La empujé —dijo, con voz iracunda.

Sharon puso una mano en el brazo de Matthew pero este se lo arrebató.

—¡No me toques!

—Matthew, necesitas parar —dijo Niles. Su cara se endureció y se tornó autoritaria. Pero el chico lo ignoró, como si su padre no fuera importante.

—Querían la verdad. Mi tío Gil la quiere. Así que aquí la tienen: arrojé a esa niña a la piscina y se hundió hasta el fondo. Punto final.

Niles tomó al chico del brazo y lo arrastró fuera de la sala, el niño pataleaba para que lo dejara ir y gritaba.

—¡Maldito pendejo de mierda!

—Gil, Dios, no. Matthew no lo dice de verdad. Tienes que entender —dijo Sharon, sus manos temblando frente a ella—. Ha tenido problemas en la escuela y el último año ha sido tan estresante. Espero que entiendas que no lo dice en serio. Nada de esto.

—¿Cómo que no lo dice en serio? —dijo Gil, intentando controlar su voz. Por un momento lo logró.

—Nada de esto —dijo Sharon, levantando una mano, como si todo esto fuera ridículo—. Sólo está enojado. Cuando pierde la calma, pasan cosas así. No le gusta que lo acusen.

—Sharon, acaba de confesar, tú lo escuchaste.

—Por favor, Gil, ¿de verdad crees que empujó a Ingrid a la alberca? ¿En serio crees que él intentó, ya sabes, matarla? —Sharon lo dijo como si Gil estuviera siendo infantil. ¿Qué no podían tomarse esto con seriedad por un momento, por favor?

—¿Tengo que pretender que no acabo de escucharlo?

—No, claro que no. Estoy segura que hay una explicación. Sabes cómo son estas cosas. Sabes cómo son los niños.

—Sharon, Ingrid es una niña, pero no es una mentirosa. ¿Puedes pensar en algún motivo por el que Matthew mentiría?

Sharon se inmutó; su boca se movía, pero no salía ninguna palabra. Cuando Gil se dio la vuelta, ella intentó explicarle que Matthew la estaba pasando mal en la escuela. Además, su terapeuta… Ella estaba segura de que todo era un error. Gil no respondió. No podía mirarla. Dijo que lo sentía tanto, pero todo era un desastre.

—¿Partirán, entonces? Oh, Dios, claro que sí. —Ella lo entendía—. ¿Podemos agendar el avión para su regreso? —Gil se negó y le dijo que conducirían.

Al pasar junto a Sharon en el pasillo con las maletas, su hermana lo tomó del brazo. En ese momento, Gil sintió cómo se desintegraba todo. No estaba enojado, pero pronto lo estaría otra vez. En el coche, mientras las chicas dormían, sintió su enojo rugir. Molly y él descorcharon su odio por Matthew, por Sharon, por Niles, los creadores de ese monstruo. Era imposible no echarles parte de la culpa. No habían arrojado a Ingrid a la alberca, pero habían propiciado las circunstancias. Por meses sintió las réplicas: los sueños que lo despertaban gritando por la noche.

Con ello, su hermana se desvaneció. No la vería de nuevo en años y nunca volvería a sentir su amor y su compañía. Todo estaba muerto.

Y ahora ella también. Y él se había quedado con su hijo, el monstruo que había intentado matar a su niña.

7

Enero, 2018

El plan era verse en el Colegio de Inglés al final del primer día, pero Matthew no llegó y Gil no obtuvo respuesta por mensaje. Después de una hora, mientras se agobiaba con el papeleo, mirando su celular cada tanto, llegó una respuesta: «Yo regreso por mi cuenta. Adelántate tú».

Sin explicación. Sin disculpa, tampoco. «¿Seguro? Es un camino largo».

Sin respuesta.

Le habían dado demasiada libertad. Después de todo, aquí estaba, en una universidad, recibiendo el trato de un estudiante de primer año, cuando en realidad aún estaba cursando la preparatoria, aunque la diferencia entre él y estos estudiantes era mínima, hasta inexistente. Casi todos venían de pequeños poblados novo-ingleses y, en varios sentidos, Matthew era más sofisticado, capaz de cuidar de sí mismo. Sin embargo, era huérfano y sólo había estado en Vermont una semana. No debería dejarlo ir solo el primer día.

Gil hizo un poco de tiempo, respondió a un par de correos y organizó los libros en su mochila. Le tomó aproximadamente siete minutos. Miró su celular y salió, dejando que la puerta de su oficina se azotara con un golpe seco. Caminando por el campus a través de una nieve que caía lentamente, sabía que era un error. Dejarlo atrás. ¿Qué alternativa tenía? ¿Qué podía hacer si el chico no quería que lo encontraran?

Tomó el camino largo a casa, el que pasaba por la calle Church. Vería a Matthew, fingiría que era una coincidencia, le ofrecería un aventón. Pero no iba a ocurrir. Hacía demasiado frío para que hubiera gente afuera.

Molly estaba con Ingrid en su clase de equitación y Chloe tenía sus audiciones para el musical, así que cuando llegó, la casa estaba vacía y agradeció el aplazamiento de las preguntas inevitables. ¿Había dejado a Matthew en Burlington? ¿Con quién estaba? ¿Cuándo regresaría?

Elroy salió trotando al patio, hurgando con delicadeza en la nieve helada y deteniéndose a olisquear un arbusto. Gil lo miraba cuando su celular sonó. El mismo número de antes: la detective de Nueva York. Se quitó el guante y tocó la pantalla.

—¿Bueno?

—¿Hablo con Gilbert Duggan?

Gil reconoció la voz de la detective.

—Sí. Hola.

—Señor Duggan, soy la detective Simpson. ¿Es un buen momento? He estado intentando contactarlo.

—Sí, por supuesto —Elroy se había movido a la línea de árboles y se inclinaba hacia el sendero que llevaba al bosque; su nariz levantada olfateaba un rastro.

—Llamo para verificar cómo se encuentra Matthew Westfallen. ¿Usted es su tutor?

—Junto con mi esposa.

—¿Y él está con usted, en Vermont?

—Así es.

—Muy bien —dijo la mujer, y hubo una pausa.

—¿Se debe a algo la llamada? —dijo Gil, preocupado por su tono agresivo.

—Solo queremos comprobar que Matthew esté con usted. Mientras seguimos nuestra investigación.

—Claro, aquí está. Se quedará con nosotros hasta comenzar la universidad. En otoño.

—Si quisiéramos hablar con Matthew, ¿podemos llamar a este número, o sería mejor llamar a su número de Nueva York?

¿Hablar con Matthew? ¿Sobre qué? ¿La investigación? ¿Qué asunto de la investigación? ¿Querían hacerle preguntas? ¿Interrogarlo? ¿No era menor de edad? ¿No necesitaría un abogado? En su distracción, le tomó un momento contestar:

—Sí, este número está bien.

—¿No tiene planes de algún viaje internacional en las próximas semanas?

—No. El semestre acaba de empezar. Soy profesor. —Se detuvo. ¿Viaje internacional? ¿No querían que Matthew dejara el país?

—Si planea algo, ¿me lo puede hacer saber? Puede llamar a este número. —Luego le dio otro número, pero Gil no se molestó en anotarlo.

—¿Lo encontraron? —Gil preguntó, dándose cuenta de lo que podría tratarse—. ¿Al conductor?

—Lo siento, señor, no puedo compartir datos sobre una investigación activa. Le haremos saber si se presentan cargos.

—Está bien.

—¿Sabe cómo contactarnos? —preguntó la detective.

—Por supuesto. Gracias.

—Hasta luego, señor Duggan. Gracias por su tiempo.

Regresó de su caminata y la casa seguía vacía. Eran las cinco y media. No había visto a Matthew desde la clase, alrededor de las dos y media. El chico podía haberse ido, haber visto ese último mensaje —enviado hace horas— desde la carretera, con el teléfono frente al volante mientras se dirigía al norte.

Salir del país. Canadá solo estaba a cuarenta y cinco minutos al norte. O quizás algún lugar más remoto. Sintió esta posibilidad expandirse: el bulto de una realidad alterna. Así se sentía cuando un nuevo cuento llegaba a él, uno cada tantos años, completo y urgente, esperando a ser puesto en papel.

Podía ver a Matthew detrás del volante, el parabrisas moteado por la nieve derretida. Cada minuto encendía los limpiaparabrisas que iban de un lado a otro. Gil podía oler el coche, un aroma débil a cigarro, ese lento resabio metálico que se acrecentaba hasta arder en la nariz. No era el carro de Matthew. La radio estaba apagada porque el muchacho estaba determinado a ir al norte, escapar y ponerse a salvo.

Imposible. Matthew era un adolescente. ¿De dónde sacaría un coche? A su edad ni siquiera podía rentar uno. Gil estaba imaginando al chico desde un constructo. Sobreponiendo la ficción ante la realidad.

Molly regresó con Ingrid y Chloe, y el interrogatorio anticipado comenzó. Le respondió a Molly con calma, asegurándole que no era gran cosa: Matthew estaba bien. No había de qué preocuparse. Cenaron. Él hizo todo lo posible por fingir que no estaba preocupado. Le había enviado al chico dos mensajes, uno antes y otro después de comer, pero no obtuvo respuesta. Quizás así se le había permitido comportarse en Nueva York: irse sin decir una palabra, ignorar a los adultos. Niles trabajaba incansablemente en su banco y el calendario social de Sharon estaba más apretado que el de un mandatario gubernamental. Matthew probablemente había estado por su cuenta la mayor parte del tiempo. Sin embargo, Gil y Molly tendrían que poner algunas reglas, por ejemplo, no puedes quedarte fuera, solo, un martes sin dar explicación. Cuando Molly le preguntó acerca de sus clases, le mencionó que Matthew se había inscrito a Narrativa.

—Oh, bueno, qué bien —dijo Molly, cortando un pedazo de pollo empanizado.

—¿Bien? —Estaba confundido. ¿Cómo podía ser bueno?

—Creo que es lindo que quiera estar en tu clase —le explicó.

—Eso es lo que dijo Simon. De cualquier forma, supongo que ya veremos —dijo Gil.

Molly lo miró preocupada, confundida por sus dudas. La llamada de Nueva York, la ausencia del chico, todo esto resucitaba un miedo que Gil había intentado reprimir. Debería decirle sobre la llamada de la detective, pero Chloe estaba en la sala, enviando mensajes y, con seguridad, escuchándolos. No había prisa.

Recién había terminado de lavar los trastes, unos faros iluminaron la entrada. Por la ventana del lavabo observó cómo un coche con marcas de sal se estacionaba detrás de su Chevy. El interior permaneció en la oscuridad un momento, pero pronto se abrió y la luz se encendió al interior. Gil pudo ver a Susie tras el volante. Matthew estaba en el asiento de copiloto con una pierna fuera del coche, riéndose. Era lógico, iban en la misma clase. Sin embargo, Gil sintió algo en su interior, una punzada que jamás describiría como celos, pero eran justo eso. Quería salir y advertirle a Susie sobre su sobrino.

Eventualmente Matthew cerró la puerta y se dirigió hacia la casa, con su mochila al hombro y con varias bolsas de compras en sus manos.

Gil pretendió no estarlo viendo y solo lo saludó cuando la puerta de la entrada se cerró.

—Qué tal —dijo Matthew, entrando a la cocina, con sus botas puestas, trayendo un soplo de aire frío y dejando pedazos de nieve derretida sobre las baldosas.

—Lamento haberme perdido la cena. —Se quitó la bufanda y echó la cabeza hacia atrás, pasándose los dedos por el cabello. Llevaba una chamarra con un borde de piel en la capucha. Woolrich. Gil había admirado esa chamarra en la ventana de una tienda en Burlington hasta que se dio cuenta que costaba mil doscientos dólares. Para Matthew quizás eso era una baratija, considerando lo que con regularidad llevaba puesto.

—No te apures. Hay sobras en el refrigerador, si tienes hambre.

—Estoy bien, comimos en el pueblo —dijo Matthew, agachándose para desabrochar sus botas también nuevas. Así que había ido de compras. Después de todo, el chico era un millonario. O lo sería muy pronto. Tenía su propia cuenta. El abogado con el que se habían reunido para firmar los documentos de la custodia había detallado todos los fideicomisos y cuentas que le pertenecían, incluida la cuenta de cheques personal de Matthew, a la que se depositaba una mensualidad.

—¿Qué tal las clases? —dijo Gil, mientras el chico liberaba sus pies.

—Bien, aunque tuve este profesor raro. ¿Enseña escritura creativa? —Matthew se enderezó, sonriendo, con una bota en cada mano.

—Ah, sí, he escuchado que ese tipo está loco —dijo Gil.

—Me pareció bien —dijo Matthew, dando vueltas al lado de su cabeza con un dedo—. Sólo un poco.

Gil no le siguió el chiste, desconfiando hasta dónde podría llegar.

Molly bajó y le pidió a Matthew que se sentara con ella en la sala y le contara sobre sus clases. Para sorpresa de Gil, el chico accedió por voluntad propia.

Cuando Gil los alcanzó con dos copas de vino, Molly le dijo:

—Sí, creo que estaría bien.

—¿Qué pasó? —dijo Gil, ofreciéndole una de las copas y sentándose a su lado en el sofá, con Matthew sentado en la silla de cuero.

—Matthew estaba diciendo que quizá sería más fácil si tuviera un coche. Comenzó a buscar uno hoy, pero necesita que uno de nosotros vaya a firmar.

—Muy bien —dijo Gil, tratando de oponerse. ¿Tenía licencia para conducir? ¿Cómo había aprendido a manejar en la ciudad? ¿Era válida aquí?

—Yo lo pagaré, obviamente —dijo Matthew—. Y mantendré mi licencia de Nueva York.

Totalmente razonable. No había nada sobre lo que molestarse. El impulso de decir «No, lo siento, creo que no es una buena idea» estaba mal. A pesar de su hermoso cabello ondulado, su camisa elegante, su mezclilla probablemente japonesa, a pesar de todo eso, el chico no estaba intentando presumir. Era simplemente quien era. Quería un coche y tenía el dinero para comprarlo. Un chico de diecisiete años que podía comprarse un coche con sencillez. ¿Sería más fácil si tuviera coche? Lo sería.

Ingrid entró a la sala, tenía el cabello húmedo por la ducha, llevaba una camisa con una granja en ella y *pants* con dibujos de hombres de nieve. Su bebé. Estaban ahí, hablando sobre comprar un coche para el chico que intentó matarla.

—Ma, ¿me ayudas con mi tarea de matemáticas? —Se inclinó desde el marco de la puerta, como si estuviera interrumpiendo, o quizá sintiéndose nerviosa frente a Matthew.

—Claro, cielo —dijo Molly.

Aparentemente la conversación había terminado. Matthew tendría su propio coche, sin que Gil hubiera accedido, pero no había ninguna razón para negárselo. Sin embargo, se sintió bien dejar la propuesta sin atender, hacerla a un lado como un momento de incertidumbre para Matthew; la posibilidad de que no obtendría lo que quería. Mezquino, pero un placer verdadero.

La cabeza de Gil se sentía ligera de tanto cansancio cuando se acostó en la cama. Se había quedado despierto esperando que los chicos se durmieran, pero Matthew estaba en la sala con su celular, investigando agencias de autos. O mensajeándose con sus amigos de Nueva York.

Eso era algo de lo que el chico apenas hablaba: su vida en Nueva York. Seguro que extrañaba amigos, su escuela, la ciudad. Pero se lo ocultaba a Gil. O tal vez se lo ocultaba casi todo.

—¿Las clases estuvieron bien? —preguntó Molly, dejando su celular en la mesa de noche a su lado y cogiendo su libro, mientras Gil batallaba para no cerrar los ojos.

—Día de rúbricas. El ápice de la emoción.

—Bien —dijo Molly—. Mi clase comienza la próxima semana.

Lo había olvidado. Molly enseñaría una clase de dibujo en la Universidad de Vermont este semestre. Estaba seguro que ella sabía que lo había olvidado.

Molly ya tenía su libro abierto y sus gafas de lectura sostenidas por su nariz.

Al apagar su luz y girarse para evitar la lámpara de Molly, Gil se dio cuenta que no había mencionado la llamada. Mañana.

8

La compra del auto de Matthew —técnicamente el auto de Gil, ya que el chico no podía firmar como titular— fue desconcertante. Gil había llamado al abogado para asegurarse de que podían comprarlo. El abogado le dijo que estaría bien y que el dinero sería transferido a la cuenta de Gil, junto al primer pago de la mensualidad de Matthew. Dos días después ya estaba en su cuenta. Cincuenta y dos mil dólares. Un correo del abogado desglosaba el dinero: cuarenta y dos mil para el coche, diez mil para los tutores. Cualquier sobrante de la compra del coche podía ser usado en gastos adicionales para los cuidados del chico, como un seguro y las cuotas de registro. Gil jamás había visto tanto dinero en su cuenta de banco, pero pronto se iría pedazo a pedazo, aunque quedaría un poco para pagar las tarjetas de crédito. Gil siempre asumió que moriría endeudado. Sin embargo, su libertad parecía llegar a través de las sobras de Matthew.

Matthew quería un Audi, así que Gil lo llevó a la agencia al sur de Burlington y, unas horas más tarde, salieron con un auto más caro que cualquier cosa que Gil jamás hubiera tenido, a excepción de su casa. Gil intentó no estremecerse cuando el muchacho escogió el modelo más caro, con todos los aditamentos que se le ocurrieron. Era su dinero, después de todo. No sólo el dinero del coche, pero todo estaba en su cuenta. Gil comenzó a darse cuenta de lo fácil que sería pensar que era su dinero: no tendría que compartirlo. Quizás esta era otra verdad terrible que Matthew sacaba a la luz: a Gil nunca le había importado el dinero porque nunca lo había tenido. Bastaba un depósito para exponer su avaricia y mezquindad.

Ahora que tenía coche propio, Matthew se la pasaba fuera de casa. Gil no sabía a dónde iba, aunque claro que lo preguntaba. El muchacho siempre daba respuestas vagas. «Por ahí», decía casi siempre. «¿Por dónde? Burlington. ¿Haciendo qué? No mucho». Lo había visto sólo dos veces: una, caminando cerca del centro comercial de la calle Church con otros estudiantes, riéndose como si los conociera desde hace años; y otra, a través de las ventanas del gimnasio en el campus de la universidad. Matthew estaba en la caminadora: sus piernas hacían que sus *shorts* se levantaran alrededor de unos músculos afilados y definidos, sus brazos se movían rápido, su cara estaba empapada de sudor y tenía una mirada de determinación sombría. No era sólo determinación, era algo más oscuro. Su boca estaba torcida, como si gruñera, apretaba puños como si estuviera a punto de dar un golpe. Iba tan rápido que la máquina temblaba, meciéndose de lado a lado como si fuera a desbaratarse. Verlo ahí había sido como observar una parte verdadera del muchacho, una parte que escondía con mucha precaución.

No presionaba al chico para que le contara lo que hacía; intentaba verlo de la forma en que Molly lo hacía: si el chico tenía más libertad, Gil tenía más libertad, también su familia. Libres de la presencia atenuante del chico, de que Gil actuara como un loco alrededor del muchacho. De esta manera, podían seguir con sus vidas, pasar las tardes con sus niñas, ayudándolas con la tarea, llevándolas a sus actividades. Había momentos en los que Matthew parecía parte de la familia, como si hubiera estado ahí años y no semanas. Gil había regresado con Chloe del Club de Debate para descubrir al chico cortando cebollas, aguantando lágrimas con una risa, mientras Molly le daba indicaciones desde la estufa.

—Están bien, así están bien —dijo Molly—. Trae toda la tabla y vacíalas adentro.

Gil observó desde el zaguán: Matthew levantaba la tabla con una mano, sostenía el cuchillo con la otra y caminaba hacia la estufa. Una cascada de cebollas sobre aceite hirviendo.

—Puedes revolverlas con esta palita —dijo Molly.

Debería ser —para otro espectador— un conmovedor retablo doméstico. Una madre y su hijo cocinando la cena. Ninguna de las chicas estaba interesada en la cocina, además de los intentos ocasionales y poco entusiastas de Chloe por cocinar galletas.

Días después Gil llegó a la casa y encontró las luces prendidas, aunque no había nadie a la vista. Pero cuando Elroy finalmente se calmó y dejó de dar vueltas, Gil escuchó voces al otro lado de la pared, viniendo del estudio de Molly. Primero el retumbar de la voz de Matthew, luego la risa de su esposa. ¿Hace cuánto no escuchaba eso: su risa aguda y melódica? ¿Semanas? ¿Meses? ¿Más? Gil regresó al vestíbulo y tocó la puerta del estudio, luego la abrió un poco.

—¿Hola? ¿Molly? —Elroy se apretó junto a sus piernas y empujó aún más la puerta.

El estudio de Molly había sido antes un garaje. Transformarlo fue el único cambio que habían hecho tras mudarse a la casa. En realidad, no tenían el dinero para la remodelación, pero Gil había insistido. Había sido importante: una expresión de su agradecimiento por todo lo que ella había dejado cuando salieron de la ciudad. En Nueva York, Molly jamás había tenido un espacio así, con gigantescas ventanas que llenaban el cuarto de luz, con una vista al jardín y con árboles de fondo, bañados por el sol bajo sobre la nieve. Los muebles eran simples: mesas de madera pálida, bancos altos y angostos, frascos llenos de plumas, lápices, brochas, organizados en filas.

Matthew y Molly estaban parados frente a su caballete, sobre el que se extendía un gran folio de papel. Gil sólo podía distinguir líneas oscuras, un cúmulo tejido que parecía salir del centro. Elroy se recargó contra las piernas de Matthew, sonriendo, y su cola peluda caía de lado a lado.

—Oh, Gil —dijo Molly, sonriendo, pero no a él, sino a lo que Matthew estaba diciendo.

—Los escuché del otro lado. ¿Están las niñas? —Sabía la respuesta, pero necesitaba una excusa para interrumpirlos.

—Salieron —dijo Molly—. Matthew me pidió ver un poco de mi obra. —Se veía feliz. Feliz de que a alguien le interesara. No que a Gil no le interesara. Él sabía que ella necesitaba espacio para trabajar en privado por largos periodos, sin que nadie interrumpiera su proceso. O quizás todo este tiempo había estado equivocado. ¿En realidad era eso lo que necesitaba? Quizás *esto* era lo que ella había querido: alguien que mostrara interés, que le pidiera mostrar su trabajo.

—Sí, están hermosos —dijo Matthew, señalando la mesa larga junto a la ventana, cubierta con dibujos fijados con mate. Lo último que Gil había escuchado era que Molly casi terminaba, y pronto los enviaría a su galería en Nueva York.

Gil dio un paso para ver los dibujos más de cerca —los había visto antes, pero nunca todos juntos—. Los últimos años, Molly había estado trabajando con bolígrafos azules y negros, del tipo barato que viene en paquetes. Con estos, ella dibujaba escenas detalladas hiperrealista del bosque: el follaje denso, un puñado de ramas rotas descansando contra los troncos de los árboles, la tierra y las capas de hojas capturadas con una precisión naturalista, pero también resaltando el color metálico de la tinta, la densidad, la profundidad compleja del juego entre luz y sombra en el bosque. Eran hermosos, con una intensidad claustrofóbica, como si toda la luz hubiera sido aplastada y te encontraras perdido en un bosque.

—Gil, esto es increíble. Escucha esto: Matthew conoce a Caroline —dijo Molly. De nuevo, le tomó unos segundos a Gil conectar los puntos. Caroline, la galerista de Molly.

—Bueno, mi mamá la conocía —dijo el chico—. Pero la traté un par de veces. Recuerdo que mi mamá decía que Caroline tenía un gusto excelente, lo cual —Matthew señaló los dibujos— obviamente es cierto.

—Espero que le gusten —dijo Molly.

—Oh, le encantarán —dijo Matthew en seguida. Gil sintió que el chico se robaba su lugar; a él le correspondía haber dicho eso, a él le tocaba celebrar a su esposa. El chico sonreía a Molly, amable, pero quizás también con un ápice de coquetería. Hubo una pausa, y Gil no pudo pensar en qué más decir. Se dio cuenta de que estaban esperando a que los dejara.

—Bien, tengo algunos correos, perdón por interrumpir.

Al sacar a Elroy al jardín y escuchar de nuevo la risa de Molly, Gil sintió otro patético golpe de celos.

Molly mencionó de nuevo la conexión con Caroline, cuando se alistaban para la cama. ¿No era un poco increíble? De todas las galerías en la ciudad. Matthew dijo que Sharon había estado coleccionando arte por años. ¿Lo sabía Gil? ¿No parecía algo que Sharon habría mencionado?

—No hablábamos mucho —dijo Gil, como si necesitara obviarlo.

—Lo sé —dijo Molly. Estaba sentada con su almohada para leer, rozando sus dedos lentamente sobre el título de la nueva novela de Rachel Cusk.

—Sólo creo que es triste. Tanto tiempo, todos esos años, había esta conexión, ¿sabes? Entre nosotros, Sharon y Matthew. Y no lo sabíamos.

—Sharon lo hubiera sabido —dijo Gil—. Podría haber visto tu obra en el sitio de Caroline, ¿no?

—Puede ser —dijo Molly—, pero lo hubiera tenido que estar buscando.

—Bueno, probablemente tienes razón. Una coincidencia —dijo Gil, intentando sentir la misma tristeza que su esposa obviamente sentía. Sharon, en una galería donde estaban guardados los dibujos de Molly. Una conexión casi a la vista. Incluso si Sharon lo hubiera sabido, ¿habría importado? Porque si lo sabía, jamás lo mencionó, ni siquiera por correo. Se había quedado callada por Matthew porque Gil había culpado a su hijo de intentar matar a Ingrid… *su hijo había intentado matar a Ingrid.* Ahora el niño estaba aquí, en su casa, contemplando arte, platicando con su tía sobre galeristas de Nueva York.

Aunque Matthew no era de ninguna forma un niño. A todas luces era un adulto. Lo podían dejar en casa mientras iban a cenar con las niñas a casa de Harriet y Frank. Lo habían invitado —Molly, no Gil—, pero el chico dijo que tenía lecturas pendientes.

—Está bien —dijo Gil, intentando no sonar muy emocionado.

Molly había conocido a Harriet cuando recién se mudaron, en una exposición grupal en Burlington; sus hijos eran de la misma edad. En poco tiempo, Chloe ya era amiga de la hija de Harriet, reiterando la amistad entre los adultos. Todo esto había llevado a Gil a una amistad tibia y obligatoria con Frank, el esposo de Harriet: un contratista que había crecido en Vermont y que estaba, como la mayoría de los lugareños, enamorado del estado entero. Gil se había esforzado en avivar una amistad genuina, pero nada había funcionado. Frank no era grosero, sólo aburrido y, desafortunadamente, las conversaciones durante la cena se dividían de acuerdo a la línea del género. ¿Había algún hombre que de verdad prefería conversar con otro hombre? Quizás las mujeres solo querían estar libres de los monstruosos egos masculinos por un rato, para así poder disfrutar su vino. A Gil le tocaba dar sorbos a su cerveza mientras soportaba la historia de Frank sobre el vecino que cortó los árboles entre sus casas. Ahora el follaje era tan delgado que se podían ver las casas, al menos en invierno.

—No me debería quejar, ya saben, considerando lo que están atravesando ustedes —dijo Frank, arqueando sus gruesas cejas.

—Claro —contestó Gil, como si no entendiera algo.

—¿Cómo está?

—¿Quién?

—Tu sobrino —dijo Frank—. Está viviendo con ustedes, ¿cierto?

—Ah, sí. Está bien, al parecer. A veces es difícil saberlo.

—Y, ¿es el mismo chico ¿el de todo el rollo de la alberca e Ingrid?

—Sí, sí es —dijo Gil. Con los años, le habían contado la historia de Montauk a todos sus amigos. Así explicaban por qué nunca habían conocido a su hermana, por qué estaban alienados.

—Cielos, debe ser difícil —dijo Frank—. Para el chico, horrible. También para ustedes.

—Claro —dijo Gil—. Terrible.

—¿Cómo se encuentran las chicas? —dijo Frank, dándole un trago a su cerveza y dejando caer un poco de espuma en su barba espesa, con los ojos abiertos por el esfuerzo. Gil titubeó e intentó decir un poco de nada. Las niñas estaban bien, genial, todo bien; Matthew, igual.

—Qué terrible —dijo Frank, azotando la mesa, levantándose por otra cerveza. Obligado a beber frente a la escueta conversación.

Probablemente sacándolo de ellos, Molly ahora le contaba a Harriet sobre Matthew, lo sorprendentemente fácil que había sido, pero lo trágico y triste del accidente. La cara frágil de Harriet, enmarcada por su salvaje y rizado cabello, se desmoronó con empatía. Te puedes dar cuenta de cuánto lo estaba intentando Matthew, dijo Molly. Era casi demasiado amable, pero parecía que solo buscaba encajar. Era triste. Casi deseaba que se desmoronara, que les mostrara cómo se sentía en realidad, pero sólo lo escondía.

—Oh, ese pobre muchacho —dijo Harriet.

Así que Gil era el único que lo sentía: la carga. El chico era un peso, una tensión constante. Y aunque todo lo que dijo Molly era cierto, Gil sentía que esa carga solo se volvía más pesada. Debería estar ajustándose, adaptándose, sacándole lo mejor a la partida, como su esposa, como sus hijas, quienes eran niñas aún, pero no podía. Se tambaleaba. Él, de alguna forma, era la víctima. Victimizado por la presencia de su sobrino huérfano. Era una actitud desagradable, posiblemente malvada. Lo sabía. Nunca se lo diría a nadie.

La libertad que había comprado el Audi hizo que Matthew se comenzara a levantar más tarde, así que Gil se iba a la universidad solo. Los días que enseñaba no veía a Matthew hasta la hora de clase; el chico permanecía en su lugar, platicando con Susie.

En Narrativa I, Gil utilizaba cuentos «clásicos» —Joyce, Mansfield, Porter, O'Connor—, usualmente nuevos para sus estudiantes, que venían de pequeños poblados de Vermont. Al parecer no para Matthew, quien había leído algunos en Herbert. O sí eran nuevos, y podía absorberlos con profundidad y precisión sorprendentes. No sólo leía el cuento de tarea, sino que leía el libro completo. Matthew hablaba de «Judas en flor» en términos de los cuentos mexicanos tempranos de Katherine Anne Porter, «Arabia» en relación con *Dublineses*. Hablaba de los distintos estilos narrativos indirectos y libres, y sus usos, en «Felicidad» de Katherine Mansfield, en comparación con «En la bahía». El resto de los estudiantes no entendía los comentarios de Matthew, y Gil tenía que resistir el impulso de dialogar con el chico a este inusual nivel —al menos para los estándares de Essex—. Pero eso significaría dejar a los otros estudiantes fuera, lo cual crearía hostilidad hacia el chico, pero también hacia él. Gil solo asentía: *Buen punto*, y pedía otros puntos de vista.

No era el único que notaba la inteligencia del muchacho. Alice, quien enseñaba Literatura Estadounidense I —otra clase que Matthew también tomaba—, interceptó a Gil en el pasillo una tarde. Hablaron sobre el semestre, las vacaciones, le dijo lo mucho que lamentaba lo de su hermana.

—Había querido decirte: tu sobrino Matthew está en mi clase. —Gil se preparó para recibir malas noticias; el chico le había faltado el respeto a alguien—. Es maravilloso, ¿no?

—Qué bien escucharlo —logró decir.

—¿Sabes qué es? *Él lee* —dijo Alice, poniéndole la mano en el brazo mientras sostenía un paquete de copias con la otra—. Es tan emocionante tener un alumno que lee con esa profundidad, que de verdad *piensa* en los libros.

—Sé a lo que te refieres —dijo Gil—. Está en mi clase de Narrativa. Quizás debería mandar a las niñas a la escuela en la que él estaba en Manhattan. —Era un chiste, pero sonaba amargado. Estaba amargado.

—Buena suerte con la colegiatura —dijo Alice, sacudiendo la cabeza—. ¿Nos lo vamos a quedar?

—¿Qué?

—El próximo semestre. Deberíamos quedárnoslo. Sería maravilloso.

—Ajá —asintió él. Ella lo miró perpleja, confundida por su poco entusiasmo. Por suerte, tenían un horario y la clase estaba a punto de comenzar. Matthew lo esperaba al otro lado de la mesa del seminario.

Mientras entraban los últimos estudiantes, Gil les recordó que la próxima semana sería su primer taller. Matthew y Susie traerían copias de su trabajo y comenzarían leyendo los cuentos en voz alta. Leer así era un atajo didáctico, pero Gil lo justificaba imaginando que ayudaba a los estudiantes a pensar en sus cuentos como obras en desarrollo, maleables, sin terminar. De cualquier manera, todo lo que querían los estudiantes era que se les pusiera atención. Les daba la oportunidad de *performatizar*, de reivindicar su trabajo, y él se ahorraba horas preparando la clase. Todos ganaban.

Comenzaron discutiendo un cuento de Denis Johnson. La mayoría pensaba que era confuso. —¿Cuándo ocurre el final en relación al resto del cuento? —dijo una de sus alumnas. ¿Cuál era su nombre? Repasó su lista, pero no pudo ubicarlo. Eventualmente, gracias a Dios, Susie apoyó la idea de Johnson, y Matthew levantó la mano para decir que solo quería admirar la prosa, especialmente la línea sobre estar en el tráfico como si encallara.

—Perfecto —dijo Gil.

El resto de la clase la dedicó a un ejercicio de escritura, y se intentó concentrar en su propia escritura. Utilizó su libreta negra, la misma que les alentaba a comprar, aunque casi todos estaban escribiendo en sus computadoras, pero no podía quitarle la vista a Matthew. El chico tecleaba sin parar; sólo de vez en cuando se detenía para revisar algo en su pantalla. A cada pausa le seguía una explosión de escritura. Gil sólo había llenado tres renglones en su libreta. Los repasó: basura. «Parte del proceso», diría en clase, «es atravesar la mierda». En la práctica, era tan divertido como sonaba.

—No olviden —dijo Gil, mientras la clase comenzaba a empacar siete minutos antes—: estén listos para el taller.

Susie partió con Matthew, mientras sus hombros se rozaban. Caminaba detrás de ellos por el sendero —no los seguía, sino que iban en la misma dirección—, y vio cómo sus manos lentamente se entrelazaban y Matthew la jalaba hacia él. Debería estar feliz por el chico. Susie era más de lo que Matthew se merecía. Cuando salieron del sendero hacia el estacionamiento, Gil los observó un momento. Susie se rio, echó la cabeza para atrás, exagerando el gesto, y se levantó de puntas para darle un beso en la mejilla. Sólo podía ver una parte de la cara del muchacho, pero sabía que estaba radiante. Eso es lo que le molestaba. Decidió darse la vuelta hacia la Sala Dahly. Lo contento que estaba el chico; su felicidad, como si todo estuviera bien, como si sus padres no estuvieran de momento, y en todos los momentos que seguirían, muertos. Y el muchacho actuaba como si no le importara, como si nada hubiera ocurrido. Es lo que Gil envidiaba. No a Susie, no tener una encantadora joven tomada de tu brazo, sino ser libre del duelo: caminar como si nada malo pasara, como si nada en el mundo pudiera tocarlo.

9

No importaba qué tan de cerca Gil lo estudiara, Matthew nunca expresó el duelo de su orfandad. Se paseaba por la casa, estacionaba su coche un poco demasiado rápido —si bien, Elroy casi siempre estaba en el jardín— y pasaba las horas en su celular.

Gil asumía que las redes sociales eran lo que atrapaban la atención del muchacho: mandar mensajes, que conllevaba episodios explosivos de tecleo. Quizás extrañaba a sus amigos. Pero cuando Gil le mencionó que podía viajar con él a Manhattan si alguna vez lo quería —no había hipoteca en la casa de Sharon y Niles y un fideicomiso pagaba los servicios del edificio, así que se podían quedar ahí—, el chico dijo que no hacía falta. Estaba bien.

En un par de ocasiones percibió lo que parecían ser muestras de la verdad en la cara del muchacho; una malicia cuidadosamente escondida, una risilla ahogada que salía cuando creía que nadie lo veía; por ejemplo, durante la cena en la que Ingrid contó una anécdota *chistosa* que se volvió demasiado larga hasta perder el punto, o cuando las chicas se reían viendo alguna de esas horribles comedias con Molly. Pero nadie más parecía percibir estos detalles. Gil se preguntaba si se lo estaba inventando todo, si estaba tan desesperado por encontrar la más pequeña de las señales que confirmara lo que sentía, que terminaba deformando la realidad. Una forma grave y ridícula de pensar.

Hacía mucho que Gil no se ponía nervioso al dar clases, pero el día del taller de Matthew, sintió como si hubiera viajado veinte años al pasado y fuera un joven frente a sus estudiantes por primera vez, balbuciendo, sin certezas. Antes del taller hablaron sobre la lectura de tarea, un cuento de Donald Barthelme. Estaba preparado para las críticas de los estudiantes, a pesar del hecho de que era una obra maestra, pero tuvo suerte: les encantó.

Como era costumbre, Susie fue quien habló primero y estableció el tono.

—Para cuando llega a la parte del cachorro, tienes una sensación sobre a dónde se dirige la historia, y piensas que estás listo para ello, pero luego viene la parte del huérfano coreano y la muerte de todos esos padres y abuelos. Quiero decir, esa línea sobre luchar con un intruso enmascarado… No podía dejar de reír. Con eso llegué al debate filosófico que tienen al final, aunque para ese momento no me importaba que no fuera exactamente realista—. Dijo todo esto con velocidad, inclinada hacia delante en su silla, poniéndose el pelo oscuro detrás de las orejas.

—Pero —continuó otro de los estudiantes: un muchacho que el primer día anunció que no le gustaba leer y que prefería los videojuegos— así no hablan los niños. Digo, *dato fundamental* —Entonces, hizo una pausa para buscar una frase en el cuento. Algunos estudiantes miraban sus antologías, mientras la mayoría veía caer la nieve lentamente por las ventanas. El alumno encontró la frase:

—Ah, sí. Como «la mundanidad inmanente de la vida cotidiana puede trascenderse en dirección hacia...» Así no hablan los niños. Y eso como que me sacó de la historia.

—Pero *se supone* que te saque —dijo Matthew, hablando por primera vez. Gil había asumido que su inusual silencio, cuando casi siempre hablaba más que todos los demás, era porque estaba nervioso. Pero Matthew sonaba tranquilo, con una energía arrogante, como siempre—. Obviamente, los niños no hablan así, pero ¿qué no ese es el punto? Digo, es chistoso. En el enunciado que acabas de leer, están a punto de darte una respuesta, un pedazo, ¿sabes?, de sabiduría verdadera, pero el maestro lo interrumpe antes de que termine y sólo dice: *sí, quizás*. Es perfecto.

Susie movía su cabeza en afirmación. Lo adoraba. ¿Quién no? Inteligente, guapo, seguro y en sintonía con los placeres de Donald Barthelme.

Hubo un silencio, y Gil intentó determinar si debía intervenir o si era mejor esperar a que otras personas comentaran sus ideas. Más de una década de enseñanza y esta parte —soportar el silencio que podía ser el preludio del pensamiento o el eco de la indiferencia— todavía lo frustraba. Esperó. Paciencia. Se encontró con más silencio, así que intentó hacer como si estuviera tomando todos los puntos de vista a consideración aunque, con suerte, también dejando claro que al final estaba de acuerdo con Susie y con Matthew. No había de qué preocuparse por el favoritismo, ya que de todas formas casi todos los estudiantes estaban hipnotizados por la nieve. Era hora de un descanso tras el cual, les recordó, comenzarían el taller.

Después de unos minutos detrás de sus celulares en el pasillo —un hábito sólo un poco menos dañino que fumar, como él hacía en la universidad—, los estudiantes se sentaron de nuevo alrededor de la mesa.

Los cuentos de Susie no estaban al nivel de sus otras cualidades como estudiante, pero Gil llevaba enseñando el tiempo suficiente como para saber que incluso el brillo más diminuto de talento podía volverse algo sorprendente y duradero. Sabía que los escritores más talentosos podían florecer o rendirse a pesar de tener éxito. La vida de la escritura se trataba de resistir, sentirse lo suficientemente comprometido con la vocación para atravesar esos primeros años de vuelos y caídas hasta que se volviera tu vida. A veces, Gil deseaba que su vida hubiese dado otro giro, alguno que le dejara más dinero, por ejemplo, o uno que no lo expusiera al juicio constante y que le dejara deseando. Pero esta era su vida ahora. Había publicado dos novelas y una docena de cuentos. Los últimos ocho años no habían sido muy activos, pero tenía una vida. Susie podría lograr lo mismo. O podría dejar de escribir después de la licenciatura, después de la maestría y hacerse otro camino a seguir. No había forma de saberlo. Esa era la razón por la que el taller de Gil le daba preferencia a la amabilidad, a guiar hacia la técnica pero no hacia el juicio. Si seguían escribiendo, recibirían bastante rechazo sin que él se tuviera que sentir como un patán cada semana.

Susie leía en una *voz de poeta*, poniéndole a cada palabra un énfasis emocional cuestionable, pero él sabía que criticar su forma de leer no ayudaría a los estudiantes. Su cuento se desarrollaba en la granja de sus abuelos, en Northeast Kingdom, donde había crecido con padres *hippies* que, frecuentemente, la dejaban por varios meses seguidos. Eran cuentos vívidos: los meses de verano brillantes y afilados, el sacrificio de las gallinas en otoño, la quietud congelada del invierno en el norte remoto. Pero este no era uno de sus mejores. Regresaba a las gallinas, pero sin el flujo y la urgencia del año pasado, un cuento que terminó en la revista literaria de la universidad. Sin embargo, era una buena señal: en lugar de perseguir alguna idea nueva y, probablemente, a medias, regresaba a la fuente de su mejor escritura, intentando cavar un poco más profundo, desenterrar algo más.

Gil intentó hacerles ver qué estaba funcionando —las descripciones— y qué podía mejorarse —¿qué estaba en juego para el personaje, más allá de enfrentarse a las atemorizantes descripciones de animales degollados estrellándose contra los troncos de los árboles?—. Susie tomaba notas con avidez, asintiendo. En unas semanas, encontraría una copia con las revisiones incorporadas en su buzón escolar.

Matthew permaneció en silencio durante la mayor parte de la discusión, señalando algunas líneas que le habían gustado y frunciendo el ceño con atención al momento de criticar.

Susie podía hacer preguntas, pero no tenía ninguna, así que Gil dijo:

—Matthew, te toca. —Podía sentir cómo su corazón se aceleraba, un cosquilleo en la punta de sus dedos, una sensación de ligereza en la cabeza mientras el chico se levantaba a repartir las copias de su cuento. Gil parpadeó un par de veces y tuvo que combatir su ansiedad para poder descifrar el título: «Formas en las que pudo haber muerto y cómo finalmente sucedió».

Matthew leía bien. Sin voz de poeta, al menos. Pero a Gil le costaba concentrarse, intentaba adelantarse mientras escuchaba al chico leer. El cuento iba de una niña de tres años en Nueva York que iba al parque con su padre. El padre le dice que se apure cuando la señal para caminar cambia a rojo y cruzan por el paso peatonal. Llovió toda la mañana, y la niña jala de la mano del padre, deteniéndose para ver como caen las gotas en un charco. Quiere «chapotear en la oscura piel del agua, sus delgados listones de aceite, un periódico hecho pulpa desintegrándose en la esquina». Gil escribió *Bien* junto a esta línea, aunque necesitaba pulirse, pero no era terrible. Tachó la palabra «delgados», sin estar seguro de que mejorara el enunciado. Cuando sus estudiantes leían sus cuentos, él anotaba comentarios en sus copias. Les decía que esta era el objetivo principal del taller, aprender cómo editar sus enunciados para encontrar el ritmo natural dentro de su cuento.

Después de esto seguía un párrafo sobre todas las cosas que la niña no sabía sobre su padre: su trabajo en un banco de inversiones; cómo había engañado a su esposa hace tres años, cuando la niña era un bebé; cómo había considerado arrojarse de un precipicio en su motoneta durante un viaje a Bermuda. El cuento iba hacia el pasado en la vida del padre: sus años en la escuela de negocios, donde había conocido a la madre de la niña; la universidad, donde una noche, en una fiesta de fraternidad, se acostó con una chica y cómo ella lo había acusado de violarla después; cómo él lo recordaba de otro modo, el miedo que había tenido de que la mujer lo reportara. Iba también al tiempo de la preparatoria, donde había jugado fútbol hasta que se desgarró los ligamentos de la rodilla: el sonido de sus tendones cediendo, la cara del chico que lo había tacleado bloqueando el cielo, la sonrisa en la cara del muchacho antes de que el árbitro lo hiciera a un lado; la vez que se había encontrado con unos niños de su cuadra vertiendo aceite de motor sobre un pájaro que habían atrapado en una cubeta. Todavía puede recordar el pájaro, abriendo su pico; el interior rosa y suave, brillando en contraste con la densa oscuridad del aceite en sus plumas, sin hacer ningún ruido mientras el pico se abría y se cerraba, intentando respirar.

El punto de vista cambiaba a un repartidor en una bicicleta eléctrica, apurándose de regreso al restaurante. Su celular dice que hay tres órdenes en espera. Tiene veintisiete minutos para recogerlas y entregarlas o su calificación bajaría, y no puede permitírselo. Si pierde sólo uno de sus turnos no podrá pagar la mensualidad de su bicicleta eléctrica, y entonces tendría que usar su vieja bicicleta de velocidades, lo que implicaría meterse en más problemas. Entonces tendría que sacar un préstamo para cubrir la renta, y después —mierda—, seguro tendría que pedirle otro préstamo a Stan, pero este le diría que no, le empezaría a presionar sobre pagarle el préstamo que ya sacó y del que no ha pagado nada. Todo esto pasa por la cabeza del repartidor mientras se salta un alto, inclinándose para girar en la calle siguiente, el cruce en el que se encuentran padre e hija, pero como el agua cubre los *goggles* baratos que usa cuando llueve, el repartidor no los ve.

Nueva York. Un accidente. Un repartidor pasándose un alto. El cuento no era sobre Sharon y Niles, pero se acercaba lo suficiente como para desatar el pánico en la cabeza de Gil.

Nada le ocurre a la niña y al padre. El repartidor pasa zumbando a su lado, salpicando el charco, levantando «un encaje de agua sucia que moja los tobillos y los zapatos del padre, quien se voltea para gritar, pero el repartidor ya se ha ido».

Tras un espacio venía una sección más corta: un solo párrafo largo. Era sobre una chica de ocho años tomando una clase de equitación. Es demasiado pequeña para el caballo y se sienta en la silla: «sus rizos rojos saliendo por debajo de su casco, sus manos levantando las riendas por debajo de su barbilla, sus piedras sobresaliendo como si fuera una muñeca tiesa, aleteando como alas atrofiadas batiendo, mientras el animal se movía hacia delante». Gil escribió *¿Metáfora mixta?* La descripción no era terrible. De hecho, le recordaba a Ingrid hace unos años, cuando recién había comenzado a cabalgar. Matthew no podría haber sabido todos esos detalles a menos que lo hubiera visto, que hubiera estado en un hípico. Quizás Sharon había cabalgado, quizás habían tenido un caballo en los Hamptons y había cumplido ese sueño de su infancia.

El párrafo seguía con una descripción enredada —Gil escribió *Confuso* en el margen— del caballo paseándose por la pista. Mientras el caballo da vueltas, otro jinete entra a la pista, trotando hacia ellos, cuando, de repente, sacude la cabeza y acelera, como si fuera a embestir el caballo de la chica, Borrón, que se asusta y levanta las piernas, relinchando. La chica levanta las manos, suelta las riendas, se desliza por el lomo del caballo y cae de espaldas sobre la pista.

Borrón. Ese era el nombre del caballo que Ingrid montaba. Matthew debió haberla escuchado mencionarlo, lo que significaba que la niña era Ingrid, aunque en el cuento era pelirroja, así que quizás era una mezcla entre Ingrid y Chloe. Esto significaba que la chica en el primer cuento era la misma, el pelo rojo. Matthew había escrito un cuento en el que fantaseaba sobre cómo podrían morir las hijas de Gil. Una fantasía de asesinato. Y lo había entregado como su trabajo. ¡Para que lo discutieran!

Hubo varias frases más; el movimiento de los caballos, el ruido, el viento y los gritos y la chica de espaldas, mirando ausente el blanco del domo sobre ella. Su maestra se arrodilla a su lado en la tierra, toma su hombro con cuidado, le dice: «¿Cariño, estás bien? ¿Puedes levantarte?». La chica piensa por un segundo que no puede moverse, ni siquiera puede mover su cabeza para asentir, pero luego el entumecimiento se le pasa. Sus dedos se sacuden. Su rodilla se mueve, hunde las manos en la tierra y se levanta.

Gil le hundió la mirada a Matthew desde el otro lado del salón, aquel pedazo de mierda. Usando a las niñas en su fantasía mortuoria, el muy hijo de puta. No estaba bien. El chico no lo miró de regreso, pasó a la página siguiente y continúo leyendo.

En la última sección, una joven —Gil escribió *¿Por qué sin nombre?* en el margen— está patinando sobre un estanque. El óvalo de hielo está rodeado de amplias pasturas y pinos nevados. Por la descripción, pensó en el estanque más allá del bosque de su casa. Y, a medida que la escena se desarrollaba, la niña parece más y más como una versión de Chloe: su cabello rizado, destellos cobrizos. El gorro que llevaba era exactamente como el de Chloe: «Un gorro de un rosa brillante con el blanco del símbolo de Adidas, lo suficientemente bajo para cubrir sus gruesas cejas».

Lleva audífonos y no alcanza a escuchar el gemido largo y grave, como un viejo agonizando al despertar, luego el estallido agudo, el crujido resonante. Puede sentir el sol brillar sobre su cara, su tibieza, calentando su gorro hasta que piensa en quitárselo, pero no tiene dónde ponerlo, así que se lo deja puesto. Mientras patina, escuchando a Imagine Dragons, el hielo se vuelve más suave, las grietas más amplias. Se desliza justo hacia la comisura de una de las grietas y su peso, apoyado sobre el delgado filo de sus patines, rompe el hielo.

El crujido es tan explosivo que lo escucha por encima de la música, y luego el mundo parece detenerse, como anticipando. Su suave vuelo se vuelve un tambaleo, un tropezón y, finalmente, una caída. A medida que el hielo se abre y el agua, que tan sólo un momento antes estaba resguardada, se transforma en un bostezo oscuro que la alcanza y la devora, su gorro rosa se pierde mientras ella patalea. Sus brazos rompen el hielo a su alrededor; la afilada y oscura agua golpea su cara, y comienza a hundirse con el peso de sus patines, llenándose de agua a pesar de estar firmemente atados. Y luego, tan rápido como ocurre, desaparece. Queda su gorro rosa, flotando en el hoyo que ha quedado en el hielo, pero termina hundiéndose, dejando sólo el blanco y el negro y el silencio y la calma.

Matthew miró hacia arriba como si esperara aplausos. El enojo se concentró en la lengua de Gil. Una historia sobre ahogarse. Sobre una niña que era, por supuesto, Chloe. El gorro rosa. Regresaba a ese detalle.

El silencio se expandió con lenta agonía. Solo podía parpadear, y la página iba desenfocándose cada vez más con cada pulso de su rabia.

—Yo tengo algo —dijo Susie—. Creo que está muy bien escrito.

—Sí —dijo el muchacho *antiBartheleme* y provideojuegos—. Es bastante perturbador, pero definitivamente me hiciste querer seguir leyendo. Quisiera que fuera más largo, de hecho. Digo, sé que hay un límite de cuartillas.

Mientras los estudiantes presentaban sus elogios, la ansiedad de Gil crecía. Todo lo que podía pensar era «¿Cómo te atreves?». Pero sabía, incluso en su estado furibundo, que el muchacho tenía una coartada. No era exactamente como Ingrid y la alberca. Y de todas formas los otros estudiantes no conocían ese incidente, y probablemente defenderían a Matthew. Ese maldito gusano que sólo asentía mientras Alice decía cómo le encantó la parte de la equitación, porque los detalles eran totalmente acertados.

—¿Pasamos ahora a las sugerencias? —dijo Susie.

Esperó un momento, pero Gil no respondió, temiendo que, si intentaba hablar, terminaría gritándole a Matthew al otro lado de la mesa. Probablemente era lo que el muchacho quería. La razón por la que se había inscrito a esta clase en primer lugar: provocarlo, burlarse de él, buscar problemas. La única forma de negárselo era con silencio. Susie mencionó que las tres partes podrían estar más entrelazadas. Era interesante que estuvieran tan sueltas, pero quizás volvían al relato un tanto vago.

Borrón. El gorro rosa. Y el padre en la primera parte era él, quizás. Escaneó la primera página, pero no encontró indicio de que ocurriera en Brooklyn. Ahora no podía encontrar evidencia incluso de que ocurriera en Nueva York. El cuento era brecha tras brecha, un conjunto de ausencias en las que Gil podía vaciar sus miedos. ¿Cómo podía saber Matthew que le provocaría esto?

Logró mirar a la clase. Estaban esperándolo. O tal vez no. Al menos la mitad de ellos miraban ausentes la nieve caer por las ventanas.

—Entonces, Matthew —dijo, pausando para despejar su garganta—. Tengo que preguntar, ¿vas en serio con esto? —Titubeó, pero al menos había logrado el enunciado.

Matthew se rio y volteó la cabeza, como si estuviera confundido. Como si no supiera exactamente a lo que Gil se refería.

—Vamos, Matthew, carajo. ¿Borrón? ¿El gorro rosa? ¿Hay algo que quieras decir?

—¿Sobre qué? —dijo Matthew— ¿Te refieres a los detalles?

—Sobre usarlas, Matthew. Sobre usar a las chicas en tu cuento. No creo que seas… Creo que eres perfectamente consciente de que no puedes… —Enrojecido y mareado por la ira, miró a la clase, pero ellos sólo lo miraban, desconcertados. No estaba siendo coherente—.

—¿Usarlas? —dijo Matthew, inclinándose hacia delante y entrecerrando los ojos— ¿Es eso lo que estoy haciendo? —Levantó ambas manos, y se hundió en su asiento, como si fuera él la víctima de su maldad.

—Pues lo lamento. Sólo intentaba seguir una de las reglas. Escribe sobre lo que conoces. ¿No es ese como un mantra? «Escribe sobre lo que conoces». —Su voz cambió, volviéndose más grave, como si estuviera imitando a Gil. Nunca había dicho eso, no creía en ese cliché, pero ese no era el punto.

Gil suspiró y miró la mesa.

—¿Crees que todo esto es un juego?

Matthew se rio, fuerte y claro.

—¿Un juego? Sí, de hecho, supongo que sí. Es ficción…

—Yo tengo una idea sobre otro punto —dijo Alice, con un tono feliz, como si no hubiera escuchado nada—. Creo que el personaje necesita un nombre, la niña.

Agitado, Gil sólo se le quedó viendo a Alice, hasta que sus mejillas llenas de acné se le pusieron coloradas. Lo había perdido ahora: el punto, la transgresión de Matthew. Si insistía en ello, los estudiantes pensarían que estaba loco, si es que no lo pensaban ya. El muchacho se le había escabullido, pero no se le había escapado. No iba a soltarlo. Excepto que ahora mismo tenía que hacerlo, porque la clase había terminado.

—Bien —dijo Gil—. Nos vemos la próxima semana.

Los estudiantes murmuraron entre sí y se apuraron a salir del salón. No pudo evitar mirar a Matthew: se levantó, jalando de su abrigo gris. Susie tenía el brazo alrededor de Matthew y se reía. El triunfo del muchacho.

De salida, Matthew se detuvo junto al escritorio de Gil.

—Disculpe, profesor, ¿puedo? —dijo, señalando el manuscrito, apenas corregido.

—¿Qué? —dijo Gil—. Oh, sólo…— Quiso detenerlo, quedarse las páginas como evidencia para mostrárselas a Molly, pero el chico se las quitó, las puso entre sus libros y se largó.

10

El Audi no estaba en la entrada cuando Gil llegó. Le había mandado un mensaje a Molly, pero no había recibido respuesta. Mientras manejaba rumbo a casa le había costado evitar que sus pensamientos lo abrumaran, aunque él sabía que eran fantasías paranoicas. No había nada de qué preocuparse. No es que no hubiera nada… nada obvio o grave. Probablemente. Lo más seguro era que Matthew no fuera un peligro para ellos, quizá el muchacho no supiera lo que había hecho. Pero no, eso era absurdo: había escrito sobre un accidente automovilístico, y, además, sobre ahogarse. El chico no era tonto. Todo este tiempo había estado viviendo en su casa, comiendo su comida, sentándose en su mesa fingiendo que todo estaba bien cuando, de hecho, nada lo estaba, porque Matthew no era una persona norma: era un demente inestable que quería ahogarlos en un estanque y terminar lo que había comenzado hace seis años.

Cuando Gil llegó a casa, Ingrid estaba en la barra de la cocina rodeada de tarea, escuchando música de adolescentes en su iPad.

—¿Dónde está tu mamá? —dijo Gil, tras hacer una pausa al escuchar un crujido que venía del piso de arriba. Quizá Matthew sí estaba ahí, de alguna manera.

—No sé —dijo Ingrid.

—Pero está en casa, ¿no? —Su coche estaba en la entrada.

—Sí —dijo Ingrid, intentando concentrarse.

Ella hacía su tarea, no había nada de qué preocuparse. Entonces, borró algo en su cuaderno y dijo:

—Sacó a Elroy a pasear por los senderos.

Caminó hacia la ventana que daba al jardín, lindado por la hilera de árboles oscuros. Miró el sendero como si Molly fuera a aparecer de repente a saludarlo. ¿Qué tal si Matthew había salido con ella? ¿Y si, de alguna forma, la había llevado a ese estanque que tanto le llamaba la atención? ¿Qué si estaban ahí ahora, y el chico había encontrado una forma de deshacer el hielo, de hacerla caer, dejando el agua entrar por su boca mientras gritaba, pataleaba, su gorro cubriéndole un ojo mientras el otro miraba de un lado a otro frenéticamente, y sus botas se llenaban de agua y sus hombros desaparecían bajo la superficie negra?

Unos puntos brillantes nublaron su visión y sintió un peso en el pecho. Intentó respirar, pero no pudo. Pánico. Un ataque de pánico, como los que le había tenido en Brooklyn, el peso en su pecho aplastando también sus costillas, su cadera, recorriendo su espalda para asentarse en sus hombros y apretar su cuello. Esa sensación había desaparecido, o eso pensaba, desde que llegó a Vermont. Ese era el viejo Gil, el Gil de Nueva York, había muerto, había sido enterrado, y ahora salía de la tumba, vengativo.

—Voy a caminar —dijo, con la certeza de que si continuaba hablando su voz se quebraría.

—Está bien —dijo Ingrid, subiendo el volumen de su iPad.

—Cariño, traigo mi celular si necesitas cualquier cosa. —Ingrid lo ignoró. Su padre era tan extraño y molesto.

Trotó por un lado de la casa, subiéndose el cierre de la chamarra mientras caminaba disimuladamente por el jardín en caso de que Ingrid lo viera por la ventana. No había motivo para asustarla. Aunque eso significaba que no estaría alerta. Se veía diminuta y vulnerable a través de la ventana, siguiendo el ritmo de la música con la cabeza y anotando las respuestas de su tarea.

Sus botas rozaron el pasto que sobresalía por la nieve de camino hacia el bosque. Resistió el impulso de gritar el nombre de Molly. Al menos el sendero formaba un bucle y era probable que se encontraran entrando y saliendo.

La oscuridad se volvió densa bajo los árboles. Debió traer una linterna. Posiblemente Molly tenía una. Los pinos daban lugar a arces y a robles mientras el sendero subía. Aquí había construido casitas para las chicas hace años. A través de las ramas podía ver las tablas clavadas entre dos árboles, sus líneas rectas, nada naturales, distinguiéndolas en la oscuridad. Más allá, el sendero se dividía.

Se detuvo e intentó escuchar pisadas, el jugueteo de Elroy o a Molly llamándolo, pero solo se escuchaba el ruido de los árboles, el apresurado aleteo de un pájaro en una rama alta que se mecía como un dedo reprendiendo al cielo pálido.

—¿Molly? ¿Estás por ahí?

La ansiedad presionaba su garganta a medida que se adentraba al el sendero, sentía cómo resbalaban sus pies sobre el hielo que cubría ciertas partes del suelo. En la oscuridad, su paso se había acelerado casi hasta volverse un trote, y fue por eso que no se percató de la figura moviéndose al borde de su vista, levantándose. Caminó en su dirección, boquiabierto, pero luego escuchó su resoplar, vio cómo movía su cuerpo, cómo giraban sus hombros. Era una figura gigantesca de cabeza angosta con unos ojos pequeños y apenas iluminados.

Habían escuchado de un oso en el verano, que había llegado por las zarzamoras, pero se suponía que los osos hibernaran por la temporada. Y sin embargo aquí había uno, olisqueando furiosamente. Gil dio un paso hacia atrás, levantando los brazos lentamente, jalando de su chamarra para verse más grande. No podía voltear a ver si estaba a punto de pisar un matorral con espinas. El oso lo observó sin moverse, luego se puso en cuatro patas. Gil quería gritar, largarlo, pero su garganta se cerró, y era demasiado tarde. La figura oscura se apartó del sendero y corrió cuesta abajo, hacia el riachuelo.

De inmediato, Gil se dio media vuelta y caminó de regreso por el sendero, volteando atrás cada tanto, pero el oso se había ido. Antes de llegar al final del sendero tuvo que prender la luz de su celular y, cuando lo hizo, vio que tenía un mensaje de Molly: «Elroy está conmigo, estoy recogiendo a Chloe de su ensayo, Ingrid dijo que estabas caminando».

Usó su celular para iluminar el sendero, y corrió lo que le restaba de camino hasta el jardín, obligándose a respirar, a calmarse. Por la ventana vio a Matthew sentado frente a Ingrid; ella reía, se ponía el cabello detrás de la oreja y Matthew se balanceaba en la silla, levantando dos de las patas. Gil observó cómo hacía gestos vagos con sus manos, meciéndose hacia delante y hacia atrás.

Matthew se levantó. Gil lo miró sin aliento, esperando a que se moviera hacia Ingrid, que se abalanzara sobre ella, que la atacara, pero sólo pasó a su lado en dirección a la cocina, sacó un vaso del gabinete, lo llenó, se lo tomó como si solo fuera un adolescente sediento, un niño huérfano y no lo que Gil veía en él: un monstruo terrible y violento, esperando el momento para atacar.

11

Cuando finalmente entró, Ingrid estaba sentada en una silla bajo una lámpara, leyendo, y Matthew se dirigía al piso superior. El chico se asomó por el barandal, y luego se apuró a subir.

Las manos le temblaban mientras picaba el ajo. Quería un *whisky* más de lo que había querido uno en meses. Tras revisar que Ingrid estuviera en la sala, sacó una botella, se sirvió un poco en una taza y bebió con rapidez, emitiendo un resoplido. Con los ojos lagrimeando, escondió nuevamente la botella detrás del vinagre y lavó la taza. Mucho mejor... o quizá no.

Molly y Chloe regresaron, saludando y dando besos, recargaron sus bolsas contra la pared, y muy pronto todos se estaban alistando para cenar. Ingrid contó una historia sobre el nuevo entrenador en la escuela de equitación y sobre lo terrible que era: al parecer sus padres eran vaqueros al oeste del país y tenían un matadero ahí.

—¿Cómo puedes cuidar caballos toda la semana y luego pasar los fines sacrificando vacas? No tiene sentido —dijo Ingrid.

—Quizás son pobres —dijo Matthew, mientras espolvoreaba queso sobre su pasta. Quizás por eso tienen el matadero. —Se encogió de hombros, como si sólo estuviera adivinando.

Ingrid iba a decir algo más, pero se dio cuenta, incluso a su edad, de que el chico estaba en lo correcto. Eran pobres, no es que quisieran matar animales. Y ella no debería hablar mal de ellos por hacerlo. La chica se sonrojó, parpadeó y se quedó observando su plato.

Tras una calma incómoda, Gil dijo:

—Salí a caminar por la tarde, por el sendero. Y adivinen qué me encontré. —Nadie quiso aventurar una respuesta. Era como si no lo hubieran escuchado, así que prosiguió—. Un oso.

—¿Qué? —dijo Molly, bajando su copa de vino— ¿Es en serio?

—Estaba por donde las zarzas. —Se podía dar cuenta de que no le creían—. Nos miramos por unos segundos y luego siguió cuesta abajo.

—Papá, es febrero —dijo Chloe—, ¿qué no los osos están hibernando? —lo dijo como si acabara de decir una estupidez.

—Deberían estarlo. —Quiso añadir que el inicio de enero fue un poco caluroso, el cambio climático, las estaciones a la deriva. Tal acotamiento podía salvarlo de la duda. Pero, en realidad, no había sido un enero caluroso. Eso había sido el año pasado.

—¿Estás seguro de que fue un oso? —dijo Molly— ¿No pudo haber sido otra cosa?

—¿Como qué? —Sintió su cara acalorándose. ¿Qué razón posible tendrían para no creerle? ¿Por qué no podían solo decir: ¿En serio, papá? ¡Qué loco!

—No lo sé. ¿Un cazador? O un tejón.

—A menos que haya sido un tejón de metro y medio de alto, o que me haya encontrado con el maldito cazador más peludo de Vermont, uno que se comunica exclusivamente a través de gruñidos y resoplidos.

—Bueno, cielo —dijo Molly. Su cara mostraba molestia—, diría que un cazador peludo es tan probable como un oso con el clima que hemos tenido.

—Vale, entonces lo dejamos así: cazador peludo —levantó una mano—, o un oso —levantó la otra mano—. Supongo que nunca lo sabremos.

Levantó la voz en su última frase, sin darse cuenta, hasta que ya era muy tarde y las palabras habían salido de su boca.

Tras unos segundos de silencio en los que Chloe torció los ojos, incrédula ante la locura de su padre, Ingrid se contuvo unas lágrimas listas para salir, y Molly lo miró decepcionada desde el otro lado de la mesa, Matthew habló.

—No hay osos en Nueva York, entonces dudo que yo estaría tan calmado como el tío Gil. Probablemente seguiría allá afuera, llorando arriba de un árbol.

—Oh, no, nunca te subas a un árbol —dijo Chloe—. Ellos pueden subir también. Aunque sólo aparecen en la primavera y el verano. Y casi siempre es sólo uno; Ingrid le dice Teddy…. O bueno, *le decía*. Come zarzamoras en el sendero.

—Muy bien. Entonces, nada de salir una vez que llegue la primavera —dijo Matthew, pero detrás de la superficie jovial había una suerte de reto en la voz del chico: placer a partir de la desgracia de Gil.

Molly cambió de tema para hablar de los planes de la semana.

—Matthew, ¿tienes más clases?

—Sólo una, mañana por la tarde. Pero tengo que hacer algunas cosas de mi prepa. Reportes y demás para graduarme. Planeaba hacerlo en la mañana.

—Debe de ser lindo —dijo Chloe—, entrar a la universidad antes de tiempo.

—Bueno, admito que es bastante, mucho mejor que la prepa.

—Sí que lo creo —contestó Chloe, sonrojándose y mirando su plato, como si el brillo carismático que su primo irradiaba fuera a quemarla.

—Bueno, dos años más, mi cielo. Luego puedes escapar, y tu padre y yo lloraremos y lloraremos —dijo Molly.

La normalidad se había restaurado a pesar de Gil, el loco.

Tras la cena, Molly comenzó a lavar los platos, y Gil sugirió que los chicos vieran algo; se sentaron en el sillón. Matthew, en medio, puso un video de YouTube en su celular, que él decía que era hilarante: «Esperen a ver a este idiota», les dijo. Aquello no era lo que Gil tenía en mente, pero debía aceptar que ya eran demasiado grandes para ver lo que él había imaginado que vieran, caricaturas o algo similar. Decepcionado, Gil fue a acompañar a Molly para lavar los trastes.

—Yo puedo —dijo Molly—. Tú cocinaste.

—Está bien —respondió él, como penitencia.

—¿Qué tal estuvieron las clases? —El agua corría en el lavabo, dejando burbujas sobre los trastes.

—Tallereamos el texto de Matthew—dijo, susurrando. Esto era lo que necesitaba: contarle. Ella sabría qué pensar y le quitaría el peso de encima.

—¿Qué tal estuvo? —Talló platos y tenedores y los puso a un lado para que Gil los acomodara.

—Fue bastante... Espera. —Se asomó por la puerta. Los tres se habían separado, cada uno en su propio dispositivo: Chloe y Matthew en sus celulares; Ingrid, quien no tenía uno aún, en el iPad de su mamá. Los tres tenían puestos los audífonos—. Estuvo terrible, Molly. De la mierda.

Molly intentó leer su mirada.

—¿De qué trataba?

—Es como un tríptico: tres historias, todas sobre esta chica, y... —Se detuvo para quitarse los lentes y tallarse los ojos. No debería ser tan difícil describirlo— Créeme, estaba terrible. Una parte era sobre una niña pequeña con su papá, y cómo por poco los atropellan. Luego, una chica que, tomando clases de equitación, con su caballo llamado Borrón, se cae y casi muere pisoteada por el animal. Lo peor es que la historia termina cuando se ahoga. Está patinando en un estanque, como el que está al final del sendero, el estanque de Jim, hasta que el hielo se rompe.

Molly sacudió sus manos en el lavabo; las gotas sisearon en el montón de burbujas.

—¿Borrón? —Frunció su mirada. Se veía más confundida que asustada.

—Y la chica que se ahoga llevaba un gorro rosa de Adidas. Como el de Chloe.

—¿Qué? —dijo Molly, volteándose hacia él. Finalmente, había algo parecido al miedo en su expresión.

—¿Lo tienes? ¿Puedo leerlo?

—Me lo quitó, después de la clase, pero tiene una copia, obviamente podrías —se dio cuenta de que Molly estaba mirando detrás de él y, al darse la vuelta, vio a Matthew en la puerta, como si hubiera estado ahí un rato. Más de unos segundos, al menos.

—¿Está bien si saco a Elroy? —dijo el muchacho.

—Hace mucho frío, y no te olvides del oso —dijo Molly, sonriéndole a Gil. Molestándolo.

Estaba bien. Mientras lo distrajera del hecho de que habían estado susurrando, como conspiradores, sobre el cuento de Matthew.

—Pero estoy segura que a Elroy le encantaría. Hay linternas en la puerta principal.

Lo observaron en silencio mientras se ponía su chamarra, tomaba una correa de los ganchos y llamaba a Elroy, quien coleteaba y bailaba de la emoción. Gil sintió que debía fingir estar teniendo una conversación normal, pero no pudo pensar en nada durante el tiempo que le tomó a Matthew meter los pies a sus botas, anudarlas, encontrar su bufanda, su gorro, la linterna, abrir la puerta, recibir una ráfaga de viento frío y salir.

—¿Y cómo salió la clase? ¿Qué le dijiste? —Molly le preguntó

—¿Qué podía decirle? No podía cuestionarlo ahí.

—Creo que deberías hablar con él —dijo Molly, volteándose de nuevo hacia el lavabo y tallando una olla con la esponja—. No lo sé, porque no he leído el cuento, pero, ¿podría ser acaso un malentendido? Como que hubiera usado los detalles, como siempre hablas de esto en tu clase, ¿no? Y sólo escogió detalles de su vida, y quizás. —Negó con la cabeza, tallando, intentando encontrar una lógica. Justificar a Matthew. Incluso ahora.

—Quizá, Molly, no lo sé. Es difícil pensar que sólo haya sido un malentendido. Pero hablaré con él.

¿Debía pedirle al chico que se quedara después de clase? ¿Darle el beneficio de la duda, así como Molly estaba dispuesta a hacerlo? Era su sobrino y vivía en su casa. Además, adulaba su arte, le presumía sus contactos: conocía a Caroline y podría contarle cosas buenas sobre Molly... o quizás podía hacer justo lo contrario. Lo cuál era ridículo, probablemente. De todas formas, sabía que confrontar al muchacho no tenía caso. No importa qué dijera Gil, Matthew actuaría como víctima, le dejaría a Gil el papel del profesor opresivo y censor.

—Bien —dijo ella, encorvándose sobre el lavabo.

Gil subió a su habitación y, antes de que alcanzara el interruptor, vio la luz de la linterna de Matthew en el jardín, por la ventana. Se acercó sin prender la luz, pegado contra la pared, en caso de que el chico pudiera ver su silueta. Elroy cruzó por el halo de luz y desapareció en la oscuridad como si fuera a ir a caminar por el bosque en la oscuridad, pero se detuvo y la linterna se apagó. Un segundo más tarde, una luz distinta, mucho más suave y azul, iluminó la cara del muchacho; estaba haciendo una llamada. La luz azul se extinguió y el muchacho se desvaneció más allá de la línea de árboles negros.

Gil se sentó en su escritorio, pero no pudo concentrarse en las propuestas de ensayos que tenía que calificar. ¿Estaba Matthew llamando desde su nuevo celular, el que se había conseguido en Burlington? Había intentado tomar notas mentales cada vez que veía al chico en su dispositivo —muy seguido—, pero siempre era el mismo iPhone negro y brillante, sin funda, porque, ¿qué importaba si se rompía? El chico se quedó en el jardín, hablando en la oscuridad porque, seguramente, no quería que lo escucharan. Sus amigos no creerían cómo vivía esta bola de gente… Si podía esto llamarse vida.

Pero Matthew no sabía nada sobre ellos. Los trataba con su ironía neoyorkina, pero ¿qué sabía él sobre ellos?

Su trato —en realidad, su mal trato— se notaba bajo las palabras de su cuento, entre cada línea. Y, cuando hablaba con sus amigos —o quizá les escribía—, debió mencionarles sus primas catetas, la casucha y su lamentable cocina; la madre, con su pequeño estudio de arte, dibujando cosas que apenas se vendían; el padre, su tío, un escritor frustrado que era, además, un terrible profesor; las chicas, bueno, estaban bien, al menos la más grande no era una bestia. No le sorprendía —seguramente les contaba con la voz hastiada y desabrida— que hubieran huido de la ciudad —no la soportaron—, y que se hubieran dejado consumir por la oscuridad invernal. Eran patéticos porque, enfrentémoslo, eran perdedores.

Pero Gil amaba esta vida. Sin este lugar, sin Vermont, sin las chicas, sin Molly, él se habría perdido hace mucho tiempo.

12

1994-2005

Jamás pensó en *no* querer escribir. No tenía memoria de querer ser o hacer cualquier otra cosa. Desde que entró a la preparatoria entendió que Nueva York era la ciudad para los escritores: editoriales, agentes, lecturas, librerías. Tras graduarse de la Universidad de Virginia, la mayoría de sus amigos se habían mudado a Washington, D.C., y es que aquellos sucios departamentos del barrio Adams-Morgan eran emocionantes. Podían seguir viviendo como lo habían hecho en Charlottesville: tomando cerveza barata, escuchando rock a todo volumen, bailando en sus sillas hasta las tres de la mañana; una adolescencia extendida, irónica, y posiblemente patética. Pero él sabía que Washington, D.C., esos amigos y la mayor parte de todas esas cervezas baratas y noches desveladas eran obstáculos que se atravesaban entre su vida y aquella que deseaba, la única vida que podría tolerar con una sonrisa: la de escritor. Lo que sea que eso significara.

El último empujón se lo dio su profesora favorita, una mujer que había escrito una novela y nada más. Se habían quedado hablando tras el taller de Gil —no había sido su mejor cuento, pero estaba distraído—, y ella le había dicho: «Si quieres ser un escritor, ve a Nueva York. Así sabrás si de verdad quieres serlo».

La única persona que conocía en la ciudad era una mujer con quien había tomado uno de los talleres avanzados, quien se había mudado ahí el año pasado y que trabajaba como agente literario. ¿O era ayudante de una agente? ¿Agente asistente? De cualquier forma, la mujer vivía cerca de Gramercy Park, en un departamento con otras cinco mujeres que también trabajaban en la industria editorial. La llamó y le dijo que planeaba mudarse, y preguntó si quería tomarse un café y si conocía a alguien que necesitara un compañero de piso. Ella le dijo que conocía a alguien con un cuarto vacío y, aunque no era el mejor departamento, era barato. Le dio su número. Jake.

El tipo que le contestó sonaba borracho y le preguntó si era amigo de Jessica, ya que cualquier amigo de Jessica estaba invitado; que eran cuatrocientos al mes por un cuarto propio, más lo que sea que hubiera que pagar de electricidad y todos esos asuntos que podía pagarle cuando llegara. Le dio la dirección a Gil y colgó sin decir adiós. Fue todo. Se mudaría a Nueva York.

Cuando tomó el camión desde D.C. —adiós, ebrio pasado—, se sintió tan inocente como un personaje sacado de una canción de Paul Simon. El camión subió por la monstruosa autopista y atravesó el infernal Lincoln Tunnel para llegar al infierno aún más profundo que era Port Authority. No recordaba mucho de sus primeras horas en Nueva York, más allá de sentirse perdido en el metro, a pesar de que en su infancia tomaba el tren en D.C. Esto era, al parecer, un mundo completamente diferente, edificado sobre caos y miedo.

Se subió a un vagón que iba en la dirección equivocada, cambió de línea, atravesó la ciudad y llegó a un edificio con fachada de ladrillos rojos sin ningún atractivo. Gritó su nombre por el interfono, mientras Jack gritaba: *¿Quién?* una y otra vez hasta dejarlo entrar. Los pasillos del edificio estaban llenos de polvo y en la parte baja de una pared se dibujaban unas líneas cafés y secas que podrían haber sido sangre. El departamento estaba en el último piso; el quinto, subiendo las escaleras. El uso constante parecía haber alisado el barandal. Mientras subía se escuchaban ruidos del interior de otros departamentos —un comercial de televisión a todo volumen, un hombre gritando: «¡Tú cállate, ¡maldita perra!»—. Finalmente, el departamento: alguien había levantado unas paredes sucias e incómodas para dividir el reducido espacio en secciones incluso más pequeñas, con una cocina entre ellas. El lugar le pertenecía al tío de Jake, gracias a un contrato de renta fija que había tenido desde los ochentas. El cuarto de Jake daba a la calle y a esa hora del día estaba lleno de luz. El cuarto de Gil daba al patio interior, en la oscuridad perpetua, con palomas que ocasionalmente se postraban en la ventana. La única luz en el cuarto estaba en el techo doble, un foco de poco voltaje que llenaba el cuarto de sombras. Había, al menos, un colchón.

—El último tipo que estuvo aquí lo dejó y le dije que ni pendejo lo iba a arrastrar a la calle, así que puedes quedártelo. No tiene pulgas. —Siempre hablaba así, al parecer. Todo estaba adornado con alguna palabrota.

Jake era abogado o iba a serlo. Ahora mismo era un asistente, pero después de estudiar Derecho iba a volverse abogado. Al menos, ese era el plan.

—Pues a la mierda, disfruta —dijo Jake, señalando el cuarto, y luego regresó al suyo, habiendo cumplido con las cordialidades.

Gil echó su maleta sobre la cama, se quitó la mochila que traía al hombro y anotó todas las cosas que tenía que comprar: sábanas, una almohada, una lámpara. ¿Una mesa para la lámpara? Resultó que nunca la necesitó. Su lámpara permaneció en el suelo —después de todo, la cama estaba en el suelo—, y los libros se apilaron por montones alrededor.

Tomó un café con Jessica, unos días después de llegar. Ella se había transformado: estaba mucho más hermosa y adulta de lo que Gil jamás se hubiera imaginado en la universidad, donde había sido, al menos a su mirada superficial y ensimismada, una chica poco memorable. Le pidió que le avisara si se enteraba de cualquier trabajo en el mundo de las editoriales. Ella le dijo que contara con eso, pero nunca le notificó alguna oferta.

Fue Jake quien le ayudó a conseguir su primer empleo como ayudante temporal en el despacho. Su trabajo consistía en sacar copias —sólo eso— ocho horas al día.

Caminaba entre las oficinas y la copiadora y, permanecía de pie junto a la copiadora hasta que sus muslos hervían por el calor de la máquina y el olor a tinta le pintaba el interior de la nariz. El trabajo duró sólo tres semanas y ganó lo suficiente para pagar la renta, aunque apenas le alcanzó para comer.

La mayor parte del tiempo almorzaba en una tienda de *bagels* sobre First Avenue, donde los hombres detrás de la barra bromeaban con los clientes más frecuentes, aunque a él se rehusaban a reconocerlo sin importar cuántas veces entrara. En realidad, se fijaban en las mujeres. Un hombre en particular, Ati —era el nombre que tenía escrito en su gorro blanco— parecía estar enamorado de algunas de las clientas, una joven llamada Emmy. Probablemente tenía la edad de Gil; era alta, rubia y deslumbrante, así como tantas mujeres de Nueva York lo eran, aunque algo tímida y amable: se sonrojaba cuando Ati le entregaba su pedido en una bolsa de papel con un gigantesco corazón dibujado enfrente. Él gritaba: «¡Te amo, Emmy! ¡Emmy, te amo!».

Gil podía entenderlo. Él también estaba enamorado de Emmy, aunque solo había hecho contacto visual con ella una o dos veces, pero intentaba no verla cuando se la encontraba, mientras comía, caminaba o esperaba formada con su cadera hacia un lado, su falda apretada abrazando el costado de su muslo y aquel torso perfecto cuando se estiraba para recoger la orden que Ati le entregaba. Al regresar a su cueva, Gil se masturbaba fantaseando con ella. —Emmy lo rescataría, se lo llevaría a su propio apartamento, más iluminado, más limpio, más grande, donde ella lo apoyaría gracias a su trabajo de negocios. Ella le haría el amor todos los días, lo haría feliz de una forma en que jamás había sido antes y que no podía imaginarse—.

Solo la veía en la tienda de bagels, hasta que un día se la encontró en una banca en Stuyvesant Square. Asumió que trabajaba en el distrito comercial o en el centro, pero ahí estaba, un martes a inicios de octubre, a mediodía, sin estar vestida para el trabajo. Llevaba unos pantalones de mezclilla que mostraban sus tobillos y unos zapatos delgados que parecían zapatillas de ballet. No notó a Gil —ni lo haría, ya que no tenía idea de quién era—, pero él intuyó que debía acercarse, sentarse a su lado, declarar su amor. O quizá preguntarle su nombre, aunque ya lo sabía: lo había susurrado por su cuenta de una forma que, estaba seguro, era asquerosa y espeluznante, aunque su intención era la más completa admiración. Su cabello no estaba atado en una coleta como usualmente lo traía, y caía rubio y brillante bajo el sol sobre sus hombros. Gil no se detuvo; caminó frente a ella lentamente, odiando su cobardía, seguro de que, a pesar de que era demasiado hermosa para siquiera fijarse en él, estaba dejando pasar una oportunidad para ser feliz. Pero esto sería bueno para él: sufrir, sentir la pérdida real, incluso si nunca se habían presentado o siquiera hablado. Incluso si ahora, estaba seguro, mientras pasaban frente a su banca y ella no despegaba la vista de su libro, jamás se conocerían. Casi estaba en lo correcto. Unos meses después, dejó de ir a la tienda de bagels. Quizás se había mudado de colonia. La había perdido, se la había tragado la ciudad.

Quería amar Nueva York —todos siempre decían que amaban la ciudad— pero no estaba seguro de hacerlo. Había demasiado ruido, aunque su horrible cuarto ayudaba con eso. Quizás debía dejar la ciudad e ir a D.C., algo que hizo más veces de las que sus finanzas le permitían. Pasaba los días entre departamentos de amigos en la ciudad y la casa de sus padres, que le pareció un hogar de una forma que no sentía desde la preparatoria. Un refugio, un lugar en el que estaba a salvo, lo cual era un poco triste, y él lo sabía. Era un adulto, y debía armar su vida por su cuenta. Cuando estaba en casa, salía a caminar por las tardes con su papá y el perro de sus padres, un cruce negro de pastor llamado Heaney, en honor al poeta favorito de su padre.

El Día de Acción de Gracias, después del primer año tras su partida a Nueva York, su padre le había pedido leer algo de su obra, y Gil le mostró, temerosamente, un cuento que recién había terminado. Se trataba sobre un viaje en canoa situado en Alaska que salía muy mal. Gil estaba seguro de que era su mejor cuento. Mientras caminaban por las calles de los suburbios, por entre las cálidas luces de las casas —algunas de las cuales tenían estelas de humo saliendo de la chimenea, a pesar de que el clima apenas era lo suficientemente frío para requerir una chamarra—, su padre le dijo:

—Leí tu cuento. Es excelente, Gil, es muy bueno.

Un torrente de orgullo le cosquilleó el cuello.

—Gracias, aunque no estoy seguro de que el cuento esté listo.

—El final, es tan perfecto. Y la balsa, los daneses. Está perfectamente ejecutado —dijo su padre, notando un carro girando hacia ellos en el camino, jalando un poco la correa de Heaney—. Ese final me recordó a Hawthorne. O Flannery O'Connor —añadió, poniendo su mano sobre el hombro de Gil, apretando con suavidad.

Gil le había robado el final a Chéjov, pero no dijo nada, sabiendo que al nombrar a esos autores su padre le estaba dando un cumplido de primera calidad. Su padre, el hijo de inmigrantes irlandeses que habían trabajado sesenta horas a la semana para pagar su universidad, quien luego había ejercido la brutal profesión de periodista, no era alguien que pusiera falsos halagos sobre la escritura de nadie.

—Gracias, papá —Heaney jaló de la correa; tenía su lengua de fuera y se mostraba encantado, así como Gil se sentía en ese momento. Quizás sí podía dedicarse a la escritura, quizás su papá tenía razón. Después de todo, su padre era escritor y su madre, académica, también lo era. Quizás estaba en su sangre, quizás es lo que estaba destinado a ser.

De regreso en Nueva York pasó los días entre empleos temporales, librerías y cafés donde intentaba escribir. Por las tardes iba a lecturas y, aunque le habían dicho que debería esperar, darle unos años, vivir en el *mundo real* un rato, aplicó a varias maestrías ese invierno. Extrañaba la vida universitaria, no veía nada de valor en el mundo de los negocios más allá del dinero. Y aunque la misma profesora que lo había empujado a Nueva York le había dicho que buscara maestrías en el sur o en el medio oeste, algún lugar con un costo de vida bajo, aplicó principalmente a escuelas en Nueva York, con algunas aplicaciones en Iowa y Brown y John Hopkins. ¡Qué diablos! Un torrente de cartas de rechazo fluyó. Sabía que era imposible entrar a cualquier lugar... Pero él era diferente, ¿cierto? Al final, sólo una escuela lo aceptó: la New School, pero al menos le ofrecieron una beca parcial. Se dijo que estaría bien, siempre y cuando enviara su documentación para los préstamos que tendría que sacar cada semestre por los próximos tres años. Una inversión, de cierta forma. Al menos no tendría que dejar Nueva York. Entonces, podría tenerlo todo: la experiencia de la ciudad, la cultura literaria y la maestría.

En la presentación del curso, junto a todos esos otros escritores jóvenes y nerviosos, sintió que estaba de regreso en un mundo que entendía —su madre era profesora de estudios religiosos en George Mason— y al que pertenecía. Durante los talleres, sentado alrededor de una mesa de seminario como en las que se había sentado en Charlottesville, estaba seguro de que había tomado la decisión correcta.

Claro que, como el resto de sus colegas —a excepción de los que tenían padres ricos—, tenía que trabajar, pero ahora tenía empleos decentes. Envió la historia que le había gustado a su padre a revistas literarias y, tras una docena de rechazos, recibió una llamada del editor del *The Antioch Review*. Quería publicar su cuento en la edición de invierno. Cuando salió, sus padres compraron una decena de copias, las cuales tenían en la mesa de centro cuando Gil los visitó en Navidad.

En su segundo semestre le ofrecieron una remuneración por ayudar con la serie de lecturas y, a través de ello, consiguió un trabajo de medio tiempo en Coliseum Books, después de que uno de sus profesores le presentara al encargado de la tienda.

Luego Sharon llegó a la ciudad para iniciar su maestría en Filosofía en Columbia, y eso ayudó: era lindo tener cerca a alguien de la familia, incluso si sólo se veían ocasionalmente, ocupados como estaban con los trabajos escolares y sus distintos círculos sociales. Y, tras un año en la maestría, Sharon comenzó a salir con Niles. A Gil le pareció un error. Niles era neoyorquino y de una familia adinerada de Brooklyn. Se conocieron en un congreso en Columbia sobre Ética e Inteligencia Artificial. Ese año Sharon había publicado una investigación sobre la conciencia artificial, tomando del símil de Thomas Nagel sobre el murciélago. Gil lo leyó sin entender mucho. Niles estaba ahí presentando innovaciones de Inteligencia Artificial que ciertos bancos de inversión habían logrado.

Salieron por bebidas la semana siguiente y Sharon no podía dejar de hablar de él: Niles tenía una maestría en Negocios de Wharton y otra en Ciencias Computacionales del MIT, donde había dejado su doctorado tras recibir una oferta en Wall Street. Era en los bancos, insistió Sharon, donde el trabajo verdaderamente innovador estaba ocurriendo. Gil lo dudaba; para él ocurría en lugares como MIT, pero no se ganaban millones como académico. Quizás sólo resentía a Niles por alejarlo de Sharon, justo cuando sentía que reconectaban. Era su única hermana y, por un breve tiempo, pensó en que podrían volver a armar su relación. Pero en cuanto Niles le hundió sus adineradas garras, arrastró a Sharon lejos de Gil y de la Academia. Gil tenía que reconocerlo: ella siempre había querido a Niles y la vida que él le ofrecía.

A pesar de lo frustrante que era, por un rato Gil sintió que había logrado una vida decente: treinta y tantas horas a la semana organizando libros y ayudando a clientes, clases por la tarde y por la noche su vida en bares del centro donde discutía sobre el reciente ensayo en *Harper's* y si el minimalismo existía, si se había terminado y qué era lo que continuaba.

Más tarde se daría cuenta de que la ansiedad que se había acumulado dentro de él, incluso durante su buen año, era más alta que el promedio. Pensaba que era debilidad, indecisión contra la que su escritura perdía. Todos los escritores pensaban así en algún momento. Encontraría la duda en el diario de Virginia Woolf, el miedo al fracaso en los de Cheever, el éxtasis consumido por la desesperanza en las cartas de F. Scott Fitzgerald. Normal, sin embargo, debilitante. Pasaba horas escribiendo, llenando sobres con cartas de rechazo y pegaba a la pared las que ocasionalmente le motivaban a seguir, hasta que perdían el significado y se tornaban crueles o patéticas. Cuando las arrancaba, la pared se quedaba con algunos trozos de cinta, como si lo estuvieran provocando.

Cuando Sharon le dijo que estaba comprometida con Niles y, no mucho después, que dejaría el programa de maestría, lo tomó como otra señal de que Nueva York no era para él; no era un lugar para un escritor o un artista o para cualquier persona que no tuviera un fondo de inversiones o una pareja rica. Había intentado sentirse feliz por Sharon, no guardarle resentimiento durante su boda en un lujoso *loft* con azotea en Tribeca. Entre sus amigos, quienes Gil desconocía, Sharon parecía feliz. Después de la boda se desvaneció en su nuevo mundo: el de las esposas adineradas de agentes de finanzas.

Fue gracias a Molly que no se dio por vencido y no dejó de escribir por completo. La conoció en una lectura en el centro de la ciudad. Recordaba con claridad la primera vez que la vio: su expresión de concentración y entusiasmo mientras leía, rodeada por la multitud. Traía el cabello suelto, vestida toda de negro: una chaqueta de cuero con un complicado sistema de cierres, *jeans*, y unas grandes botas estilo militar. La lectura era, además, una inauguración de arte, y de las paredes colgaban cuadros que podían estar relacionados con los poemas y los cuentos que se leían. Para llegar a la galería había que atravesar unas grandes solapas de plástico y un cuarto lleno de paletas rotas, del tipo que se usarían para envíos grandes, junto a unas cajas de madera que tenían caracteres chinos escritos sobre ellas, hasta que se llegaba a un espacio abierto con un piso de concreto que daba la sensación de que en algún momento había sido un matadero.

No habló con ella hasta después de la fiesta, gritando por encima de la música a todo volumen. Era demasiado *cool*, demasiado guapa, pero ella se acercó más y más hasta que lo besó cuando regresó del baño. Se fueron a su departamento en Brooklyn y cogieron impacientemente, primero en el suelo de la cocina, luego en la cama. No había sido el tipo de cortejo romántico que se puede contar a los hijos. Coger en la primera cita. «No hagas eso, cariño». Pero en el momento había sido fantástico. Ella emanaba confianza y él estaba feliz de protegerse detrás de su forma de actuar calmada y directa. Ella le marcó al día siguiente, por la tarde, cuando llegó a casa. Había estado acostado en su cama, mirando el techo y la luz que comenzaba a cintilar. Jake entró a su cuarto con el teléfono inalámbrico y dijo «*Te llaman*,» con un tono de sorpresa, que hizo que Gil se diera cuenta de que era una de las primeras llamadas que recibía desde que se mudó que no eran de sus padres.

—¿Qué estás haciendo en este momento?

—Estoy sentado en mi cama.

—¿Desnudo?

—No precisamente.

—¿Y qué tal si vienes para acá? Así podemos estar desnudos aquí. Juntos.

—Es un tramo muy largo en el tren.

—¿Qué te parece esto? Cállate la boca y ven para acá.

Después de eso, incluso su trabajo en la librería se volvió una carga, le quitaba tiempo que podía pasar con ella, al otro extremo de Nueva York. Cuatro meses después de que se conocieron ella sugirió que Gil se mudara con ella.

—Estás aquí todo el tiempo. Podemos dividir la renta, estoy segura de que Jake soportará tu partida.

Al llegar la primavera del año siguiente, mientras Gil terminaba su programa de maestría y ella detenía el final del suyo para sacar los préstamos necesarios y pagar otro semestre, se mudaron a un departamento de una habitación muy cerca. Entonces Gil sintió que se volvió un mejor escritor, en esos primeros años con Molly. Ella le daba la fortaleza para sentir que podía hacerlo. Cuando expresaba algún titubeo, por ejemplo pedirle a un amigo que le presentara a su agente, Molly le decía:

—No seas tonto, Gil. Así funciona.

Ese agente, tras colocar algunos de sus cuentos en algunas revistas, vendió su novela a una editorial pequeña en San Francisco. Eso le permitió conseguir algunos puestos como maestro en la ciudad. No era mucho dinero, pero aliviaba un poco la presión interminable, que intentaron aligerar aún más, mudándose a Fort Greene, una cuadra que eventualmente se volvió deseable y que aparecería en algunas películas y algunos comerciales de la Volkswagen pero que, en ese entonces, crujía al caminar con los restos de ampolletas y pipas de piedra rotas.

Molly amaba el vecindario, la ciudad, su vida, así que Gil intentó esconder su falta de felicidad. Pero sabía que sus verdaderos sentimientos se le escapaban a pesar de querer ocultarlos. La ciudad era demasiado cara; su vecindario, demasiado peligroso —los asaltos en el parque a media cuadra de su casa eran tan frecuentes que rara vez pasaba por ahí—, y le pagaban tan mal como maestro que terminaría por hundirse más en la deuda en vez de salir de ella. Estaban hipotecando su futuro, ¿y para qué? ¿Para entrar al metro a empujones durante la hora pico y bajarse más allá del puente? ¿Para vivir en su departamento infestado de cucarachas con una secadora que tenía una fuga de gas? Aunque ellos eran *afortunados*. ¡La ubicación! ¡Una secadora!

Pero no podía admitir que odiaba la ciudad, en especial después del once de septiembre. Estaba en casa, en el escritorio al que llamaba oficina, cuando el primer avión impactó. El internet se conectaba por vía telefónica, como intentaba no usar su teléfono mientras escribía, lo había dejado en el otro cuarto, así que tenía varias llamadas perdidas de Molly. Se escuchaban las sirenas, pero vivían cerca del hospital, así que era normal. Luego escuchó que la gente gritaba en los departamentos aledaños y, al asomarse por la ventana, vio que la gente salía a sus balcones y azoteas y apuntaba hacia Manhattan. Se llevaban las manos a la boca, señalaban, se ponían de cuclillas y sollozaban.

Intentó llamar a Molly, pero la red se había caído. Entonces sacó la escalera, la abrió con un estruendo y subió a la azotea. Desde ahí no podía ver las torres, ni mucho de Manhattan; había una preparatoria y un pequeño cerro, pero podía ver los helicópteros, el humo negro. Instantes después, la primera torre cayó; escuchó el rugido y vio cómo la nube de humo amarillo ascendía por encima de los edificios, moviéndose hacia Brooklyn.

Molly caminaba a casa de Manhattan, donde daba una clase. Para cuando llegó, Gil había visto a los primeros en regresar del centro, tapizados de blanco por el polvo. Había visto a un hombre tocar la puerta de un edificio de ladrillos al otro lado de la calle; una mujer había abierto la puerta y su expresión de terror era evidente, pero el hombre la había hecho a un lado y había entrado, cojeando. La mujer salió a las escaleras que daban a la calle y miró como si esperara que alguien más llegara.

Aunque sabía que no se trataba de él, sentía que se había perdido el evento, que no era parte del trauma colectivo de la ciudad. Pero no era así. Había estado en la azotea cuando cayó la primera torre. ¿Dónde estaba su duelo, entonces? Claro que había llorado, había sentido náuseas al pensar en las personas en el edificio, había sentido un miedo mezquino por su propia integridad, pero faltaban el pánico profundo y el amor por la ciudad que veía a su alrededor. Porque no amaba Nueva York. Era un traidor o un cobarde. Molly no pudo dormir, había tomado demasiado vino.

Molly se subió al metro hasta que fue estrictamente necesario, temía que volviera a ocurrir; a ella, pero también a su ciudad. Su hogar. El hogar de Gil también aunque, en un sentido importante, él sabía que ya no lo era, nunca lo sería.

Un año después, con la muerte de su padre, su odio por la ciudad se cimentó. Gil tenía treinta y un años; demasiado joven para perder a su padre, que tenía sólo cincuenta y siete. Sus padres habían viajado a Praga, y su padre se había enfermado. Una influenza terrible y virulenta que había mostrado sus primeros síntomas en el vuelo de regreso. Las llamadas telefónicas cambiaron con increíble velocidad: «Tu padre no se siente muy bien»; «Su doctor está preocupado»; «Tuvimos que ingresarlo al hospital». Cuando su padre juntó las fuerzas para hablar por teléfono, se escuchaba completamente cambiado; no quedaba nada de su humor o de su ingenio. Su voz era ronca, como un susurro apagado o como si escondiera un secreto vergonzoso.

Gil llegó al hospital justo a tiempo. La presión de su padre se desplomaba, y un cóctel de drogas —letal, si se lo administraban por más de una semana— era lo único que lo mantenía con vida. En cuanto entró a la habitación y vio la cara de su padre, demacrada, pálida, cubierta de manchas azules, con tubos delgados en su nariz y uno más grueso en su garganta, agujas en sus manos y sus brazos, Gil supo que su padre se estaba muriendo. Sus dedos parecían haberse vuelto más largos, afilados, fríos y secos. Sólo en el centro de la palma de su mano había calidez. Gil hundía sus dedos ahí, intentando sentir el latido débil del corazón de su padre.

Unas horas más tarde, Sharon llegó con lágrimas cayendo sobre las huellas que habían dejado las anteriores. Se veía que llevaba todo el trayecto llorando. Gil se rompió a llorar al ver a su hermana, y supo que todo era real. Ella se metió a la cama con él y lo abrazó, le puso la cara en el cuello, habló con él. Pero su padre no respondió más que con su aliento: el cascabel de la muerte, el ruidoso gorgoteo de sus pulmones que se ahogaban. Gil se acercó a la cama, tomó la mano de su padre y besó sus dedos fríos.

Su padre no volvió a recobrar la consciencia, jamás supo que sus hijos no lo habían dejado morir solo. En realidad, nunca lo había estado: la madre de Gil había cuidado de él tanto en su vida adulta, como en sus últimos días. Al final, antes de que lo desconectaran, su presión había bajado a 40/62, cifras que Gil no entendía, pero relacionaba con la sensación de ahogo. Entonces, su madre les pidió un momento para despedirse. Gil se mantuvo de pie en el marco de la puerta, observando a su madre entre las cortinas mientras ella se desplomaba sobre su pecho. La escuchó rogarle que no se fuera, pero luego salió al pasillo, limpiándose los ojos, diciendo: «Estoy lista».

Molly había tomado el tren a D.C. esa noche. En cuanto llegó, tomó la mano de Gil y lo llevó al cuarto de huéspedes, y se acostaron sobre el futón hasta que Gil se soltó de nuevo. Se quedaron con su madre dos semanas pero, eventualmente, ella les dijo que debían irse a casa. Le estorbaban. Le estorbaban a su duelo.

Seis meses después, Sharon convenció a su madre que se mudara a Nueva York. Sus dos hijos estaban ahí, ella amaba la ciudad, y le compraría un departamento. Su madre podía vender la casa en Alexandria y podía meter ese dinero a un fondo de ahorros o de inversión. Niles ya tenía a un agente inmobiliario buscando lugares de una habitación con portero y elevador en el Upper East Side. Su madre había dado clase por treinta años. ¿No era eso suficiente? ¿Por qué no disfrutar de la vida? ¿Estar cerca de su nieto, Matthew, que recién había cumplido un año?

La generosidad de su hermana había sorprendido a Gil, aunque en sus momentos de más celo se decía que no era un sacrificio tremendo, considerando lo monstruosamente ricos que eran. Molly le decía que eso era ridículo, que era increíblemente bondadoso y que debería sentirse feliz de que su madre estuviera más cerca. Lo estaba, pero junto a esa bondad, aquel acto justificaba la nueva vida de Sharon. Ella había renunciado a su carrera profesional, había dejado su programa de maestría después de conocer a Niles, ¿pero no era acaso, después de todo, la decisión correcta? El salario académico no alcanzaría para *esto*. Había una sugerencia implícita: la vida académica, el tipo de vida que sus padres habían vivido, el tipo de vida por la que Gil se arrastraba, la vida hacia la que Sharon parecía haberse dirigido, jamás podría proveer para la familia. Sharon era lo suficientemente inteligente para ver que este compromiso había sido la decisión correcta. Ahora cuidaría de su madre de una forma en la que Gil jamás podría.

El verano siguiente Gil y Molly fueron a Vermont por primera vez, donde rentaron una cabaña en el lago Champlain con el dinero que Molly había ganado al vender tres pinturas. De pie en el pórtico sobre el agua, Gil comenzó a llorar de alivio, aunque no le había dicho a Molly, ni a nadie más, cómo se sentía. Al conducir de regreso a la ciudad, había estado hosco y malhumorado: la crueldad lo invadía.

Cuando su madre llegó a la ciudad, apenas pudo juntar la fuerza para asistir a la cena que Sharon había planeado como celebración. Después de una vida de trabajo y perder a su esposo, su madre podía vivir cómodamente en la ciudad que amaba. Aquello era increíble. En cambio, Gil apenas podía vivir: se le había acabado el dinero de su libro y tenía tan solo la mísera paga que juntaba dando clases en distintas universidades. Al principio tenía emoción, ahora se hundía en el resentimiento.

Gil solo hablaba de partir. Pudo haber destrozado su relación con Molly, quien se sentía cautelosa y preocupada al escucharlo, pero luego quedó embarazada. No lo habían planeado y no podían costearlo. Su departamento era demasiado pequeño, ¿cómo podrían siquiera pagar los cuidados? Pero esa era la situación, y era todo lo que Gil quería.

Sharon estaba encantada, les regaló todas las cosas que tenía para bebés, incluyendo una carriola que costaba lo mismo que un mes de renta. Molly intentó negarse: ¿Qué tal si ella y Niles querían otro hijo? Oh, no, Sharon había respondido: el plan siempre había sido uno solo, para consentir y malcriar. Gil quiso vender la carriola, pero Molly le pidió que no fuera un imbécil.

Matthew pasó la niñez detrás de un ejército de niñeras y, a esa edad, ya era un peligro para sí mismo y para quienes lo rodeaban. Cuando habían llevado a la bebé Chloe por primera vez, el pequeño Matthew se había acercado a la manta en la que ella estaba chupándose el dedo y había dicho:

—Los bebés no pueden hacer nada, ¿cierto? ¿Y si los lastimas?

Gil había querido levantar a Chloe y alejarla, pero Sharon se arrodilló junto a él para decirle:

—No querrías lastimar a un bebé, ¿o sí, Matty?

No respondió. Matthew había estudiado la vulnerabilidad de la bebé, imaginándose cómo le haría daño. Gil se dio cuenta de que Sharon tenía una mano lista para alejarlo.

Cuando Matthew cumplió tres años, Sharon compró un cachorro, un hermoso Boyero de Berna pero, unas semanas después, el perro desapareció:

—Matthew se puso celoso. Debí imaginarlo.

Gil le preguntó si el perro había hecho algo malo, ¿Gruñó? ¿Mordió? Pero su hermana había sido tan poco receptiva que Gil sospechaba lo peor: el chico había torturado al perro, le había azotado la puerta en su cola —al chico le encantaba azotar puertas—, o alguna situación parecida. Molly estaba de acuerdo con que el niño, probablemente, había hecho algo, pero no era su problema. Pocas veces veían a Matthew, menos de lo que se habrían imaginado, ya que estaban en la misma ciudad y sus hijos apenas tenían unos años de diferencia.

Por un tiempo Gil pensó que Chloe cambiaría sus sentimientos sobre la ciudad. Su hija aprendió a caminar en el parque de Fort Greene; trepaba sobre las estructuras en el área de juegos; iba en carriola al mercado de productores casi todos los sábados y la llevaban de visita con su abuela en el Upper East Side, donde su madre, maravillada de tener al menos una nieta que no mordiera o golpeara, la colmaba de atención.

Ese mismo año Gil consiguió un puesto como profesor invitado en la ciudad y Molly daba clases en Pratt como asistente, que era mejor que nada. Esa era una lección que traía la crianza: todo era mejor que nada, porque ahora podías ver lo que significaba *nada*, había más en juego de lo que antes podían imaginar. Ganaron miedo. Entonces, regresaron a la misma cabaña en Vermont ese verano y, al ver a Chloe jugando en el pasto, gritoneando sobre su pingüino inflable en el lago, Gil soñó de nuevo con dejar la ciudad, aunque no con la misma urgencia que lo había sentido antes de que llegara su hija.

Cuando Chloe cumplió dos años, su madre se enfermó. Ya lo estaba, aunque nadie lo sabía: un cáncer que se esparció antes de que lo detectaran, a pesar de que Sharon la mandaba a los *mejores doctores*. Pero el dinero no podía detener su enfermedad, y su madre se encogió, perdió el cabello, se puso gris.

Aunque sabía que no era cierto, sentía como si su madre hubiera dejado de hablar meses antes de morir. ¿Qué le había dicho? ¿Qué era lo que había dicho todas esas tardes en las que él se había sentado junto a ella en la cama? «Cambia el canal. Por favor, apaga la televisión. Llama a la enfermera, necesito más analgésicos. ¡Por favor, llámala, apúrate! ¿Dónde estaba? Dónde estaba la maldita enfermera. ¡Mierda! ¡Mierda!

Debía haber más. Su madre era sabia, después de todo. Pero quizá lo había perdido. La tele era demasiado ruidosa y se había quedado dormido, o quizás sólo no había prestado atención: luego, su madre murió. El pozo oscuro al que había caído tras la muerte de su padre había regresado, y Gil se daba cuenta de que se trataba, en realidad, de un abismo.

Fue entonces que supo con certeza que tenían que irse de la ciudad. Su alma se teñía de gris con cada viaje en el metro. Jamás había creído en el alma pero, al ver morir a sus padres, estar ahí en la habitación con cada uno, parecía que algo partía en aquella habitación donde sólo había máquinas, pitidos, el sonido de la respiración cansada, después más lenta, luego sólo el pitido y, finalmente, las máquinas en silencio.

Cuando un hombre joven en un traje de negocios lo había empujado para bajarse del vagón en Canal Street, Gil había sentido un torrente de odio, como si ese pendejo le hubiera arrancado algo y se lo hubiera llevado. La noche en que ocurrió lo que Molly y su terapeuta llamaban su *intento de suicidio* había sido una noche normal. Nada malo había sucedido en realidad. No había sido esa su intención, es lo que había dicho, o eso se decía a sí mismo. Su terapeuta lo intentaba convencer de que lo había planeado. Cuando Molly y Chloe se durmieron, él se quedó despierto viendo una película de una invasión alienígena protagonizada por Tom Cruise. Era quizás la vigésima vez que la veía. Se tomo un par de cervezas...

seis… nueve. Temblando en su ebriedad, tomó un par de pastillas para dormir en el sillón, porque no quería ir a la cama, donde dormían con Chloe, por miedo a que fuera aplastarla de lo borracho que estaba. Pero no se quedó dormido, así que tomó dos pastillas más. ¿Había olvidado que después de esas dos vinieron otro par? Después de eso, no recordaba nada. No recordaba el resto del pastillero: ¿cuántas había, en primer lugar? No lo sabía. No estaba lleno. ¿A la mitad? ¿Cuántas pastillas serían? ¿Quince? Al parecer, no las suficientes para matarlo, pero sí para que Molly despertara a las tres de la mañana para revisar por qué la tele tenía el volumen tan alto y con ello encontrarlo con espuma en la boca. Ambulancia, lavado estomacal, intravenoso, Molly al pie de la cama en el hospital con Chloe en brazos y una mirada de miedo y de traición, una mirada que él jamás quiso ver y que prometió nunca volver a provocar. Por ello la terapia, la cual odiaba, y aquella resolución. ¿Por qué no podía sólo decir lo que quería?

Está bien. Salir de la ciudad. Entendía que la ciudad no lo había intentado matar: él lo había hecho. Pero la ciudad no lo ayudaba, y no podía seguir viviendo ahí. Sabía eso ahora, ahora que podía admitirlo. Tenían que irse.

Molly aún amaba la ciudad, siempre lo había hecho, incluso mientras lo consumía. Ella nunca quiso vivir en otro lado. Odiaba manejar, tenía una gran red de amigos —del posgrado, de la escena del arte, del parque donde jugaba Chloe—, su trabajo, su galería, a la cual finalmente había entrado ese año. ¿Cómo podía mantener su vida fuera de la ciudad? Había quienes lo lograban, pero ¿ella? No estaba tan segura. Sin embargo, Molly lo amaba y él sabía que ella era leal, incluso en la profundidad de su desesperanza. No lo dejaría ahora que la necesitaba. Así que acordaron que lo intentarían, podían dejar la ciudad.

No tenían idea de cómo podrían costearlo hasta que Sharon llamó para decirle que el testamento de su madre, tras unos retrasos, había sido implementado. Su madre les había dejado la mitad de su dinero a cada uno: la póliza de seguro de su padre, sus fondos de retiro y la ganancia tras vender la casa en Alexandria. Con la herencia, Gil y Molly podían comprar una casa en Vermont y pasar unos años ensamblando sus nuevas vidas. Él estaba seguro de que Molly no quería dejar la ciudad, pero lo hicieron juntos por él. Molly renunció a su vida y, un año después en aquella casa, se embarazó de nuevo. Serían felices. Estaba seguro. Habían encontrado su lugar, donde pertenecían. Un lugar en el que la miseria y la incertidumbre no los podrían tocar.

13

Febrero, 2018

Con el taller de Matthew en el pasado y el semestre avanzando a toda marcha, Gil podría haber dejado a un lado sus miedos. El muchacho se había burlado de él, pero era todo. Una burla. Le había prometido a Molly que hablaría con Matthew, pero el momento indicado no parecía llegar, al menos no de forma orgánica y, cada vez que intentaba forzarlo, la ansiedad le ganaba. El muchacho actuaría sorprendido, fingiría que no tenía idea de que había hecho algo malo. Era la naturaleza del chico, después de todo: un mitómano por naturaleza. Se haría el inocente, diría que se trataba de un malentendido, el cuento era parte del ejercicio que Gil les había puesto: juntar cincuenta detalles del mundo a su alrededor y usar al menos treinta de estos en un cuento. ¿Lo había hecho mal?

¿Qué ganaría al confrontarlo? El muchacho no cambiaría. Probablemente no podría hacerlo, aunque quisiera. Quizá Gil debía ignorarlo, como se ignora a un abusador. Pronto el muchacho se iría y serían libres. Siete meses... en realidad, siete y medio. Es lo que habría hecho, actuar como un cobarde. No era una sorpresa.

Pero, por el contrario, Molly no tenía reservas. El fin de semana llevaron a Matthew y a las chicas a caminar en la nieve y, mientras los tres se adelantaban frente a ellos, Molly le dijo a Gil que le había preguntado a Matthew sobre el taller.

—Él sabe que no salió muy bien —dijo, en un tono que sugería que el asunto estaba resuelto. Pobre Matthew, arrepentido y equivocado.

—Qué perceptivo —dijo Gil.

—Le pregunté sobre los detalles que usó, como el nombre de Borrón. Me dijo que había sido un error. Había querido cambiar el nombre antes de la entrega, pero terminó entregando la versión equivocada.

Gil se rio, pero comenzaron a subir una pequeña colina y se enfocó en sus pisadas, luego se detuvo en la cima a respirar un poco. Por entre los árboles podía escuchar la risa de las niñas.

—¿Le crees?

—¿No debería? —Molly se levantó los lentes de sol y se los puso en el cabello. Se veía tan hermosa, sus mejillas sonrojadas por el frío, con su abrigo negro y sus pantalones para la nieve, su cabello rizado por la humedad del clima y de su sudor.

—¿Por qué, Molly? —dijo, pero el resto de la respuesta, el por qué, era inarticulable por lo que el muchacho había hecho en Montauk; por la persona que Gil creía que aún era; por esos pequeños momentos, cuidadosamente escondidos, en los que la verdadera naturaleza de Matthew se asomaba.

—¿Porque tú lo dices? —le dijo, molestándolo— Creo que hay que darle el beneficio de la duda—. Se bajó los lentes, ajustó su agarre en sus bastones para la nieve y bajó por el sendero. Gil tuvo que apurarse para alcanzarla, sin poder decir lo que quería: no podía darle el beneficio de la duda. Y, sin embargo, ella tenía razón, claro que tenía razón: no podían asumir lo peor de Matthew. Hacerlo sería, por ahora, irracional.

Pero luego entró la llamada de la detective esa tarde, a la mitad de su clase de literatura. Apenas llevaban unas semanas del semestre y los estudiantes ya estaban perdiendo el interés. Parte de la culpa era suya, ya que no podía entretenerlos lo suficiente. Sabía que esto era parte de dar clases: muchas veces no era tanto sobre el conocimiento, sino sobre su presentación. Y, como con todas las actuaciones, había días buenos y malos. Cuando recién comenzaba, le era más fácil atravesar estos momentos de falta de energía: se esforzaba más y se llevaba a los estudiantes —o a algunos de ellos, al menos— en la marea de su entusiasmo. Pero, con el tiempo, su talento se había desvanecido. Las clases y las lecturas les parecían repetitivas y estancadas. Las lecturas que les llamaban la atención eran, a su parecer, demasiado simples e ingenuas, mientras que las lecturas que él prefería las recibían como complicadas, aburridas y raras, lo cual era algo malo. Terminó su sermón y nadie en la clase parecía interesado en participar, así que comenzó a improvisar. Lo podía hacer; después de todo, por eso que le pagaban.

Terminó la clase antes de tiempo, al no recordar con exactitud cómo su comentario sobre un ensayo de Walter Benjamin, que los estudiantes no habían leído, se relacionaba con la novela de Nadine Gordimer que, en teoría, sí habían leído. Los estudiantes salieron del salón como si tuvieran prisa, como ratas saliendo de un barco.

Recibió entonces la llamada a mitad de la clase. Su celular se encontraba en silencio y estaba guardado en su mochila.

—Hola, Sr. Duggan, soy la detective Simpson de la NYPD. ¿Me podría devolver la llamada cuando se encuentre libre?

Percibió algo en la voz de la detective: una marca de emoción. Seguro había un avance en el caso.

Atravesó la universidad con paso acelerado en dirección a su oficina; su chamarra desabotonada revoloteaba; la hebilla floja de su morral ensordeciéndolo con su tintineo, sobre todo cuando apuraba el paso, y un poco menos cuando tenía que rodear el hielo que cubría partes de la banqueta recién descubierta.

En el Ala Dahly mantuvo la mirada baja, fija en su celular. «Ocupado, ocupado, no puedo hablar, lo siento». Abrió la puerta de su oficina, se arrancó el abrigo, que parecía estar pegado con humedad a su suéter, se sentó, sacó un pedazo de papel de la impresora y tomó una pluma de su taza del Centro de Investigación de la Universidad de Essex.

Ingresó su código de seguridad mal tres veces seguidas, respiró y se dijo que tenía que calmarse. No sería bueno llamar a una detective con la voz temblorosa. Él no había hecho nada.

—Qué tal, habla la detective Simpson.

—Oh, hola —dijo Gil.

—Señor Duggan —dijo la mujer sin siquiera pausar, como si hubiera visto su nombre cuando entró la llamada, como si hubiera guardado su nombre en sus contactos. No le gustaba la idea, pero quizás sólo era un identificador de llamadas. Era policía, después de todo.

—Hola, sí, le estoy devolviendo la llamada.

—Muchas gracias. Quería informarle que hemos arrestado a una persona en relación con la muerte de su hermana y de su cuñado, Sharon y Niles Westfallen.

—Oh —dijo, con el corazón latiendo tan fuerte que, por momentos, los bordes de su visión se nublaban de blanco.

—Tenemos a un sospechoso en custodia quien será cargado mañana. Pensaba esperar hasta la lectura de los cargos para llamarle, pero pensé que querría saberlo lo antes posible.

—Gracias —dijo, y su mente regresó a su lugar—. ¿Cuáles son los cargos? Es decir, ¿de qué lo van a acusar?

—*Sí,* es un hombre —dijo la detective Simpson—, y no estoy segura de cuáles serán los cargos al final. Abandonar la escena de un accidente, con seguridad y, muy probablemente, homicidio involuntario. Es un caso bastante claro de alguien que choca y se va de la escena. No puedo decirle mucho más por ahora. Quería que lo escuchara de nosotros antes de que lo viera en las noticias.

—Pues muchas gracias —dijo Gil.

—No es ningún problema. Y como le había dicho, por favor avísenos si surge cualquier plan de viaje con el hijo de los fallecidos, con Matthew Westfallen. Como su familiar más cercano y menor de edad, es importante que sepamos dónde está, en especial si esto llega a la corte.

—¿Cree que eso pase?

—No podría responderle. Eso depende del fiscal. Estoy segura que tendrá más información pronto. Como dije, aún está empezando el proceso.

—Claro, lo entiendo —dijo Gil—. Gracias por llamar.

—Puede contactarme si tiene alguna duda —dijo.

—Excelente —Gil respondió, como si hubieran acordado una reunión, y hasta ese momento reparó en ello.

—Espere, disculpe, pero ¿quién es el conductor? La persona a la que arrestaron.

Como si hubiera estado esperando esta pregunta, la más obvia de todas, respondió de inmediato.

—Su nombre es Thomas Gashi. Es un albanés que está aquí con una visa de turista vencida.

—Thomas —dijo Gil. Albanés. El conductor era de Albania. Gil podía sentirlo: los engranajes girando, hechos, datos, todo cayendo en su lugar. Albania. Matthew había ido a Europa del Este el verano pasado. Así que quizás Albania, aunque Gil pensaba, «¿Croacia?». Había estado viajando con un proyecto de servicio social que Herbert llevaba desde hace décadas. Sharon le había escrito sobre eso en su última carta navideña. No era una coincidencia. No había forma. No había sido un accidente. Quizás.

—Mucho dependerá de lo que su abogado quiera hacer, y de cómo quiera proseguir el fiscal. Imagino que se pondrán en contacto con usted pronto.

—Está bien. Gracias —dijo Gil.

En cuanto terminó la llamada, sintió el pánico. ¿Qué carajo estaba haciendo y por qué no le había hecho más preguntas? Pero ¿qué preguntas habrían sido? ¿Qué preguntas lo llevaban a la verdad? Lo que él ahora sabía lo era: Matthew, de alguna forma, estaba involucrado. Dejó el celular en el escritorio, observó la luz que se reflejaba del ventanal oscuro. En su otra mano llevaba la pluma que había sostenido durante la llamada. Su oficina estaba iluminada por una lámpara de escritorio y afuera casi había anochecido y comenzaba a nevar de nuevo.

14

Se dirigió a casa conduciendo sobre la capa fresca de aguanieve. Sería tan fácil que Matthew, sin estar acostumbrado a estas condiciones en el camino, perdiera el control, se resbalara. Con qué facilidad podría estrellar su coche contra el puente; romper la barrera de metal; caer con el coche, volteado sobre las rocas en el riachuelo congelado; hilillos de sangre saliendo por debajo de la piel del hielo. Luego, el dinero con el que el muchacho se compraba autos de lujo sería de Gil. Cada preocupación que jamás tuvieron se desvanecería. Las chicas podrían ir a la universidad que quisieran. Ingrid podría tener un caballo, o varios. Podrían construir un establo en su terreno. Podrían comprarle a Molly un *pied-à-terre* en la ciudad.

Mientras se acercaba al puente se asomó, como si ya estuvieran ahí los escombros, las llantas girando aún. Pero claro que no había nada: el quitamiedos estaba intacto, el río delineado por hielo blanco que daba al agua clara y en movimiento, que le provocó a Gil un frío en el cuello.

La cochera estaba vacía. Molly estaba con Ingrid en equitación y Chloe estaba con el equipo de debate. Elroy saltó del sillón y se sacudió con emoción hacia Gil mientras se quitaba las botas. Tenía que buscar en el cuarto del muchacho ahora que la casa estaba vacía. Elroy lo siguió sonriente y bailarín; si bien, un poco menos emocionado tras recibir sólo un par de caricias.

La puerta del cuarto de Matthew estaba cerrada y Gil llamó varias veces. No hubo respuesta, así que giró la perilla y se asomó. Estaba vacío. Con excepción de algunos libros en el estante, no había muchas señales de que alguien viviera ahí. Uno de los libros era una novela de Nabokov, *Rey, dama, valet*; los otros dos tenían el lomo contra la pared. Un par de zapatos bajo la cama, la cual estaba pegada contra unos libreros, ocultando los dos estantes más bajos. Sobre la cama había un edredón viejo y usado, que Matthew seguro odiaba: los pobres imbéciles estaban tan endeudados que no podían siquiera comprar ropa de cama digna. Junto a la cama estaba el escritorio en el que Gil solía escribir.

Ahí yacía un montón de papeles. Uno de ellos era el cuento para el taller de la próxima semana, marcado con notas de Matthew: «Buena línea; No puedo ver esto claramente. Quizá continúa este diálogo unos momentos más». Matthew había escrito largas notas al final para los autores.

Además de los cuentos, había papeles de su clase de literatura estadounidense, impresiones de un ensayo de

JSTOR sobre *La caída de la casa de Usher* de Edgar Allan Poe. Gil estaba seguro de que Alice no les pedía utilizar fuentes académicas en su clase, pero claro que Matthew estaba haciendo más de lo que se esperaba. El pequeño psicópata parricida y diligente.

En la esquina del escritorio había un tercer montón: una rúbrica para una clase de historia que no estaba tomando y, bajo ella, tres hojas engrapadas. Se apuró a leer el primer párrafo.

> Estoy bastante seguro de que, con un poco de esfuerzo, me podría haber cogido a la secretaria de mi padre. Ella es un adulto y yo un niño, al menos nominalmente. Y, si bien ninguna otra persona razonable lo diría, me veo y actúo más como un adulto de lo que la mayoría de los estadounidenses podrían y, aun así, legalmente, estoy atado a ese ridículo espacio de presunta inocencia.

Gil hojeó el resto, intentando encontrar una conexión con el accidente, pero no podía concentrarse. Sacó su celular, pensando que podía tomarles una foto a las páginas y leerlas así, pero unas luces aparecieron en la ventana que daba a la calle. Molly y las chicas. Tomó una foto, pero salió borrosa. El coche se había detenido en la entrada. Sólo quedaba tomar las páginas. Pero Matthew notaría que faltaban. Sin embargo, si Gil las regresaba, perdería su oportunidad.

Con las páginas en la mano notó algo en la cama, bajo la almohada. Debajo del libro de Nabokov estaban dos más: una edición crítica de algunos textos de Edgar Allan Poe y la primera novela de Gil. Probablemente, había dejado una copia en la habitación cuando llegó Matthew. Gil quiso checar si había algún indicio de que el muchacho la hubiera leído. Gil apenas recordaba haber escrito el libro. Cuando lo hizo, su edad era más cercana —mucho más cercana, enfermizamente cercana— a la edad de Matthew que a la suya.

La puerta principal se cerró y Molly saludó. Cerró la puerta del cuarto de huéspedes y entró a su propia habitación, donde depositó las páginas en el cajón de su buró. Matthew quizás adivinaría lo que había ocurrido, pero no tendría pruebas.

Mientras Gil ponía el pollo asado junto al tazón de habas con aceite de oliva, Chloe les contó sobre el campeonato de debate al que asistiría en la Academia Putney. Lo había olvidado. Eso significaba que Gil estaría a cargo de llevar a Ingrid a sus clases de equitación, tarea que usualmente quedaba a cargo de Molly, ya que Gil apenas podía soportar el mundo equino: madres en sus botas de cabalgar, imitando aplausos mientras sus hijas rebotaban sobre la pista; sólo chicas y sus madres, menos él, y quizás también el hermano de alguien jugando en un iPad. Jamás le mencionó a Ingrid lo que sentía, ni a Molly, quien no compartía su antagonismo. A Ingrid le apasionaban los caballos, y eso era todo para Molly. Debió serlo para él también, probablemente, pero todo este mundo apestaba a exceso, al mundo en el que su hermana había vivido, si bien en una clave menor.

—Muchos temas —dijo Chloe, respondiendo a una pregunta que Matthew había hecho—¿Deberíamos abolir los impuestos federales? ¿Se puede justificar el uso de armas nucleares? ¿Deberían las personas transgénero poder utilizar los baños que quisieran? Temas así.

Cuando comenzaba a hablar sobre debates, el tono de Chloe se volvía el de una reportera de noticias. A Gil se le hacía ñoño y adorable, pero ahora le preocupaba que Matthew no pudiera evitar burlarse de ella. No había podido mirar a Matthew desde que llegó a casa, justo antes de la cena. Ahora podía notar que la expresión del muchacho no era la sonrisa placentera y amena habitual, había tensión en sus ojos, un filo en su mirada como de enojo.

—Y, ¿de qué lado estás tú? —dijo Matthew, revolviendo su ensalada.

—¿En qué tema? —dijo Chloe, enderezando la espalda, adentrándose más en su faceta que participaba en debates.

—No sé. ¿Qué hay de los impuestos? —En su voz había un ligero tono de burla.

—Pues, de hecho, el punto es que no se está de un lado o de otro. Tienes que poder argumentar cualquier postura, y hacerlo de una forma que te consiga más puntos que al equipo contrario.

—Lo sé. Sé cómo funciona el debate. Entonces, ¿no crees en nada de lo que estás argumentando? —Puso los codos sobre la mesa, dejando que su tenedor colgara de una mano. Molly debió escuchar ese filo agudo porque volteó a ver al muchacho con una mirada de cautela.

—Definitivamente tengo mis opiniones. Como con el tema transgénero. Creo que deberían poder elegir su identidad y sus baños. Pero podría argumentar por la opinión contraria si tuviera que hacerlo —dijo Chloe, sin darse cuenta aparentemente de la agresión del muchacho.

—Debo decir que no creo que sea una gran idea —dijo Matthew, bajando su tenedor, como si ahora el tema fuera serio y requiriera su atención total.

—¿Qué parte? —dijo Molly, queriendo proteger a Chloe, cuyas mejillas se habían comenzado a sonrojar mientras ella observaba su plato.

—El defender una idea en la que no crees. Digo, sé que es la tradición sofista o lo que sea, pero había muchas personas en la Antigua Grecia que odiaban a los sofistas. La gente decía que eran una mala influencia, que no deberían tener permitido enseñar. Y puedo entenderlo un poco. ¿No parece una mala idea enseñarles a las personas que la forma de decir algo es más importante que defender lo que crees? —Matthew lo dijo con completa honestidad, como si fuera un problema de verdad.

—Pero ¿no es cierto? —dijo Gil—. Mira a nuestro presidente o a cualquier político. La forma de llegar al poder es a través del dominio de la retórica. Una vez que estás en el poder puedes cambiar cosas, pero las buenas intenciones no llegan a nada por sí solas. Retórica, persuasión. Así es como se cambian las cosas, en una democracia, al menos.

—¿En serio? —Matthew lo miró con los ojos entrecerrados—. A mí me parece que la forma de cambiar las cosas es a través del dinero. Enseñarles a los niños que la persuasión es una herramienta efectiva, cambiar al mundo con palabras, es una mentira.

—No me digas —dijo Gil, levantando un poco la voz. Molly le lanzó una mirada de *no lo provoques,* pero Gil simplemente no podía dejar ir esto—. Claro que el dinero es una forma de poder, pero no puedes sólo decir que es la única forma de cambiar las cosas. No a menos que seas muy selectivo con la historia.

Matthew ahora estaba sonriendo, encantado. Chloe parecía a punto de llorar. «Este pequeño idiota». En su propia puta mesa, comiendo su comida y la de Molly.

—Dame un ejemplo, tío, en la historia.

—Muy bien —dijo Gil. Buscó frenéticamente hasta que, gracias a Dios encontró algo—. Hamilton.

—Dios mío —dijo Matthew con una risa—. Volteó al mundo de cabeza, ¿cierto? —Su desprecio era tangible, aunque seguramente sólo sabía que las chicas habían estado escuchando el musical.

—O quizás —intercedió Molly— a algunas personas les gusta el debate y a otras no. ¿Por qué tiene que tener un fin moral?

Gil asintió mientras ella hablaba; sabía que quería que se detuviera, que lo soltara, pero eso significaría que la última palabra sería la burla y crueldad del muchacho.

—Lo que estoy diciendo —dijo Gil— es que él era pobre y que logró, bueno, creo que todos conocemos la historia, así que lo que digo. —Pero no tenía ningún argumento. Justo como la sonrisa burlona del chico sugería, había volteado a la cultura pop para encontrar evidencia que sostuviera su idea, justo como lo haría cualquier chico ignorante.

—Bueno, quizás la verdadera lección de Hamilton es *cásate con alguien rico*. ¿No es cierto? Porque sí se volvió rico, eventualmente. Y si no lo hubiera sido, no creo que hubiera logrado cambiar nada —dijo Matthew.

—¿Qué hay de Lincoln? ¿Y Obama? —Su voz comenzaba a temblar. Debió seguir el ejemplo de Molly, virar la conversación hacia su hija, hacia sus sentimientos. El chico no quería tener una conversación real. Sólo quería provocarlos.

Matthew asintió, pero de una forma que dejaba en claro su asco. ¿Este hombre era un profesor? ¿Este adulto infantil y crédulo?

—Si dejamos a un lado la historia, creo que muchos alumnos de universidad están seguros de que estar del lado correcto es más importante que defender una opinión

—Sonrió para demostrar que era broma. ¡Esos idealistas! Pero también era una crítica a Gil… de un niño de diecisiete años. Gil no estaba al corriente. No entendía a sus propios estudiantes. Quizás eso explicaba por qué era tan malo como profesor. Ah, pero Matthew aún no terminaba.

—Digo, no creo que los estudiantes tengan la culpa. ¿Qué opciones tenemos? ¿Cierto, Chloe? Si nos dicen que hagamos debates, hacemos debates. Si nos ayuda a entrar a la universidad, lo hacemos. Son quienes nos dicen que lo hagamos, pero que no nos dicen cuál podría ser la forma correcta de pensar, cómo deberíamos actuar, ellos son quienes tienen la culpa. Digo, ¿qué no es eso lo que queremos saber? ¿Qué no todo se trata de eso? ¿Cómo vivir nuestra vida? ¿Aristóteles y la ética y lo demás?

Chloe esbozó una sonrisa débil. Claramente, las palabras de Matthew la habían herido: había sugerido que en lugar de evidenciar intelecto, ingenio, carisma, destreza, todas las cualidades de las que ella se sentía orgullosa, debatir era una forma ciega de servir un sistema con la esperanza de obtener una mísera recompensa. Cualquiera la podía tomar sin ningún esfuerzo. ¿Aristóteles? ¿Qué niño de su edad sabía una mierda de la ética aristotélica?

—Bueno, los jóvenes a veces son demasiado idealistas —dijo Gil, haciendo un esfuerzo genuino para no levantar la voz. El adulto razonable. O al menos la fachada de razón—. Y debatir les da herramientas de vida muy útiles. Promueve razonamiento, lógica —lo dijo sin saber muy bien cómo continuar, como si sus palabras fueran tan mediocres que no había forma de seguir. Un silencio cayó sobre la mesa. Molly quiso decir algo, pero el daño estaba hecho. Lo mejor era retirarse de la situación.

— Y, además —dijo Chloe, su cara enrojecida, con un tono más agudo de lo normal—, debatir se trata sobre aprender las herramientas que te ayudan a propiciar un cambio *verdadero* en el mundo. Si eres un hombre blanco privilegiado, me puedo dar cuenta de por qué te molesta que otras personas tengan acceso a las herramientas de una cultura que has dominado desde, básicamente, siempre. Es una amenaza directa a tu hegemonía, así que no es ninguna sorpresa que la gente vaya a burlarse y menospreciarlo. Qué mal. Porque no nos iremos a ningún lado y tendrás que lidiar con ello.

—¡Ouch! —dijo Matthew, pero su porte era distinto, más suave, con una sonrisa de respeto, aunque de mala gana—. El hegemónico se rinde. —Pero luego entrecerró los ojos y miró a Gil, un blanco fresco.

—¿Qué hay de ti, tío Gil? ¿No piensas que la educación se trata sobre enseñarle a las personas a ser buenas? Esa es la impresión que me da tu clase.

El problema es que la respuesta era que sí. Eso era básicamente lo que creía. Pero si lo admitía, estaría tomando el lado del muchacho en contra de su hija y, de alguna forma, también en contra suya. Después de todo, aquí estaba uno de sus estudiantes, sobre la mesa, siendo lo contrario a algo bueno.

—Creo —dijo, improvisando— que la educación debería ayudar a las personas a decidir cómo comportarse a través de herramientas que los ayuden a tomar decisiones inteligentes y racionales. Y eso es lo que hace el debate —Aquí miró a Chloe, pero su mirada, retadora y un poco coqueta, estaba puesta sobre Matthew.

Ahora que lo había dicho suponía que creía que era cierto, aunque contradijera otras de sus creencias. ¿Pero qué no ese era un ejemplo de una mente refinada o lo que sea, dos ideas que se mantienen en oposición? No se sentía así. En ese momento, percibía confusión pura. Estupidez, de hecho, como sugería la sonrisa de Matthew.

—Aunque esas son las herramientas del patriarcado, ¿cierto? —le dijo Matthew a Chloe, quien se rio un poco.

—Para quemar la casa del patriarca —dijo Chloe.

—Oh, tío Gil —dijo Matthew, sonriéndole a Chloe—, mejor cuídate la espalda.

—Ay, no te preocupes —dijo Chloe, inclinándose hacia Matthew, coqueteando—, esto es un matriarcado. Pensé que ya te habías dado cuenta.

—Okey —dijo Molly —pues la matriarca dice que es hora de un nuevo tema. Matthew, pronto te responderán las universidades a las que aplicaste, ¿no?

Gil asintió, mientras el muchacho hablaba sobre fechas de entrega alrededor de marzo. Molly siempre sabía cómo controlarlo todo. El muchacho era un patán, así que ella se enfocaba en el momento en el que todos serían libres de él.

15

Molly estaba hablando con su madre en la sala y Gil estaba en la habitación, a punto de hojear las páginas robadas, cuando por la ventana notó la silueta de Matthew moviéndose por el jardín. La silueta se detuvo, la luz del teléfono iluminó su cara y luego desapareció. Tenía que hacerlo ahora. Era una oportunidad. Gil podía quedarse aquí arriba, fingir que no había visto nada, o podía actuar. Por Sharon, por su familia.

Gil dejó las páginas debajo de su almohada y bajó las escaleras. Molly estaba en la cocina, escuchando a su madre, añadiendo ocasionalmente «*Okey*» y «Ajá» a la conversación. No le había contado sobre la detective aún. Molly le había ayudado a Chloe con su tarea de matemáticas antes de comenzar a lavar los trastes. Chloe estaba ahí, sumergida en su libro de texto, con un mechón de pelo enredado alrededor de su dedo.

Se puso las botas, tomó un abrigo, y abrió la puerta lentamente. Hacía un frío urgente y sus manos ya estaban entumidas para cuando subió el cierre de su abrigo.

Se movió por el lado de la casa, lejos de los sensores de movimiento de la entrada. Se detuvo en la esquina, y pudo escuchar algo. Se movió hacia los árboles, escondido del amarillo de las ventanas, y se detuvo cuando las ramas comenzaban a rozar su abrigo.

—Te lo dije. No, te lo dije. ¿De qué mierda hablas?

El muchacho casi gritaba. Gil aprovechó para acercarse un poco más, aturdido por el ruido de sus botas sobre la nieve.

—¿Es mi culpa? ¿Se supone que yo estaba a cargo de ese imbécil? ¿Qué tiene que ver conmigo? ¿Le dije que lo hiciera? ¿Se lo dije? Es una pregunta simple, ¿por qué carajos no me la respondes? ¿Acaso fui a decirle que abriera la pinche boca? ¿Fue así? Así es. No me amenaces.

Podía ver a Molly en la ventana al otro lado del jardín, hablando por sus auriculares; el muchacho volteó a verla. Ella se rio, luego se asomó por la ventana, como si hubiera visto algo. Matthew. O —mierda, mierda, no— quizás a Gil.

—Mira, yo ya no tengo que ver con esto, ¿vale? Hice lo que acordamos. Cumplí con mi parte. Lo que queda es tu pinche problema.

Tras una pausa, añadió:

—Que se vaya a la mierda él, ¿vale? A ver si me importa lo que le pase a esa perra tonta —Hubo otra pausa, luego añadió—. A la mierda con esto, me tengo que ir —Gil pudo ver brevemente a Matthew gracias a la luz del teléfono: su expresión de enojo, sus ojos tensos buscaban en la oscuridad. Volteó el celular para alumbrar con la pantalla las figuras entre ellos: ramas caídas que brotaban de la nieve, las ramas de los pinos pandeadas con el peso de la nieve. Si hubiera prendido la linterna de su celular hubiera visto a su tío, merodeando en la oscuridad. Espiándolo. Pero se guardó el celular de nuevo y atravesó el jardín.

Después de que el muchacho llegó al otro lado de la casa, Gil emprendió su regreso, procurando mantenerse cerca de los árboles. Molly estaba en la ventana, observando a su marido escabullirse por el jardín como un lunático. Matthew había estado hablando con alguien que estaba conectado a Thomas… sobre el arresto de Thomas. Todo estaba justo ahí, a su alcance, pero no podía atraparlo. Paciencia era lo que necesitaba. Pero, ahora que regresaba por la línea de árboles, no sabía qué tanto más podría esperar.

Después de lavarse los dientes y la cara, tomó las páginas del buró de noche y se metió a la cama. Leyó de prisa, concentrado, por si escuchaba pasos que subieran las escaleras.

> Estoy bastante seguro de que, con un poco de esfuerzo, me podría haber cogido a la secretaria de mi padre. Ella es un adulto y yo un niño, al menos nominalmente. Y, si bien ninguna otra persona razonable lo diría, me veo y

actúo más como un adulto de lo que la mayoría de los estadounidenses podrían y, aun así, legalmente, estoy atado a ese ridículo espacio de presunta inocencia. Pero, si estoy en lo correcto, y tendrás que confiar que lo estoy, el hecho mismo de mi juventud y su indiscreción concomitante le gusta a Rebeca. O podría decir que la calienta, si no fuera porque la palabra es estúpida y me rehúso a usarla para referirme a alguien tan hermosa como ella, quien estaba sentada detrás de un escritorio de vidrio cuando entré a la antesala de la oficina de mi padre esa tarde, sus piernas completamente visibles, sus pequeños y afilados tacones, su abdomen plano llevando directamente a sus pechos de copa C, expuestos por arriba, al menos en mi modesta experiencia, por el escote en V de su vestido. Hoy el vestido era azul. Es hermosa, como la mayoría de las mujeres que trabajan para mi padre. Lo cual no es una coincidencia. ¿Quién no querría rodearse de belleza si pudiera? Él no solo podía hacerlo, era lo bastante arrogante para tomar ese tipo de decisiones abiertamente, como si escoger empleadas a partir de su apariencia no tuviera nada de malo. Aunque, en realidad, no era sólo eso. La mayoría habían ido a Yale o a Harvard y trabajaban para mi padre porque su firma era el sendero hacia la riqueza; si tenían que usar su belleza para triunfar, que así fuera. ¿Quién soy yo, el hijo de este patriarca monstruosamente rico, con todos los privilegios a mi disposición, para juzgar a estas mujeres que tendrían que trabajar más que yo y hacer cosas que jamás habrían considerado sólo para avanzar? Aunque no avanzarían; no por delante de mí, al menos. Y no había casi nada que ellas, o incluso yo, pudiéramos hacer al respecto. Estaba ahí porque Rebecca siempre sabía dónde estaba mi padre, entre sus tantas citas, encuentros, sus *lo-que-sea-que-hiciera-todo-el-maldito-día.* A pesar de crecer en su mundo, rodeado de señores que se la pasaban arrojando pilas de dinero a pilas aún más grandes, no tengo idea de qué trata su *trabajo.* Aunque la sociedad consideraría, con seguridad, su *trabajo* como un pecado. Usura. En otra época, su posición en la sociedad le habría costado el alma. Lo habrían matado en un pogromo, lo habrían quemado en la hoguera o lo habrían expulsado de la corte. Lo que fuera. Ahora él y sus amigos eran la corte, al menos, esa era una parte de su trabajo, recibir a otros en ella: inversores, jóvenes emocionados que venían de Stanford y MIT con ideas de emprendimientos y con la esperanza de que la firma de mi padre las devorara, digiriera y defecara para volverse millonarios. Este presidir de mi padre requería que se moviera mucho en coches. De una oficina a otra; del centro de la ciudad al centro financiero. En las raras ocasiones que lo ameritaban, viajaba en helicóptero. Criticaba abiertamente a aquellos que volaban a los Hamptons los fines de semana de julio, acuatizando sobre el mar para llegar al puerto de su mansión para que su familia los recibiera. Nosotros, como marca de nuestra clase, acelerábamos sobre la interestatal con los idiotas, aunque desde nuestra camioneta blindada con Andrei o Vlad o algún otro exagente de las fuerzas especiales rusas vuelto guardaespaldas-chofer, detrás del volante. Siento que me alejo demasiado de lo que quiero decir. Muy fácilmente. Como si quisiera evitar el final, o la historia en sí, ya que en el momento en el que escribo, la historia no ha terminado, sigue desarrollándose como estas letras nítidas y ordenadas que se derraman sobre la superficie con la más mínima presión de mis dedos. Así que intentaré no divagar. Aunque le ruego, como dicen, querido lector, que me dé el gusto.

Gil recién había terminado de leer cuando Molly comenzó a subir las escaleras. Se detuvo junto al cuarto de Ingrid para darle las buenas noches, lo que le dio tiempo para volver a esconder las páginas en el cajón.

Molly sólo lo miró al entrar, pero él sabía que ella notaba algo extraño. Su cara probablemente estaba roja y su corazón estaba acelerado. Si tuviera un ataque, nadie sabría la verdad. Matthew seguiría viviendo en su casa con su esposa e hijas hasta que las matara. Aunque quizás no valían el esfuerzo. ¿Quiénes eran, en cualquier caso, los Duggans? Primos labriegos. Pronto sería libre, un multimillonario endemoniado, capaz de causar estragos donde quisiera.

—¿Estás bien? —preguntó Molly, mientras cerraba la puerta de la habitación y buscaba pijamas en el cajón de su cómoda. Las cortinas no estaban del todo cerradas, de modo que, si Matthew estaba en el jardín, en otra llamada, vería a su tía quitarse la camisa y desabrocharse el brasier, sus dedos rozando la curva debajo de sus senos antes de ponerse una playera de un maratón de diez kilómetros que había corrido en Nueva York, hace más de diez años. Había hoyos en las costuras de la camisa, pero Molly insistía en que se la pondría hasta que se desintegrara. Lo mismo aplicaba para los pantalones médicos que un amigo doctor le había regalado, y aunque los podría haber reemplazado por Amazon, todavía los tenía, dos décadas después. ¿Cómo la veía Matthew? ¿Como la hermosa mujer que era o como una mujer de mediana edad en caída que se había alejado demasiado de la órbita de su juventud?

—Todo bien —dijo Gil—. Mucho que hacer.

—Me voy a dormir. Estoy molida —dijo Molly.

—Claro—dijo Gil—. Me llamó de nuevo la detective de Nueva York.

Molly, que había estado inclinada sobre su tocador, se enderezó.

—¿Sobre qué?

—Arrestaron a alguien, al conductor del camión.

—Dios santo. ¿Cómo? ¿Cuándo?

—No me dijo. Todo lo que sé es que tienen a alguien.

—¿Te dijo quién es?

Gil salió de la cama y se acercó a ella para poder hablar en silencio.

—El tipo se llama Thomas Gashi. Es de Albania, y tiene una visa de turista.

—¿Thomas? —dijo Molly, arrugando la esquina de su playera con una mano, esforzándose por procesar las noticias.

—De Albania. —Ella sólo lo miró, confundida—. ¿Recuerdas? Matthew estuvo ahí, ¿cierto? ¿No estuvo en Albania? Te lo conté cuando me escribió Sharon. El verano pasado. ¿El viaje escolar?

Molly soltó su playera, sacudió el algodón arrugado, frunciendo el ceño, pero Gil se daba cuenta de que no había conectado los puntos. Quizás porque no los había. O no de la forma tan evidente en que Gil los veía. Pero podía ser, de eso estaba seguro. No podía sólo ser descartado.

Se sentó sobre el borde de la cama.

—Entonces, espera, Gil, ¿qué estás diciendo? ¿Que Matthew lo conocía?

—¿A lo mejor? —dijo Gil. Le dieron náuseas al escucharlo, filtrado por el escepticismo de Molly. Porque ahora sí que sonaba descabellado. Un salto, posiblemente loco—. Si no es así, ¿no es una coincidencia gigantesca? El accidente, ¿te acuerdas? La policía nos dijo que el camión no intentó frenar y el conductor huyó. Quizá lo planeó porque alguien le pagó por hacerlo.

—¿Y esa persona es Matthew? —Molly se sentó con la espalda tiesa. Se mostró tensa, temerosa, o enojada con él por actuar como un psicópata, quizás. Pero él tenía que seguir.

—Sólo digo que es posible, ¿no?

—Supongo, pero, Dios, Gil. Si eso es lo que crees, ¿porque no le dices todo eso a la policía?

—Quería hablarlo contigo. No sé qué es lo que ocurrió, Molly, pero es posible, ¿no lo crees?

—No lo sé Gil, ¿lo es? Es un niño. ¿Cómo podría Matthew contratar a alguien, si eso es lo que dices? Y el dinero, ¿cómo podría?

—Lo podría hacer, Molly. Tú sabes que podría. Tiene todo el dinero del mundo. ¡Cielos! ¿Y el maldito carro en nuestra cochera? Tú sabes cómo es. Admito que se ha estado portando bien, casi siempre, pero ese es su disfraz, ¿no? Si hizo esto, si estuviera involucrado, ¿no estaría haciendo todo lo posible por aparentar inocencia? Quizás por eso no actúa como la persona que recordamos, porque es un disfraz.

—Entonces —dijo, levantándose y cruzando los brazos—, ¿vas a llamar a la detective?

—¿Crees que deberíamos? —Sabía que sonaba patético. Como un niño que se queja demasiado.

—Gil, si de verdad piensas que Matthew tuvo algo que ver con el accidente, entonces sí deberíamos. Pero es una acusación gigantesca sin pruebas. ¿O no?

—Lo sé. Tienes razón. Necesito pruebas. Por eso no la he llamado.

—Dios, Gil, qué pesadilla —Se llevó las manos a la cara primero, luego las pasó por su cabello.

—No es todo, Molly. Lo escuché hablar por teléfono esta tarde.

—¿Cuándo? ¿Dónde?

—Se escuchaba enojado, hablaba con alguien y sonaba a que hablaban de Thomas.

—Dios mío, Gil, ¿es en serio? Si estaba hablando con alguien por teléfono sobre Thomas, sobre un hombre que acaba de ser arrestado, si…

—No, cielo, no sé si era sobre Thomas. Sólo lo escuché hablar, y estaba enojado. Digo que podría estar conectado—. Mientras dijo esto, notó algo en la cara de su esposa, un destello de miedo y esto la hacía esgrimir una mueca de duda.

—¿Podría estar conectado? ¿Qué dijo exactamente? En el teléfono. ¿Dijo el nombre de Thomas?

—No, Molly, pero carajo, no puedo recordar lo que dijo exactamente. Que a él no le importaba si el tipo se jodía. Dijo eso. Así que, ¿quizás se refería a la cárcel? —El escepticismo en la cara de Molly se esparció y ella negó con la cabeza—. Sé que no todo cuadra, Molly, pero vamos. —Se esforzó por mantenerse en silencio. El chico podía haberlos escuchado, incluso solo por el tono de Gil, esa sabandija lo sabría—. ¿Como es que todas estas pequeñas piezas no encajan? ¿Cómo podría ser sólo una coincidencia? Lo conocemos, Molly, sabemos el tipo de persona que es. Pudo haber matado a Sharon, pudo haberle hecho daños. Sabes que es cierto.

Se detuvo para respirar. Se sentía mareado y suelto. En la mirada de su esposa notó su preocupación de que

Gil estuviera perdiendo el sentido, la razón, como ella tanto temía que volviera a pasar.

—¿Por qué no sólo lo observamos? —dijo suavemente—. Y, si hace algo, nos ponemos en contacto con la detective. Hasta ahora, podría ser sólo una coincidencia, ¿cierto? El albanés, digo, Europa es gigantesca. —Le sonrió plácidamente para calmarlo. El lunático desenfrenado en su habitación.

—Okey. Si eso es lo que piensas —dijo, sonando malhumorado. No pudo evitarlo, en realidad lo estaba.

—Si la policía piensa que hay una conexión, lo habrían dicho en la llamada —dijo Molly—. Arrestaron a alguien, después de todo. Seguramente les habría dicho que Matthew estaba involucrado si fuera cierto. Así que hay que esperar. Incluso deberías llamar al abogado, el de la herencia, para preguntarle si hay alguien con quien Matthew hubiera estado hablando en Nueva York, como un terapeuta. No tenemos que hacer todo esto por nuestra cuenta, Gil. Hay que mantener la calma y ver qué pasa.

—Claro. Yo sé qué tienes razón, Molly. —Gil sabía que no sonaba convincente. Incluso él podía escuchar el delgado filo del pánico en su garganta, la energía desmedida intentando escapar, como un animal enjaulado.

—Gil —le dijo, como si estuviera a punto de regañarlo. Pero luego cerró los ojos, abrumada, parecía, por el cansancio. Gil pensó en abrazarla, pero antes de que pudiera moverse, ella se levantó y entró al baño. Escuchó la llave, el sonido de su cepillo de dientes mientras lo sacaba del vaso de metal. Había quedado como un tonto. Como un loco, intentando culpar a su sobrino. Ahora Matthew usaría esto, esta derrota de Gil, para insertarse más. Tenía que haber una forma de atravesar las defensas del muchacho. Era sólo un niño, seguramente se había equivocado en algo. Gil sólo tenía que mantener la calma y encontrar los errores.

16

La mañana siguiente se presentó una oportunidad. Molly había llevado a las chicas a la escuela antes de dar su clase de Introducción al Dibujo. Matthew, mientras untaba mantequilla sobre su pan, dijo:

—Oye, me preguntaba si está bien que me quede en Nueva York este fin de semana.

—¿Nueva York? —preguntó Gil. La llamada en el jardín la noche anterior. La irritación en su voz, y ahora su total calma.

—Es el cumpleaños de Eric, un amigo, y me marcó anoche para ver si podía ir. Serían sólo una o dos noches.

—¿Cómo te irías? —preguntó Gil, atravesado por la ansiedad: la llamada en el jardín. Podría haber sido Eric lo que significaría que sólo había sido un drama adolescente.

—¿Manejando? —dijo el muchacho, sin poder creer que Gil estuviera dudándolo.

—¿Puedes hacer eso con tu permiso?

—Es licencia de Nueva York.

—No sé si puedes manejar en la interestatal con un permiso —dijo Gil.

Pudo ver cómo el rostro de Matthew parpadeó de ira y resultó claro que estaba esforzándose para no decirle a su tío creído, blanco de mierda, que se fuera a la chingada. El chico se concentró en untar la mantequilla y en embarrar miel.

—Podría irme en tren —sugirió.

—O te puedo llevar —dijo Gil—. Hay unas personas en la ciudad que he querido ver desde hace un rato.

—Acepto —dijo Matthew, claramente intentando no fruncirse. Esto no era lo que quería ¿Pero ¿sabes qué? Ni modo. Porque él era un niño y Gil era el jefe.

—No doy clases los viernes, así que podemos irnos temprano y llegar con mucho tiempo.

—Como sea —dijo Matthew, como si no le importara tanto—. La fiesta es el sábado.

—A media día entonces, ¿te parece? Así evitamos el tráfico de la hora pico.

—Como sea, está bien —dijo Matthew, llevándose su tostada a la mesa.

Gil probablemente debía haberlo hablado con Molly. ¿Cuáles eran los planes para ese fin de semana? Siempre había un enredo de eventos y de *hobbies*.

Rara vez había sido tan difícil dar clases como lo fue esa tarde, distraído con los planes de Nueva York. O más bien, su falta de planes. Quería ver en qué estaba metido Matthew, pero ¿cómo iba a hacerlo? ¿Iba a seguirlo? El chico se daría cuenta, y fácilmente podría perder a Gil en el metro o en las calles.

Al menos se quedarían en el departamento de Sharon y de Niles, y podría haber algo de evidencia ahí. Al dejar ir a sus alumnos algunos minutos antes de la hora, se dio cuenta que debía haber algo. En Vermont, Matthew había tenido el cuidado de borrar cualquier evidencia; este era territorio hostil. Pero Nueva York era su hogar, y si Gil iba con él, el chico no tendría tiempo de borrar sus huellas. Quizás esa era una de las razones por las que quería ir en primer lugar: cubrir su rastro, ahora que habían arrestado a Thomas.

El establo a donde llevaba a Ingrid después de la escuela se sentía lleno de la misma ansiedad que vibraba en él. Le retorcía el estómago, casi hasta dejarlo sin aliento, el olor de los animales, su mierda, los ricos, el picoso olor a paja, todo tan fuera de tono con el frío gélido de febrero. Ingrid montaba un caballo color café con una raya blanca que bajaba por su pecho. Su casco y las botas, que le llegaban a las rodillas, claramente no ofrecían protección ante cualquier capricho que se le ocurriera a aquel animal tan voluble y espantadizo, trotando con fuerza al moverse. Los caballos siempre le parecieron así: seres apenas contenidos, siempre a punto de estallar. ¿Qué esperanzas tenía una chica de cuarenta y cinco kilos con sus pantalones de equitación y su sudadera de la UVM contra esta bestia que retorcía la musculatura de sus piernas?

Hubo un momento, al final, en el que la entrenadora estaba sosteniendo la brida y hablando con Ingrid, que se inclinaba para escucharla, cuando el caballo saltó para atrás, abatiendo sus pezuñas contra el suelo, liberándose del agarre de la entrenadora. Gil se levantó a medias de la banca de madera, con el corazón agitado y pensando inmediatamente en el cuento de Matthew, como si por escribirlo, el muchacho lo hubiera hecho pasar; como si hubiera sido su plan todo este tiempo: provocar este accidente y terminar lo que había iniciado. Pero Ingrid apretó las riendas, se enderezó y controló al caballo. La entrenadora se reía mientras caminaba de regreso hacia Ingrid y practicaron una última vuelta por la pista antes de que Ingrid desmontara y saltara al suelo. El caballo se dejó guiar hacia el establo.

—Eso fue aterrador —dijo Gil, mientras caminaban hacia el coche y la chamarra de Ingrid revoloteaba en el aire.

—¿Qué cosa? —dijo ella, mirando hacia debajo de modo que las palabras se amortiguaban en su bufanda.

—El caballo, al final. Cuando se encabritó.

—No se encabritó. Borrón nunca se encabrita.

—Está bien —dijo Gil, apretando el botón para quitarle el seguro al coche y haciendo que éste pitara y parpadeara sus luces—, pero se puso nervioso.

—Sólo estaba ansioso —dijo Ingrid, como si no fuera para tanto.

—¿No te asustaste?

Ingrid no respondió hasta que estuvieron dentro del coche, Gil había girado la llave y un flujo de aire cálido comenzó a salir de las ventilas.

—No sé. No me asustan los caballos. Digo, no me siento con miedo. A veces pueden ser un poco disparatados —soltó una risa—, pero no dan miedo. Sólo son mandones.

—Para que conste, a mí sí me dan miedo.

—Es porque no te subes a ellos. Digo, ¿por qué nos darían miedo si ellos dejan que nos subamos? Porque nos dejan hacerlo. Entonces, no veo razón por la que habría que temer. —Se subió el cierre de la chamarra hasta el cuello y escondió la mitad de la cara bajo el la bufanda.

—Pero son gigantescos —le dijo Gil, metiendo reversa lentamente, evitando un tramo dehielo que notó al llegar.

—Las cosas grandes no siempre te lastiman. Una araña venenosa es igual de peligrosa que un elefante.

—Preferiría ninguno.

—Está bien, pero yo elijo los caballos —le dijo, desafiante. Le había mencionado en varias ocasiones que cuando creciera tendría tres caballos propios, y eso era bueno porque significaba que, quizás, se quedaría en Vermont. Su actitud no le pareció admirable, como ella seguro habría querido, sino una simple vanidad adolescente, una sabiduría falsa sobre la que tendría que repensar un poco mejor sobre los caballos, el consentimiento y el poder; fantasías que proyectaban tener varios caballos en una parcela en Vermont, sin pensar siquiera cómo haría para pagar tal vida.

Recordaba esta etapa con Chloe, segura de que había dominado la lógica de la adultez sin realmente haberla descifrado del todo, en especial la oscura realidad del dinero. Lo que les faltaba a las dos chicas era entender que el poder equivalía a violencia, y que el dinero sólo era otra expresión de poder. El poder contenido era violencia contenida, y bastaba nada para que se transformara en violencia pura. Era una inocencia de su parte, y no había motivo para apurarlas a salir de ella; la vida lo haría demasiado pronto.

Para cuando llegó a casa, el Audi de Matthew ya estaba en la cochera, y notó por la forma en que su esposa lo miró quitarse las botas, que Matthew ya había mencionado el viaje a Nueva York.

—Entonces —dijo Molly, alargando la palabra—, me dijeron que te vas de viaje.

—Ah, Molly, perdón. Quería decirte: Matthew me preguntó si podía llevarlo a la ciudad. ¿Funciona eso? —Gil puso una mano en la pared y liberó su pie, dejando el calcetín en el charco de la nieve que se derretía.

—¿Te pidió que lo llevaras? —Molly arqueó las cejas.

—Bueno, él quiere ir. Es el cumpleaños de un amigo y no puede ir por su cuenta.

—Pues claro que no puede—. Gil se esforzó por escuchar ironía en su tono.

—Le dije que lo llevaría. Necesito reunirme con Peter en algún momento, de todos modos. Está disponible este viernes por la tarde. —Gil no había hablado, ni le había escrito a su agente en seis o siete meses. Debía enviarle un borrador nuevo de su novela, la que Peter dijo que no podía vender en su forma actual, después de recibir un manuscrito de Gil el año pasado. Gil no había tocado ese libro (ni ningún otro) en meses. A menudo se había olvidado del libro, hasta que sentía la sensación de fracaso revelándose cuando cualquiera le preguntaba lo temible: ¿en qué estás trabajando? Lo cual significaba que el proyecto estaba muerto.

—¿Terminaste un borrador nuevo? —Su tono se había vuelto más suave. Ella quería lo mejor para él. Todo este tiempo ella había mantenido la esperanza en ese libro. Tenía fe en Gil, por alguna razón. Siempre había sido excesivamente generosa con su obra. Había dejado tanto de su arte, de sus amigos, conexiones, galerías para mudarse a Vermont, pero jamás se lo recriminó. Exhibía en Burlington, Stowe, y Bennington, pero Gil asumía que a menudo Molly se preguntaba qué hubiera pasado si siguieran en Nueva York. Si se hubiera rehusado a irse con su marido sin dinero, ¿habrían mejorado las cosas?

—Todavía no —le dijo—, pero le mandé algunas páginas y quiere que nos reunamos, ya que Matthew quiere ir también, —Esto, de alguna forma, también era culpa del niño. Lo obligaba a mentirle a Molly.

—¿Crees que es una buena idea siquiera que vaya? Justo ayer estabas convencido de que… ya sabes, el conductor.

—Lo sé, Molly, entiendo, pero si veré a Peter, de cualquier manera...

—No sé si es una buena idea, Gil.

—Sé que no lo es, pero ¿qué vamos a hacer? ¿Decirle que no? ¿Ahora?

—¿Por qué no? Dile que salió algo. Porque, honestamente, no tiene sentido lo que estás haciendo. Si de verdad crees que Matthew tuvo algo que ver con este Thomas al que arrestaron, ¿por qué rayos lo vas a llevar a la ciudad?

No podía responderle, al menos no con honestidad. La respuesta era esta: lo espiaría para reunir evidencia. Gil sentía que si lo pronunciaba en voz alta, pensaría que estaba loco.

—¿Y hablaste con la detective? ¿La llamaste? —preguntó Molly.

—No aún. Puedo llamarla mañana. Y no podemos dejarlo ir por su cuenta, y ya que tengo esta reunión con Peter, pensé que… —Regresaba a esa mentira particular. Era patético, probablemente se estaba exponiendo— Estaremos de vuelta el Domingo.

La forma en que Molly lo miró le hizo sentir náuseas. Ella dudaba de él, estaba preocupada y, quizás, asustada.

Había visto esa mirada antes, en sus últimos años en Brooklyn, en especial después de que salió del hospital. Él estaba sentado con Chloe, construyendo cosas con bloques —a ella le gustaba que él construyera para después ella demoler con un grito de alegría—, y notó a Molly observándolo desde el otro lado de la habitación, examinándolo con cuidado y temeridad.

—Molly, no te preocupes. Ella se rio, pero Gil, a riesgo de perder la oportunidad que el viaje ofrecía, siguió—. Además, será bueno que esté lejos de las chicas. —No podía descifrar si ella le creía, pero algo de la tensión en su cara desapareció.

—Creo que Chloe querría acompañarte —dijo Molly.

—¿A Nueva York?

—Pero creo que tiene ensayos todo el fin de semana.

—Digo, sólo voy a una junta.

—Gil, no creo que iría para estar contigo, sino con Matthew.

—¿Matthew? —dijo, como si fuera una idea absurda. Pero Molly tenía razón. Tenían la misma edad, y Matthew era el chico citadino con experiencia que podía llevarla a fiestas.

—Se han estado llevando bastante. ¿No te has dado cuenta? Chloe me dijo que le ha estado ayudando con Geometría y, al parecer, también ha estado ayudando a Ingrid con su presentación sobre la Guerra Civil.

Gil asintió como si supiera todo eso… vivía en la misma casa y no estaba tan abstraído en sí, obsesionado con su sobrino como para no darse cuenta de cómo Matthew se deslizaba hacia el afecto de su familia. La vez que en el bosque había visto a Matthew y a Ingrid juntos en la mesa. Quizá le había estado ayudando y no lo contrario. Nada grave, como había pensado.

—Gil, por cierto, lo olvidé: hablé con mi mamá en la mañana —dijo Molly—. Nos dijo que fuéramos para Semana Santa.

—¿A Maryland? ¿Con Matthew? —dijo Gil. Sus suegros sabían todo lo que había ocurrido en Montauk y desde entonces habían despreciado silenciosamente a Matthew, también a Sharon y a Niles, a quienes sólo habían conocido una vez.

—En realidad —dijo, regresando a la estufa para atender el pescado que comenzaba a hervir en el aceite,— no podemos ir todos porque Chloe tiene debate en Sarah Lawrence ese fin de semana, pero podría llevarme a Ingrid. No hemos visto a mis padres desde julio.

—Y yo me quedo aquí, con Matthew.

—Le pregunté si quería venir, pero tiene que terminar unos ensayos de su escuela. Podrías usar el tiempo para trabajar en los comentarios que te dé Peter.

—Suena bien.

Durante la cena, las chicas le contaron a Molly sobre su día: caballos, debate, lo habitual. Luego Molly le preguntó a Matthew a qué amigo iba a ver en Nueva York.

—Eric —dijo el muchacho, tras dudarlo un segundo, como si no recordara de qué hablaba su tía.

—¿Es un amigo de la escuela?

—Sí —dijo Matthew, dando un bocado, como si eso fuera a salvarlo de más preguntas.

—¿Estás emocionado de regresar a la ciudad? —preguntó Chloe—. Seguro extrañas a tus amigos. —Se sonrojó como si hubiera cometido un error ridículo. ¡Extrañar personas! ¡Qué infantil y banal!

—Me quedé con Eric después de que murieron mis padres —dijo Matthew—. Su familia me trató bien, así que de verdad quiero llegar a la fiesta.

—Me da gusto que podamos hacerlo funcionar —dijo Gil, suprimiendo un respiro de culpa. Todo esto era una actuación.

—Será lindo, estoy segura —dijo Molly.

Matthew entrecerró los ojos mirando fijamente a Gil, luego bajó la mirada al trozo de pescado en su plato. ¿Había visto eso Molly, la mala saña en la mirada del chico, el destello de malicia apenas contenida?

17

Septiembre, 2015

Antes del funeral, Gil no había ido a Nueva York desde hacía tres años. Fue también la última vez que vio a Sharon con vida. Un amigo lo había invitado a unirse a un panel en el Festival del Libro de Brooklyn, y Gil había aceptado de inmediato, con el miedo continúo de que se hubiera alejado demasiado del mundo literario y de que ya no lo reconocieran. Que le hayan pedido asistir como remplazo y de último minuto no lo molestaba, como quizá le hubiera molestado hace años, lo cual revelaba una autoestima problemática, o que se había vuelto más realista. El tema del panel era ciudad contra campo y el impacto que tienen sobre el escritor. Era el único del panel que no vivía en Nueva York y, mientras tomaban asiento en el escenario, su amigo lo presentó como *el que se escapó*. El comentario ocasionó un puñado de medias risas en el público.

Probablemente estaban ahí no para escuchar a Gil, sino al poeta, un vietnamés-americano que había crecido en Queens y que representaba todo lo bueno de la ciudad. Si fueran a compararlos, no era difícil adivinar a quién preferirían: el hombre barbón, cada vez más calvo, con su abrigo deportivo holgado, sus *jeans* arrugados y sus zapatos cuadrados no podía competir con el esbelto, delgado y joven genio que calzaba zapatos puntiagudos que brillaban y llevaba su cabello despeinado a la perfección. Esos detalles superficiales eran la marca de una distinción más profunda: el poeta tenía elocuencia nata, ingenio, la generosidad de su espíritu era casi visible por su intensidad; Gil, por el contrario, se sentía infantil, atenuado y un poco sorprendido.

Tomó la línea 4 de Borough Hall al Upper East Side. Sharon le había preguntado si le era posible *entrar a la ciudad* para reunirse. No había ido a Brooklyn en años y estaba segura de que se perdería. Gil le había dicho que sí, pensando que necesitaría una vía de escape del festival, pero una vez que estaba en el vagón atiborrado —era domingo, ¿por qué estaba tan lleno?— se le pusieron los pelos de punta. ¿Qué tenía que ver Sharon? Estaba asistiendo a un festival importante y en lugar de ir a verlo, le había pedido que se trasladara hasta su colonia lujosa, donde vampiros arrugados por la edad merodeaban las calles, siempre con la intención de seguir chupándole la vida al planeta para alargar su existencia devastadora.

Algo de su amargura nacía de que no se hubiera disculpado, ni siquiera su tono sugería una disculpa, en ninguno de sus correos recientes. Jamás había admitido que la razón por la que habían perdido contacto era por que su hijo había intentado ahogar a Ingrid. Siempre la misma respuesta: «Tengo que revisar mi agenda». Lo agendaría entre sus clases de acondicionamiento y sus tratamientos faciales.

Era su hermana, pero definió a Gil como el pariente lamentable a quien a veces había que complacer. Una responsabilidad. ¿Cómo había ocurrido esto? Cuando estaban pequeños habían sido muy cercanos, pasaban horas jugando en mundos imaginarios que Sharon creaba. Tenía un centenar de memorias así, pero a la que regresaba era al verano que habían pasado en Irlanda, justo a las afueras de Galvia, donde su madre realizaba una investigación. Mientras sus padres trabajaban en la casa, Sharon lo llevó al parque al final de la cuadra y le enseñó cómo mover las piernas para saltar del columpio justo al tope de la cadena, y por un segundo pudo ver por encima de los tejados grises de las casas al otro lado de la calle, antes de la caída.

Gil sólo había llevado un juguete a Irlanda, su foca de peluche, Sookie, y se volvió el epicentro de la aventura: los cuervos que acechaban desde los árboles eran asesinos y espías, amenazándolos en una lengua que no comprendían. En los espacios entre las ramas afiladas de un arbusto construyeron un escondite: muebles de ramas y corteza, y escondido en un agujero cubierto de musgo, el premio que los cuervos buscaban: un libro de símbolos secretos. Sharon lo había armado: pedazos de papel doblados y engrapados, cubiertos meticulosamente por símbolos indescifrables. Le explicó a Gil con el libro en ambas manos que jamás debía caer en las garras del Rey de los Cuervos. Una mañana, a la mitad de su estadía, secuestraron a Sookie y, tras una búsqueda vertiginosa —en la que casi derramó lágrimas—, lo encontraron en el agujero de un árbol. Su aleta estaba rota y tenía una concusión, así que Sharon cuidó de él en el escondite del arbusto hasta que se recuperó. Esta era una de las memorias más claras que tenía de su hermana: Sharon levantando una piedra —la taza de té del peluche—, poniéndola en la costura que tenía por boca, dándole palabras de aliento; su cara suavizada por el cariño, iluminada por las manchas de luz que se abrían camino por entre las ramas.

Luego, tan sólo unos años después, todo había terminado. Se convirtió en una adolescente demasiado autoconsciente para jugar, distraída por el florecer de su vida social; llamadas por teléfono con amigos, tardes en el centro comercial. Para cuando Gil comenzaba a seguirle el paso, se fue a la universidad. Sus padres lo habían llevado cuando fueron a visitarla en las vacaciones de invierno en Oxford, cuando Sharon había estudiado su tercer año en el extranjero. A lo largo de su visita ella había estado distraída y distante, insistiendo en que tenía que trabajar, entregar ensayos para enero, así que no los acompañó cuando fueron a Londres. Aunque sólo tenía dieciséis, Gil esperaba que su hermana lo llevara a un *pub*, o al menos que caminaran juntos por Oxford, pero ella apenas le prestaba atención: era claro que su visita le parecía una carga. Cuando cenaron en Londres y su padre mencionó la falta de cortesía por parte de Sharon, su madre insistió en que se trataba de su novio: estaba enamorada. El amor joven hacía que las personas actuaran así, que se volvieran egoístas, absortas en su mundo propio. Gil lo descubriría, eventualmente. Pero, de igual forma, con esa visita, el comportamiento distante de su hermana al separarse de ellos en el *lobby* del hotel, después de mostrarles su universidad, significó para Gil el comienzo de su lejanía con Sharon, la misma que la conduciría a Niles, a Matthew, a su nueva vida.

Se iban a reunir en un café de la East Seventy-fifth Street, a unas cuadras de su departamento, donde quizás Gil ya no era bienvenido. Sharon estaba sentada a un lado de la ventana, vistiendo un suéter negro holgado, mezclilla negra y unos tacones de aguja. Levantó la vista de su celular y lo saludó con la mano.

En su correo, Sharon había dicho que solo tenía una hora. Una vez que Gil se sentó junto a ella con su *capuccino,* se alegró por ello. Desde el inicio, la conversación fue difícil; ella le preguntó por su familia, como si fuera una rutina, mientras revisaba su celular con mucha frecuencia. ¿Eran acaso su molestia y su enojo tan evidentes como su indiferencia?

—¿Cómo está Matthew? —Gil preguntó.

—Ah, Matthew —dijo Sharon, acomodando su cabello tras su oreja, revelando una pulsera de diamantes bajo la manga de su suéter—, ya sabes cómo es Matthew.

—No lo sé —contestó, alegrándose por la expresión de sorpresa de su hermana—. No lo he visto en tres años. ¿Qué edad tiene ahora, quince?

—Así es. Cumpleaños en julio. —Gil no había llamado, no había escrito.

—¿Qué tal está su escuela?

—Ha habido un par de problemas, para ser honesta. Pero creo que le resulta muy fácil, es demasiado fácil para él. Se aburre y entonces causa problemas.

Gil quiso decir: «o sólo es malvado».

—Pero va a pasar el próximo verano en Europa, trabajando en un orfanato. Es un proyecto de servicio social a través de la escuela. Niles no quiere que vaya, pero pienso que estará bien. Que vaya y que conozca el mundo.

—Suena a una experiencia increíble —dijo Gil, intentando ocultar su amargura. Sí que sería una experiencia increíble. Una experiencia que Chloe debería poder tener. O Ingrid. Les encantaría.

—Estoy segura que lo será —dijo Sharon, mirando su reloj.

—¿Cuánto tiempo estará por allá?

—Tres semanas, me parece —dijo, agitando el hielo en su vaso de plástico con el popote.

—Quizá le ayude.

Sharon lo miró con los ojos entrecerrados, desafiante.

—¿Con qué?

—Sus problemas —dijo, señalando la mesa, como si la respuesta estuviera ahí, visible ante ellos—. Me dijiste que había estado teniendo problemas.

—Mmm, sí — Sharon se recargó en la silla de nuevo—. Matthew está bien. Sabe cómo cuidarse. Es resistente.

Como la hierba, quiso sugerir. Como un virus.

—Claro, estará bien.

—Por supuesto que sí. —Su tono se había endurecido. Se acercó a su vaso para tomarlo, pero se detuvo y miró a Gil—. No ha sido fácil para él, ¿sabes?

—¿Qué cosa?

—Las acusaciones. El hecho de que su familia lo trate como un asesino o algo parecido. Eso no ha sido fácil para él.

—Suena más fácil que casi ahogarse. —Su visión se llenó de puntos brillantes. Debió haberlo soltado en vez de escalarlo. Es lo que Molly habría sugerido. Pero ahora sentía que esta era la razón por la que había venido: para abrirle los ojos a su hermana. Para hacerla ver lo que su hijo había hecho.

—Dios, Gil, ¿de verdad crees eso? Eso es lo que necesito saber. Por eso estamos sentados aquí. Porque necesito saber si tú de verdad crees que mi hijo intentó matar a tu hija. ¿Crees que intentó ahogar a Ingrid? ¿No piensas que quizás fue un accidente? Quizás estaban jugando o quizás Ingrid cayó al agua. —Su tono era calmado, como si Gil fuera un estudiante a quien le tocaba un regaño.

—¿Tú crees que Ingrid está mintiendo? ¿Qué razón tendría para…? Tenía seis años, Sharon. Matthew lo admitió. Yo estaba ahí. —Su voz comenzó a levantarse y la barista volteó a verlo: el hombre violento. ¡Si tan sólo supiera!

—Sólo digo que es posible que no lo recuerde exactamente como ocurrió. Eran niños, Gil. Y Matthew ha estado trabajando esto, ¿sabes? Con un terapeuta, desde entonces. Yo sé que era un niño difícil.

Gil se rio con tal volumen que ella se tuvo que detener pero, tras una pausa, prosiguió.

—Pero eso no significa que sea un asesino. ¿No ves el salto que hay entre ser difícil y matar a alguien?

—No creo que el problema sea que yo no pueda ver las sutiles graduaciones en la personalidad de Matthew. Creo que el problema es que tú no quieres enfrentarte a lo que existe en el fondo de tu hijo. Intentó matar a mi hija. —Su voz comenzó a falsear, pero se obligó a seguir—. Me zambullí por ella y la saqué. ¿Y tú vas a llamarla mentirosa? ¿Para proteger a tu hijo, quien intentó matarla?

—Es mi hijo —le respondió con suavidad.

La boca se le secó a Gil. Se levantó a servirse un vaso de agua de la jarra en la barra y cuando regresó a los asientos Sharon tenía su bolso sobre las piernas, tomándolo con ambas manos.

—Me voy.

—Está bien.

—Lo lamento, Gil. —Pero él sabía que no era cierto: su única hermana, la única familia que le quedaba, no quería nada que tuviera que ver con él. Era una jodidísima decepción. Y él sabía exactamente cómo se sentía ella, porque él lo sentía también.

Desde su asiento junto a la ventana la miró llegar a la banqueta y levantar una mano. Un taxi se detuvo inmediatamente, como si la hubiera estado esperando. Gil tiró su vaso y caminó al Met para caminar por las galerías e intentar olvidarse de su enojo. Ver a Sharon había sido un recordatorio intenso de lo que se había afirmado esa mañana: no pertenecía a la ciudad y su familia estaba en otro sitio.

18

Febrero, 2018

Ninguno de los dos habló la primera media hora en el coche. El Audi era un coche mucho más lindo que el Chevy de Gil, o cualquier otro coche que hubiera tenido. Si Molly y las chicas hubieran estado ahí, habría tomado la 22A por el lago hasta la 149 por Lake George, pero con Matthew de copiloto, mientras más rápido era, mejor, así que se fue por la autopista.

Afortunadamente, el muchacho se quedó dormido, su cabeza recostada contra su chamarra hecha bola y acomodada contra la ventana. Usualmente, Gil escuchaba la radio mientras conducía, casi siempre NPR, aunque a veces estaciones de derecha cuando se sentía especialmente masoquista. Pero temió despertar a Matthew por prender la radio, y entonces se tendría que disculpar.

Salieron de Vermont antes de que Matthew despertara, parpadeando de una forma que parecía falsa.

—¿Cansado? —le preguntó Gil.

—Siempre me quedo dormido en los coches —respondió, frotándose los ojos y mirando el GPS en el tablero, abstraído.

—Qué bien que no manejaste tú, entonces.

—Sí, gracias a Dios.

—¿Quieres escuchar algo?

—Cómo sea, no me importa.

Gil sintonizó la NPR a las afueras de Brattleboro. Emitían un reportaje sobre la crisis de refugiados en Europa del Este, los kilómetros de vallas que se habían instalado en la frontera húngara, las multitudes que se movían por los Balcanes, hambrientas y con frío y desesperadas. En el corte para dar el clima local, Gil bajó el volumen.

—Tú estuviste ahí, ¿cierto? ¿En Europa del Este? —Intentó sonar calmado, completo, como si sólo estuviera haciendo conversación.

—Ajá. —dijo Matthew con un tono de *no-esto-de-nuevo*—. Solo fueron un par de semanas.

—¿Dónde había sido? —Podía hacerse el tonto, si conseguía que el chico le dijera la verdad.

—Albania —dijo Matthew—. Luego fuimos a Croacia y a Venecia, al final.

—Debió de ser interesante.

—Sí, se podría decir. Supongo que se podría decir que fue interesante.

Gil apretó el volante, pero conservó la calma, dejó pasar el comentario. No dejaría que la rata se le escapara tan fácilmente.

—¿Qué hacías ahí?

—Trabajaba en un orfanato —dijo Matthew—. Parte del servicio a la comunidad de Herbert. Ya sabes, dar de regreso y todo eso. Buenos samaritanos. —dijo esto como si la idea fuera ridícula, como si causara gracia.

—¿Y viviste en el orfanato?

—Sí, en las afueras de Tirana —Matthew volteaba con todo el cuerpo hacia la ventana y su aliento empañaba el vidrio. No quería hablar de Europa, o de lo que fuera. No quería hablar con el fósil campesino que tenía por tío.

—¿Cómo te transportabas cuando estabas allá? —Esto era riesgoso: quizás era demasiado directo, pero Gil estaba cansado de darle vueltas al asunto.

Matthew se acomodó en su asiento, miró fijamente la perilla del volumen. El programa había regresado. Cuando pasaron unos segundos sin que el muchacho le diera una respuesta, Gil lo presionó.

—¿Pudiste viajar? O ya sabes, ¿ir a la ciudad?

—Un poco. El orfanato estaba bastante lejos, en las colinas. Pero si queríamos ir a Tirana había un par de conductores. Tenían unas Land Rovers negras bastante grandes. Eran exmilitares, creo. Pero bueno, nos dejaban en el centro y podíamos ir a tomar un café o lo que sea. Un par de veces nos llevaron en viajes de fin de semana. Una vez fuimos a acampar a las montañas, cerca de unas ruinas griegas.

—Suena a una gran experiencia.

Conductores, Thomas Gashi… Gill podía casi verlo por encima del volante del camión cuando el semáforo se puso en rojo, mientras el Ferrari, camino al norte de la ciudad, viraba por el tráfico y hacia la intersección, en dirección al camión.

—Supongo —contestó Matthew, y subió el volumen de la radio. Este era su coche; Gil, el huésped del chico. Un grosero, parlanchín y tonto huésped.

Se encontraron con tráfico cuando cruzaban el Bronx, y de ahí se movieron lentamente hasta que pasaron el accidente, delimitado por cinta policial y ambulancias: un coche gris con el frente destruido y una minivan con un rasguño en un lado y la defensa colgando. Estudió la cara de Matthew —¿le molestaría ver un accidente?—, pero el chico se mostraba indiferente, como cualquier otro pasajero en la autopista.

—¿Cómo van tus clases? —le preguntó Gil—. He escuchado que te está yendo bien.

—¿Ah, sí? —Sonrió como si asumiera que sus profesores, en especial en una escuela tan ridícula como Essex, pasaran su tiempo libre alabando sus virtudes.

—La doctora Holden lo mencionó —dijo Gil, sin poder evitar alimentar el ego sin límites del muchacho.

—Sí, mis clases van bien. Digo, son lo que sea.

—Y te toca otro taller pronto, ¿cierto?

—Si tú lo dices —dijo Matthew, mientras subían por el puente que los llevaría a Manhattan.

—¿De qué se trata este? —Gil preguntó, aunque quizás era demasiado obvio. Matthew no parecía molestarse más por esta pregunta que por cualquiera de las otras.

—Estoy trabajando en algo, pero no sé si lo tendré listo a tiempo.

—Tendré que esperar.

—Conteniendo la respiración, seguro —dijo Matthew, y a pesar de que tenía la mirada hacia la ventana, Gil pudo ver cómo se le esbozó una sonrisa pícara en la cara.

En Manhattan, Matthew apagó el GPS y le fue diciendo cómo llegar. Gil comenzó a manejar como si titubeara, lo que ocasionó incontables pitidos de taxis apurados y gritos de peatones que se quedaban a media calle con la luz en verde y que se movían a la acera justo cuando se ponía amarilla.

Sharon y Niles tenían varios lugares en un estacionamiento en Second Avenue. Un ayudante hizo una mueca de descontento cuando entraron al lugar pero, tan pronto como se dio cuenta que se trataba de Matthew, sonrió, revelando su dentadura chimuela. El hombre se asomó por la ventana de Gil, pero le habló a Matthew como si él no estuviera ahí, inundándolo del aroma rancio a cigarros que salía de su overol.

—Señor Westfallen, qué bueno verlo. Lamento tanto lo de sus padres. Eran personas increíbles. Verdaderamente increíbles. —El hombre se dio una palmada en el pecho, justo al lado del oído de Gil—. Le había querido decir eso. Horrible. Una verdadera tragedia.

—Gracias, Sammy —dijo Matthew. El hombre aguardó unos momentos, como si esperara más, luego le dio una palmada al coche y regresó para levantar la pluma. Se estacionaron en el lugar donde Gil asumía que solían aparcar el Ferrari.

El hombre saludó con la mano cuando pasaron por la caseta, pero Matthew fingió no darse cuenta. El chico guio el camino hasta la entrada del edificio, donde una falange de porteros lo recibieron. Se ofrecieron a llevar su morral, le preguntaron sobre el campo. Esperaban que le estuviera yendo bien, y era tan bueno verlo de nuevo. Los tres subieron al ascensor, solemnes. Este era el trato que los ricos recibían: incluso algo tan rutinario como subir al departamento era una ocasión grandiosa para ser admirado por los subalternos.

Desde fuera, el edificio era majestuoso, imponente. Por dentro, se habían combinado dos departamentos de ocho espacios, que daban como resultado un palacio gigantesco. Gil había investigado el precio hace poco: dieciséis millones y medio de dólares.

El vestíbulo daba a una cocina impecable a la izquierda, y al frente, la sala: amplios espacios de duela de madera sobre la que descansaba un juego de sillones blancos, seguramente demasiado grandes para haber entrado por la puerta, y un televisor del tamaño de la pared. Saliendo de la sala había un comedor, y detrás unas puertas corredizas donde había una biblioteca con estantes del suelo al techo. Gil buscó sus propios libros y, por supuesto, ahí estaban. Pasta dura, con su firma: el primero para Sharon, el segundo para ella y para Niles. En la solapa estaba su cara, la cara que en algún momento había sido la suya. Se veía arrogante, como si estuviera seguro de la importancia que tenía en el mundo de la literatura. Un loco iluso y presumido. ¿Acaso era lo que las personas veían al tomar su libro? ¿O siquiera lo habían visto? Quién sabe hace cuanto que alguien tomaba uno de sus libros.

—¿Algo bueno? —dijo Matthew.

Gil cerró el libro de golpe.

—Voy a salir —le dijo Matthew.

—Muy bien. ¿Llegarás tarde?

—Quizás me quede a dormir por allá.

—Claro —dijo Gil. ¿Debía ponerle un horario de llegada?, pensó. Aunque quizás eso no existía en el mundo de Matthew.

—¿Tienes juntas? —Matthew puso su mano en la puerta, la jaló unos centímetros; luego, la empujó hasta que golpeó la pared.

—Así es, con mi agente.

—Bueno, nos vemos luego.

Gil se quedó ahí hasta que escuchó que la puerta principal se cerraba. Puso el libro en su lugar, caminó hacia el escritorio en la esquina, que sabía que su hermana utilizaba, y abrió los cajones.

Buscó en la biblioteca, la sala, la cocina, la oficina de Niles, la oficina de Sharon, y en el cuarto del muchacho, por supuesto. Había pasado tanto tiempo encorvado que su espalda le dolía y sus rodillas estaban tiesas.

Las habitaciones parecían preparadas, las sábanas bien dobladas. Los clósets de Niles y de Sharon —vestidores, en realidad— estaban llenos de ganchos vacíos. Su ropa había sido donada a la caridad. Era uno de los temas que habían repasado en la oficina lujosa del abogado. El recibo de las donaciones se había usado como deducible de impuestos. También se había vendido una parte de la joyería —el dinero, de nuevo, a la caridad— y el resto se había puesto en una bóveda en el banco. Gil recordó haber pensado con amargura que si el dinero se los hubieran dado a ellos, podrían haber pagado la universidad de las chicas. Pero tal vez pensar aquello era morboso: una ganancia a partir de la muerte de su hermana. Incluso ahora así era con el dinero para cuidar a Matthew. Era horrible cómo en la muerte se reunían los contadores, se borraban las fronteras entre riqueza y ser, como si las personas fueran los bienes que dejaban tras su partida.

Pero el dinero podía ser una forma de llegar a la verdad. Si Matthew había contratado a Thomas, le tendría que haber pagado una suma considerable. Matthew podría haberlo hecho. Cuando repasaron la herencia, el abogado principal del fondo de los Westfallen les explicó las ramificaciones de impuestos y le mostró un papel a Gil. La cifra era de más de cuatro millones y medio de dólares. ¿Eran los impuestos que había que pagar? ¿Cada cuánto? Eso significaba que, como mínimo, había diez veces esa cantidad en el fondo… o más. Por lo menos cincuenta millones de dólares. La verdad era terrible: tener tanta riqueza acaparada por una sola familia, su familia, y no poder tocarla, usarla para mejorar la vida de sus hijas. Toda esa riqueza sin fondo iba para la persona que menos lo merecía.

La mejor forma de lidiar con ello era no pensarlo. Mirar a otro lado, repasar alguna melodía que sirviera de distracción. Pero ahora era la única pista que podía seguir.

Le dijo a Molly que le llamaría al abogado para hablar sobre el terapeuta. Una oportunidad.

La secretara respondió, y le preguntó si tenía una cita.

—No. Habla Gilbert Duggan. Llamo sobre el fondo Westfallen. Soy el tío de Matthew Westfallen. Sólo tengo un par de preguntas.

Gil podía sentir la acusación en el silencio que siguió. Había llegado, justo a tiempo, el pariente avaro intentando quitarle la herencia al pobre huérfano. Era exactamente la razón por la que los padres del muchacho habían contratado a un despacho tan robusto: para proteger a su hijo. Porque el despacho sabía bien, como lo sabía también la mujer al otro lado de la línea, que las personas se transforman en cerdos hambrientos dispuestos a devorarse entre sí para conseguir una pila de dinero de una fracción del tamaño del fondo Westfallen. Y aquí estaba, olisqueando como un cerdo —de hecho, como una rata, arrastrándose de las vías del metro para embarrar su cola sucia sobre el andén y esconderse en la boca oscura de un basurero—, buscando sobras que pudiera llevarse.

—Me temo que el Sr. Ripley no está disponible en este momento, pero puedo tomar un recado, si gusta.

—Claro. Matthew y yo estamos en la ciudad este fin de semana. —¿Quién es la rata ahora? ¿Acaso una rata codiciosa traería a su sobrino a la ciudad para que pudiera ver a sus amigos?—. Se me ocurrieron un par de preguntas. Nada urgente.

La mujer le repitió su número de teléfono de regreso.

—Así es.

—Le daré el mensaje.

—Okey —dijo, reprimiendo su necesidad de disculparse—. Muchas gracias.

—Hasta luego, señor —le dijo, casi escupiendo esa última palabra. O quizás, esperaba, había sido el sonido de la llamada que terminaba.

19

Tenía la noche libre, estaba en Nueva York, y la pasó en el departamento sin hacer nada. Ordenó comida china y recorrió los canales en el televisor que aún estaba, algo extraño, conectado al cable. Quizás porque no importaba. ¿Qué importaban unos cientos de dólares en pago domiciliado que salía de algún fondo? Valía la pena mantenerlo en caso de que Matthew visitara. A la medianoche, Gil se acostó en el cuarto de huéspedes, pero pasaron horas antes de que pudiera dormir.

El departamento era amplio y elegante, pero también estaba muerto. Un mausoleo. En cuanto se despertó a la mañana siguiente —no había rastro de Matthew— sabía que tenía que salir de ahí, acudir a algún sitio, desayunar. Se preguntó si acaso lo único que extrañaba de la ciudad era la comida, mientras se subía al tren de la línea 6. Había vivido ahí por más de una década. Debía haber otras cosas; librerías, museos. Nunca había ido al nuevo Whitney. Ahí estaba: debería intentar actuar como una persona normal. Darse un respiro.

Para cuando llegó al distrito de carnes en el East Village, Momofuku estaba abarrotado, pero como iba solo, consiguió un lugar en la barra. En el estruendo, tras ordenar, le envió a Molly unas fotos que había tomado en el Whitney, pero en cuanto lo hizo, sintió como si fuera incorrecto. ¿Qué estaba haciendo en la ciudad, exactamente? ¿Turisteando? ¿Saliendo a cenar? El mensaje se mostraba como recibido, pero no leído.

Caminó por First Avenue embriagado de ramen, rollos de cerdo y cerveza, en dirección al Bowery, que en algún momento de los últimos diez años se había vuelto una serie de *boutiques* de lujo. Los escaparates, y las personas a su alrededor, emanaban riqueza. La ciudad se había vuelto un diamante pulido y tallado, subiendo de valor, fuera del alcance de todos excepto de los millonarios. Pero algunas cosas seguían como las recordaba. Por ejemplo, junto a la librería McNally Jackson estaba un bar al que había ido una vez con Molly después de que su primera novela fue publicada, un momento en el que casi se convenció de que era una persona importante, o que podría serlo si tan solo escribía otra novela pronto, y claro, si atendía las fiestas indicadas. ¿Quién estaba presentando? ¿Su amigo de la New School que había escrito sus memorias? Las personas ahí dentro se veían como en ese entonces: jóvenes guapos y elegantes, arreglándose constantemente. Se detuvo, atrapado por el filo de la nostalgia, y entonces vio a Matthew.

El muchacho se estaba riendo y tenía la mano sobre el brazo de una mujer. En su otra mano tenía un vaso alto de cerveza, casi vacío, los bordes marcados por la espuma. Se inclinó el vaso para darle un trago y sus ojos se movieron hacia la calle, así que Gil bajó la cabeza y caminó hacia la librería de al lado, fingiendo contemplar el escaparate.

Intentó controlar el ritmo de su corazón, pero no podía. Esto era un regalo. Pero se sentía como un milagro. Vagaba por la ciudad y se encontró con Matthew. Alguien, o algo, quería tanto como Gil que Matthew recibiera un castigo. No estaba solo. La suerte estaba de su lado. Si no hubiera ido a cenar no estaría aquí, ahora, en este momento exacto. Sabía que era descabellado —se le había subido la cerveza— pero se sentía como una ofrenda. Ahora podía ver quién era el muchacho cuando los adultos no lo observaban, cuando tenía la guardia baja.

Apenas eran las ocho. No se quedarían en el bar toda la noche. Probablemente tenía tiempo para entrar a la librería —una coartada en caso de que el chico lo descubriera—. Miró con apuro, tomó un par de libros, pasó a la caja y regresó a la calle unos minutos después, pero estaba seguro de que ya se habían ido.

Más suerte. Matthew seguía ahí, recargado en la periquera, hablando con una mujer. Gil se detuvo. Era Susie, de Essex. Aquí en la ciudad, con Matthew. Las puntas de los dedos de Matthew tocaron la cadera de Susie y Gil observó cómo ella se acercaba a él, riéndose, tenía una copa de vino bajo su boca, los dedos de Matthew aferrándose a una de las trabillas de sus jeans negros.

Del otro lado de la calle había otro bar, casi vacío excepto por algunos turistas con sus bolsas de compras, reunidos alrededor de sus cervezas. Gil se sentó en un banco en la barra, con vista a la ventana iluminada al otro lado de la calle. El cantinero le pregunto qué le servía y él pidió una cerveza que se volvió mitad espuma. No importaba. Gil no estaba ahí para beber.

—¿Otra? —le preguntó el cantinero mientras Gil alternaba su mirada entre la ventana y su celular. Ningún correo, ningún mensaje de Molly.

Mientras le servían otra cerveza, Gil sacó su cuaderno. Si iba a estar aquí sentado, valía la pena aprovechar el tiempo. Pero cuando abrió el cuaderno las líneas ordenadas parecían burlarse de él. Escribió *El muchacho* al principio de una de las hojas y su letra era como los garabatos de un niño que está aprendiendo a escribir. O los garabatos de un loco.

Su teléfono estaba silenciado junto a su vaso, pero vio cuando entró la llamada. Lang, Ripley y Lyons, con (fondo de Sharon) debajo. ¿Le estaban marcando ahora? Bueno, era cierto lo que decían de que los abogados siempre están trabajando, no se la pasaban vagando en bares, espiando a sus sobrinos.

—Bueno —dijo Gil.

—Sí, ¿señor Duggan? Habla Albert Ripley, devolviéndole la llamada. Una disculpa por la hora, hemos tenido mucho trabajo por aquí. Me dijeron que tiene algunas preguntas sobre el fondo Westfallen.

—Hola, sí, gracias. Marcaba para preguntar por una de las cuentas de Matthew —dijo Gil, temblando con la voz. Los nervios lo tenían atrapado, como si estuviera haciendo algo malo. Y es que así era: espiaba a su sobrino, buscaba evidencia que probablemente no existía.

—¿Se refiere a una de las cuentas del fondo?

Supongo —dijo Gil. Odiaba esa estúpida idea: que el fondo era alguien a quien le pertenecían las cuentas. Una corporación con cuerpo. La corrupción del lenguaje que había llevado a… Concentración.

—Entonces —dijo el señor Ripley durante la pausa—. ¿A qué cuenta se refiere?

Como con la secretaria, había algo de cautela en su voz. Le había dejado claro a Gil en sus múltiples discusiones que el fondo era una entidad completamente separada de su responsabilidad como tutor. Si bien era útil que tuviera una idea de los bienes del muchacho y de su futura herencia, desde el despacho se encargarían de la gestión diaria. El mensaje era claro: no era de su incumbencia. Pero aquí estaba, entrometiéndose… tan pronto. El malintencionado tío vil, sacado de una novela decimonónica.

—Esa es la cosa, no estoy seguro. No tengo el número de cuenta. Sólo sé que hubo un retiro grande.

—¿Me permite preguntar para qué se usó el dinero? —dijo el abogado, ahora con total preocupación.

—Bueno, verá, es que Matthew hizo el retiro. ¿Hay forma de buscar algo parecido?

—¿Cuándo fue esto? —La voz del abogado se volvía más estricta con cada palabra, como ladrillos alzándose en una pared; una forma de impedirle el acceso a los bárbaros.

—No estoy seguro. ¿Quizás en diciembre? —Tendría que haber sido en esa fecha; Matthew tendría que haberle pagado al conductor antes del accidente.

La pausa esta vez fue más prolongada, y Gil se dio cuenta de que el abogado debía estar atando los cabos. En diciembre, cuando Sharon y Niles seguían vivos. Lo cual significaba, que verdaderamente, no era de su maldita incumbencia.

—Matthew me pidió que preguntara.

—Curioso. Justo vi a Matthew esta mañana —dijo el abogado— y no lo mencionó.

—Ah, me preguntó hace un tiempo y, bueno, lo olvidé, desafortunadamente, pero ahora estamos en la ciudad, en el departamento de Sharon y de Niles —¿Matthew había visto al abogado esa mañana? El chico estaba un paso adelante, le había explicado de alguna forma esos fondos al abogado, le había advertido sobre su tío prepotente que no entendía cómo funcionaba todo esto, verá, entonces si llamara, pues, hágale un favor a Matthew y solo muéstrele la salida. Esto no era de su incumbencia. No era su mundo.

—Sí, Matthew me lo dijo. — Fue todo lo que el hombre contestó. ¿Tenía acaso un acento inglés? ¿Cómo es que Gil no lo había notado antes? O quizás, como otros hombres ricos a los que había conocido, la voz del hombre encontraba esa cadencia cuando había que mostrarles su lugar a los campesinos.

—Si habló con Matthew hoy... —dijo Gil.

—Así es, almorzamos hoy. Niles era un buen amigo.

—Claro. Me aseguraré de que Matthew tenga todo lo que necesita —dijo Gil. El tío responsable. El ladrón truncado—. Tenía otra duda.

—¿Sí? —dijo el hombre, claramente molesto ahora.

—Me preguntaba si había alguien con quien Matthew hablara. Antes, en Nueva York.

—¿Con quien hablara?

—¿Un terapeuta? —dijo Gil—. Sharon mencionó algo al respecto, hace un tiempo.

—Hasta donde sé —dijo el abogado, guardando la voz, su tono formal—, Matthew no había estado tomando terapia, pero si usted cree que hay alguna razón por la que debiera hacerlo, ciertamente puedo conseguirle una recomendación. ¿Le está yendo bien en Vermont? Mi opinión es que, a pesar de todo, se ve bien. Pero puede ser bastante estoico y difícil de leer.

—Sí, claro, tiene razón, parece estar bien —dijo Gil.

—¿Ocurrió algo? —dijo el abogado.

—Pensé, como dice usted, que es difícil de leer y estamos preocupados —dijo Gil, agitado. A este hombre le pagaban para proteger a Matthew. Si Gil le compartiera sus sospechas, el hombre no comprendería, y probablemente se lo diría a Matthew. Le daría una razón al muchacho para tomar la iniciativa.

—Puedo pedirles a mis asistentes que compilen una lista de contactos. Pero debería hablar de esto con Matthew. Es lo suficientemente grande para ser parte de esta decisión—. Lo estaba regañando. Gil le estaba fallando a su sobrino.

—Por supuesto. Sí, lo haré.

—Y ahora que lo tengo en la línea, ¿lo contactó la policía para informarle sobre el accidente? ¿El arresto? —dijo el abogado con un tono grave.

—Así es. Me llamó la detective.

—Me lo dijo. A futuro, me gustaría pedirle que me contacte en cuanto la policía lo haga. Después de todo, estamos juntos en esto.

—Claro —dijo Gil.

—Me lo dijo la detective misma, por supuesto. Y hablé con Matthew, pero quiero asegurarme de que no haya ningún cabo suelto. No hay razón por la cual darle más preocupaciones al chico.

—Por supuesto que no —dijo Gil.

—Por favor, contácteme si tiene alguna pregunta —dijo el abogado y colgó.

La segunda cerveza de Gil casi había desaparecido. Agitando la espuma que quedaba en el vaso, le dio unos minutos más mientras le escribía a Molly, quien aún no respondía a sus mensajes… porque estaba ocupada cuidando a ambas chicas mientras él iba de museo en museo y bebía y arruinaba conversaciones con el abogado de Matthew.

Pero la persistencia de Gil fue recompensada. Mientras se levantaba para guardar su teléfono en su bolsillo, las puertas del bar al otro lado de la calle se abrieron y Matthew salió, rodeado de una multitud, protegiéndose del frío con su chamarra, haciéndola ondear a su alrededor, lana de tono gris carbón con un toque de seda azul. Susie estaba con él, la mirada clavada en Matthew, quien estaba al centro del grupo como un rey mientras bufaban nubes de aire frío. Miraban sus celulares, con sus cigarros encendidos, y emprendían la marcha. Una manada de jóvenes privilegiados y populares cruzando la calle.

Cogió su abrigo mientras observaba sus cabezas mecerse bajo la ventana, el sonido estruendoso de su risa burlona. Caminó hacia la puerta, contó hasta veinte, y salió a la calle. Pensó que los había perdido, pero luego vio el abrigo de Matthew, su silueta, su cabeza echada hacia atrás mientras soltaba una carcajada. Gil dejó que se adelantaran.

En Bowery giraron a la derecha, hacia SoHo. No había estado en esta parte de la ciudad de noche, menos la noche de un sábado, en mucho tiempo. Lo que antes eran almacenes abandonados y mesones baratos, ahora eran tiendas de alta gama y galerías de arte. Matthew y su séquito pasaron por los escaparates, se le atravesaron a un taxista sin miedo a usar el claxon al cruzar Grand, y Gil tuvo que esperar para seguirlos.

Dieron una vuelta una cuadra más adelante y Gil trotó para alcanzarlos, sabiendo que en esta parte de la ciudad las calles se enredaban. Casi se encontraba contra Matthew, quien estaba justo al otro lado de la esquina. El muchacho levantó la vista de su celular sin ninguna sorpresa.

—Tío Gil —le dijo, poniéndole una mano firme sobre el hombro—. Qué agradable sorpresa.

—Matthew —dijo Gil. Sus amigos estaban una cuadra más adelante. Susie iba detrás de ellos, volteando hacia atrás.

—¿Qué haces aquí, tío Gil? No estabas siguiéndome, ¿o sí? —Gil intentó quitarse la mano de encima, pero Matthew apretó más.

—¿Qué? No, por supuesto que no, estaba comprando libros. —Le mostró la bolsa, haciendo crujir al plástico en el silencio de la calle.

—¿Aquí?

—Creo que me perdí —dijo Gil, queriendo dar un paso, pero Matthew se lo impidió.

—Creo —dijo el muchacho con una sonrisa malvada, acercándose tanto que Gil podía oler la cerveza en su aliento— que me estabas siguiendo. Eso es lo que creo, tío Gil.

—No seas— dijo Gil, pero el muchacho apretó su hombro y Gil jadeó, se agachó y se liberó. Quería correr.

—Si no me estás siguiendo, ¿qué haces aquí? Digo, ¿es sólo una coincidencia? ¿Resultaba que no me estabas espiando en el bar? ¿Resulta que no nos seguiste hasta aquí? ¿Por qué corrías para llegar a la esquina? Qué improbable, ¿no? ¡Debe ser un puto milagro!

Ahí estaba. El Matthew que Gil conocía y que se escondía tras su sonrisa educada. Un pedazo de mierda cruel y doble cara, encorvándose sobre él a medio Orchard Street, iluminado por la luz azul de una tienda de sándwiches.

—O quizás estás siguiendo a Susie. Tu linda estudiante. ¿Es eso? Porque déjame decirte, creo que te vas a decepcionar, tío Gil.

—No tengo idea de lo que hablas —dijo Gil—. Susie los miraba desde la acera adelante, aunque el toldo del restaurante cubría a Gil. Al menos eso esperaba.

—Yo creo que sí, pero lamento mucho que no vaya a funcionar. No quiero sonar grosero, pero planeaba cogérmela esta noche. Sólo si no te importa. —El chico levantó las manos, como si hubiera roto algún código de propiedad implícito.

—Madura, Matthew —dijo Gil, notando algo de determinación en la brutal expresión del chico—. Estás borracho y deberías…

—¿Borracho? No estoy borracho. Quizás tú lo estás, tío Gil. Por tu bien, espero que sea así. Porque de otra forma, déjame decirte, es bastante espeluznante que estés siguiendo adolescentes por las calles. Esas mamadas son raras. Digo, ¿qué crees que piensa Susie? Quizá deberíamos preguntarle. O puedes venir con nosotros al bar, allí podemos hablar de libros, de escribir narrativa.

El chico se acercó y Gil se intentó cubrir, pero tropezó con una grieta en la banqueta. Perdió el equilibrio y casi cayó en la calle, pero logró asirse de un poste de luz.

—Oye, cuidado, tío Gil —dijo Matthew—. No me gustaría ver cómo caes a la calle. No me gustaría que te atropellaran. Sería verdaderamente lamentable. Tus pobres hijas, ahí en el bosque sin nadie que las cuide. —Sonrió. Las hileras de dientes blancos brillaban con la luz del restaurante—. Pero no te preocupes, profesor. Me encargaré de que estén a salvo. Y tu esposa, la dulce y gentil tía Molly. Molly, Molly, Molly.

Un taxi salió de Bowery y aceleró hacia él, zigzagueando un poco en su carril. Tensó su cuerpo, listo para que el muchacho lo tomara del abrigo y lo arrojara hacia la calle. Pero el taxi pasó, dejando una ráfaga de aire frío. Gil seguía en la acera mal iluminada. Cuando se dio la vuelta, Matthew se marchaba.

Los buenos modales del chico eran una máscara más frágil de lo que parecía. Lo que había visto era más claro de lo que pensaba que era posible. No debía sentirse feliz por esto. Pero, Dios, lo estaba. A pesar del martilleo en su pecho, a pesar de sentir que con cada paso el suelo podría abrirse, tragárselo y dejarlo en la oscuridad, se sentía más feliz de lo que recordaba en mucho tiempo.

20

Gil le puso seguro al cuarto de huéspedes antes de irse a la cama. Le dolía la cabeza por la cerveza, y todo lo que probablemente debió haber sentido en la calle cayó sobre él de golpe: olas irregulares y constantes de confusión y enojo.

¿Cómo se atrevía ese pendejo a hablarle así? Él era lo más cercano que Matthew tenía a un padre. Si bien Gil no había sido muy paternal con el chico, el muchacho había actuado igual con sus padres reales. Al parecer así se les hablaba a los adultos cuando eres un pedazo humeante de mierda feroz.

Tenían que conducir de regreso a Vermont por la mañana. Matthew podría cruzarse y tomar el volante, sacarlos de la carretera, o girar directo hacia un camión, podría golpear a Gil, noquearlo, salir de la carretera y conducir hasta algún tramo de terracería y sacar una pistola o un cuchillo que habría tomado de la cocina, sacaría a su tío del coche y hundiría el filo en el cuello palpitante de Gil, jalaría su cabeza hacia atrás para cercenar la arteria, teniendo cuidado de no manchar su abrigo gris. De alguna forma logró dormirse. La cerveza le ayudó. Le envió a Molly un cuarto mensaje antes de cerrar los ojos.

Cuando despertó, crudo y tieso, pero vivo, había una respuesta: «¿Llegas a casa hoy? ¿Tiempo de llegada?".

Ella no había querido que Gil viajara a la ciudad, pero estaba equivocada. No había sido una pérdida de tiempo. La verdad estaba aquí. Gil lo había visto, lo había enfrentado en la calle bajo el brillo fluorescente de aquel restaurante.

El pasillo estaba vacío pero la puerta de Matthew, al fondo, estaba cerrada. Había estado abierta la noche anterior, así que había llegado. Gil fue a la cocina y se enfrentó a la compleja cafetera de los Westfallen hasta encontrar la forma de preparar una jarra. Se sentó en un banco en la barra a dejar que el dolor de cabeza fuera y viniera tras sus ojos mientras el agua hervía y burbujeaba.

—Oh, profesor Duffan. —Escuchó a una voz llamarlo. Gil se dio la vuelta en el banco tan rápido que casi cayó, sosteniéndose justo a tiempo de la barra de mármol.

Era Susie y llevaba sólo una camisa de botones blanca. Por debajo, sus delgadas piernas se extendían hacia el suelo y sus pies descalzos se torcían hacia dentro sobre los azulejos.

—Oh, hola —dijo Gil, levantándose. Llevaba la camiseta estirada con la que había dormido, pero afortunadamente se había puesto pantalones antes de salir de la habitación. Despegándose la camisa de la panza, señaló a la barra y le dijo:— ¿Café?

—Ah, sí, claro, si hay suficiente —dijo ella, bajando su nerviosa mirada, volteando al pasillo detrás de ella.

—Hay suficiente. —Luego recordó que él no tendría por qué saber que Susie estaba ahí. Despues de todo, no es como que se hubiera pasado la noche espiándolos o algo—. ¿Qué haces aquí? Digo, en la ciudad —«Y aquí. En el departamento de mi hermana muerta, con mi sobrino malvado».

—Matthew, él, pues, su amigo tuvo una fiesta ayer. —Tropezó sobre cada palabra como si fueran engranajes de un motor desconocido que ella, de alguna forma, debía ensamblar.

—¿Qué tal estuvo la fiesta?

—Muy divertida —le dijo, con una sonrisa. Por un momento no supo decir qué se veía distinto sobre ella, más allá de su falta de ropa—, y luego se dio cuenta de que no llevaba sus lentes. Esperaba que no pudiera verlo claramente, que no pudiera darse cuenta de lo jodido que se veía. No que a ella le importara su apariencia. Pero a él podía importarle un poco, ¿no es cierto? ¿Un poco de autorespeto básico? No era que la deseara, como había sugerido Matthew. Era una joven hermosa, incluso con el cabello despeinado, pero él había sido maestro tanto tiempo para saber que a esa edad eran básicamente niños. No lo parecían, sin embargo, su adolescencia, esa parte de ellos mismos que ansiaban dejar atrás, se aferraba a sus veintes. Le gustaba Susie, pero no porque fuera bonita, sino porque era inteligente, atenta, y trabajadora. Pero, al parecer, no lo suficiente para alejarse de Matthew.

La cafetera hizo un pitido y Gil se puso a buscar tazas, leche —no había— y azúcar. Le puso una taza en la barra a Susie y ella dijo:

—¿Me das otra? —Hizo un ademán en dirección al fondo del pasillo, sonrojándose.

—Aquí están —le dijo, señalando.

Caminó a la barra junto a él y Gil pudo oler su cabello, el débil aroma a vainilla, y se alzó de puntas, la camisa levantándose de sus piernas, revelando, por un instante, la curvatura de sus nalgas, sus calzones negros con encaje. Llenó la taza y caminó lentamente por el pasillo con una taza en cada mano.

Gil se llevó el café de regreso al cuarto, donde afortunadamente tenía un baño propio. Mientras se bañaba, se obligó a bloquear cualquier pensamiento sobre las piernas de Susie, su culo, el olor a vainilla. Abrió la llave a la mitad y salió agua fría, como un diluvio de castigo.

No habían hecho planes sobre la hora de regreso, pero Gil empacó. Pasaban de las diez. La puerta del cuarto de Matthew estaba emparejada y escuchó la risa salvaje de Susie. Intentó leer en la sala, pero sólo observaba las casas al otro lado de la calle: estaban en blanco, sus ventanas reflejantes no revelaban nada.

Una voz ahuyentó la somnolencia que se posaba sobre él.

—Hey, tío Gil, ¿qué tal tu noche? —Matthew se asomaba desde la puerta como si lo hubiera estado observando.

—¿Qué? Bien. ¿Listo para partir?

—Casi listo —dijo Matthew—. Susie se viene con nosotros. Se iba a regresar en autobús, pero le dije que era una locura.

No veía a Susie por ningún lado, pero seguramente estaba ahí, escuchando, y no había razón para decir que no. Al menos ahora no estaría solo en el carro con Matthew. Había decidido que tenía que hablar con el chico sobre la noche anterior, sobre la forma en que el mocoso le había hablado. No podía dejarlo pasar, pero cada vez que se imaginaba la conversación terminaba mal. Y ahora tenía una coartada para su cobardía.

—Claro, sin problema. ¿Nos vamos en veinte?

—Como sea —dijo Matthew, dándole una palmada a la pared y regresando a su habitación.

Cogerían por última vez, se imaginó Gil, por la forma alegre con que el muchacho cerró la puerta.

Matthew estaba en el asiento de copiloto, girándose en el asiento para hablar con Susie mientras Gil conducía hacia el límite de la ciudad: «¿Podía Susie creer lo pendejo que Fulano era? ¿Y qué me dices de Fulana? Una zorra.

No, completamente lo era. No, escucha, algunas personas son zorras. Esa chica, en verdad, era una total zorra».

—Zorra, Matthew, ¿de verdad? —dijo Susie, dándole un golpe en el hombro—. ¿Acaso te volviste un chico tonto salido de una fraternidad?

—¿Chico tonto? Lo siento, pero una zorra es una zorra.

—Te escuchas como todo un ridículo —le contestó—. Pero eres joven, quizás todavía tengas remedio.

Gil miró a Susie por el retrovisor, y se decepcionó al descubrirla sonriendo. Quizás esto era parte de su relación: Matthew actuaba como un chico malo y ella se reía, porque claro que pensaba que él era, en realidad, todo un caballero refinado, con ropa impecable, amigos ricos y una mansión en Manhattan.

Por el espejo Gil podía ver la esquina de un cuadro envuelto junto a Susie. Matthew lo había tomado del departamento. Gil le preguntó qué era mientras bajaban por el elevador. ¿Algo para su cuarto en Vermont? Se sentía como un fraude preguntándole. Sacándole conversación al malandro que lo había amenazado en la calle hace tan solo unas horas.

—Es para Molly. —Acomodó el cuadro bajo su brazo e hizo crujir el papel que lo envolvía.

—¿Molly? —dijo Gil.

—Es de una artista que le gusta. Mi mamá tenía un par de sus cuadros. Así que, ya sabes, pensé que le gustaría. —Susie miraba a Matthew maravillada; su novio indulgente llevaba regalos.

Gil sintió una corriente de celos y ansiedad. ¿Una artista que Molly conocía? Significaba que era algo caro. Lo cual significaba, un regalo para Molly que Gil ni de broma podía conseguir. Lo peor es que no había pensado en llevarle nada a Molly o a las chicas. Era un imbécil, obviamente, y Matthew saldría parado como el chico bueno.

Una vez en la carretera, Matthew perdió el interés en la conversación con Susie y cerró los ojos con un suspiro resonante.

—Oh, profesor Duggan, quería decirle —Susie se inclinó hacia delante, rodeando el asiento de Matthew con el brazo y poniendo la mano sobre su hombro—, leí el libro que me recomendó.

Gil no tenía idea de lo que hablaba porque le sugería lecturas a todos sus alumnos.

—Hice un recorrido; mientras estaba en la ciudad, me refiero. Del barrio. Esa parte del West Village. Donald Barthelme vivía por ahí también.

Lo tenía. Grace Paley.

—¿Qué libro?

—Ya tenía sus *Cuentos completos*, pero encontré una primera edición firmada de *Cambios enormes al último minuto* en una biblioteca en el centro. Matthew me lo compró.

La vio por el espejo mirando al muchacho con cariño, quien seguía fingiendo, ridículamente, que estaba dormido.

—Es un bonito regalo —le dijo. Matthew lo ignoró, su cuerpo seguía girado hacia la ventana. Un generoso dador de regalos dormilón.

—Mi favorito es «Deseos», o quizás «Conversación con mi padre». Le describió lo que le encantaba de esos cuentos, la metaficción utilizada, juguetona, pero sin volverse pesada y sin tomar protagonismo. Comparó los cuentos de Paley a los de Barthelme y a John Barth también. Si, está bien, había cometido un error al salir con Matthew; sin embargo, era una de las mejores estudiantes que jamás había tenido. Eran estudiantes como Susie que hacían que su trabajo valiera la pena, faros brillantes de entusiasmo que iluminaban la niebla de la indiferencia que merodeaba a la mayoría de los estudiantes.

Ella le preguntó qué libro estaba leyendo y Gil tuvo que arrastrarse por su resaca para recordarlo. Esa nueva novela del autor italiano que quería que le gustara, pero en realidad no era así. Hablaron sobre traducciones y *podcasts* nuevos. Le preguntó a Susie si había escuchado alguna vez la grabación de un cuento en específico de Barthelme. No la conocía, así que Gil la encontró en su celular, y atravesaron la carretera riéndose. Por un momento, casi era posible olvidarse de todo: la cara de Matthew y su horrible sonrisa bajo la luz azul del restaurante; la pintura, el ataque a Gil en tantas maneras.

Matthew no dijo nada el resto del camino, fingió dormir. Pero cuando Susie apuntó a una casa de madera al norte de Church Street, el muchacho —obviamente era falso— hizo como que despertaba.

—Aquí está bien, justo aquí —dijo Susie, y Gil se detuvo junto a la banqueta.

—Fue lindo hablar con usted, profesor Duggan. Lo veré en clase —le dijo mientras salía del asiento trasero.

Matthew no dijo nada, y Gil quiso decirle que no fuera un patán.

—Nos vemos. —Logró decir el chico una vez que Susie había salido—. Te escribo.

—Okey —dijo Susie, sin poder suprimir un destello de dolor.

Hizo una pausa, su mano sobre la puerta, como si esperara que Matthew le dijera algo más, pero el chico mantuvo la vista fija hacia delante, y ella cerró la puerta. Por el retrovisor, Gil podía ver cómo los veía desde la banqueta con su mochila colgando de sus manos.

Matthew salió del auto en cuanto llegaron a la entrada del garaje, tomó el cuadro del asiento trasero, y entró a la casa antes de que Gil bajara su maleta de la cajuela. Mientras Gil se quitaba las botas miró a Molly poner el cuadro, aún envuelto, sobre la mesa.

—Oh, Matthew, no tenías que hacerlo.

—Sólo pensé, ya sabes, está ahí en un departamento vacío y aquí lo verás —dijo Matthew con sus brazos cruzados, sonriendo, encantado consigo mismo.

Molly quitó la cinta y dobló el papel que envolvía el cuadro. Gil no podía ver el cuadro, pero podía ver la expresión en la cara de Molly, la sorpresa, su expresión de —no había otra forma de describirla— alegría pura.

—Oh por Dios —dijo, levantando una mano como si fuera a tocar el cuadro hasta detenerse y llevarse la mano a la boca.

—A mi mamá le encantaba esta artista — Y me dijiste que te gustaba su obra —El muchacho se veía complacido, sonriente, sus manos estaban en sus bolsillos, mientras se balanceaba sobre sus pies.

Gil dejó su maleta y atravesó la cocina: parecía un dibujo desde este ángulo. Líneas fuertes y cruzadas, saliendo de los ojos de una mujer al centro de la imagen, como si de sus ojos se dispararan rayos que rebotaban por el cuadro.

—Matthew, ¡Kiki Smith! Es demasiado. No puedo —dijo Molly sin dejar de observar el dibujo.

—A mi mamá le habría gustado que lo tuviera alguien que lo apreciara.

Había algo en la voz de Matthew que Gil no había escuchado antes. Un temblor. Una ternura. *Mi mamá.*

—Gil —Lo miró con ojos llorosos—, ¿ya viste?

—Lo veo. Es hermoso.

A mi mamá le encantaba su obra —dijo Matthew—. Parte de la tuya me recuerda a su obra, así que pensé que este era el indicado.

—Matthew, esto es hermoso, gracias —dijo Molly, girándose para abrazar al muchacho, quien, Gil notó, le devolvió el abrazo con sus ojos cerrados. Porque estaba siendo cuidado. Porque era un chico, un niño, un huérfano necesitado de amor.

Cuando Molly lo soltó el chico se dio la vuelta y subió por las escaleras con su maleta. Gil y Molly lo miraron subir.

—Dios, Gil, ¿sabías sobre esto? —le dijo Molly cuando el chico se había ido.

—¿El cuadro? —dijo, como un tonto.

—No debiste dejarlo hacer esto. Es Kiki Smith. Es demasiado —Su voz todavía temblaba de la emoción.

Gil vio el dibujo más de cerca. Lo que había pensado que eran rayos saliendo de los ojos de la mujer podrían ser más bien lágrimas. Eran de varios colores, líneas de azul y amarillo y rojo que brillaban. Quizás lágrimas no era la palabra correcta, ya que salían de sus ojos, pero luego regresaban a la página rodeando su cabeza. Lágrimas que se volvían rayos de luz.

—No me pidió permiso — dijo Gil, escuchando de inmediato la amargura y los celos en su propia voz, y añadió de inmediato—. Supongo que quería que la tuvieras.

—¿Dónde lo colgamos? ¿Aquí abajo? ¿En nuestro cuarto?

—Donde tú quieras.

Tocó el marco con la punta de los dedos. Gil no podía contarle sobre el encuentro en la calle, sobre la revelación que había tenido del verdadero Matthew, no ahora. ¿Quién creería la versión de Gil? ¿Quién creería que el chico que había visto en la calle daría un regalo así? Y en su escepticismo, Molly sabría que no se había encontrado con el muchacho de casualidad. Sabría que Gil había seguido a Matthew. ¿Y qué prueba había de lo que Gil contaba del encuentro? El muchacho había sido un borracho insufrible. No era sorprendente. Nada nuevo. No sería capaz de transmitir la amenaza, la violencia que había sentido emanar del muchacho. El encuentro le había parecido a Gil una prueba de la naturaleza del chico, su potencial violento, su *maldad*. No podía explicarlo o describirlo con precisión. Y ahora, ella se alejaba caminando, dejándolo sin nada que hacer más que bajar su maleta de ropa sucia a la lavandería.

21

Junio, 2012

No fue un sueño. No exactamente. Debe haber un nombre para ese proceso que atraviesa la mente al regresar al atemorizante espacio entre la imaginación y la memoria, donde se piensa demasiado en ello, y entonces lo tuerce y lo dobla hasta que cambia de forma, hasta que una nueva versión crece como una mancha y cubre la original, y cuando piensas en ese día, lo que recuerdas es lo que construiste, la narrativa falsa, casi enteramente ficción.

Gil vio a Matthew arrojar a Ingrid a la alberca en su sueño, en la ensoñación. El sonambulismo lo mantenía dormido, mientras observaba, paralizado, sin poder hacer algo. El sol lo fijaba a su camastro. Ingrid jugaba en la sombra, lejos del agua. Su chica buena.

Matthew debió haberlos observado un rato. Cerciorándose de que Gil estuviera dormido. Cuando se deslizó la puerta corrediza, la mirada licántropa se posó sobre él, esperando una reacción. Gil no se movió, porque no podía por el sol, y porque estaba, en definitiva, dormido.

Matthew cruzó el concreto ardiente sobre la bola de sus pies hasta las sombras, donde Ingrid estaba agachada jugando con unas piedras.

—¿Qué estamos haciendo? —dijo, imitando a un adulto amable.

Ingrid lo miró, cautelosa, volteando a ver a su papi, dormido.

—¿Con piedras? —dijo Matthew— ¿Son personajes?

—Más o menos —dijo, mirando su puñado de piedritas, algunas traslúcidas y brillantes y otras oscuras. ¿Cómo podía explicarlo? Había estado jugando, hacía algunas voces, pero casi todo era en silencio.

—¿Pueden nadar? —le preguntó Matthew, tomando su favorita, una piedrita transparente que resplandecía como un cristal mágico.

—No lo creo. Son piedras.

—Quizá puedan. Tenemos que ver.

Caminó hacia la alberca, lanzando y atrapando la piedrita en su mano. Ella lo siguió, quería ver porque ¡sería increíble si nadara!, aunque también tenía miedo. No quería que arrojara la piedra al agua; se hundiría hasta el fondo y su papi no podría encontrarla, pero ella no podía llorar porque era solo una piedrita y era ridículo llorar por una piedrita. Ingrid lo sabía.

Matthew miró a Gil: los observaba, pero no podía moverse. Era como si el niño lo estuviera inmovilizando con la mirada, presionándolo contra el camastro ardiente.

—Aquí vamos —dijo Matthew, haciendo saltar la piedrita más y más hasta que saltó hacia el agua y cayó levantando una diminuta gota. La piedra se hundió, reluciendo. Ingrid ya no podía verla.

—¿Puedes verla? —dijo Matthew, agachándose para susurrar en su oído— ¡Mira! —Apuntó al agua, pero ella sólo podía ver fragmentos de luz que bailaban en medio de la alberca—. Está nadando, mira. Sí puede nadar.

Sonaba convincente, e Ingrid se asomó para ver y, por un momento, pudo: la piedrita transparente luchaba contra el peso del agua, nadando hacia la superficie. Un momento después, las manos de Matthew estaban bajo sus brazos, levantándola y arrojándola a la alberca. El agua se cerró a su alrededor y se hundió al fondo azul.

El ruido del agua fue el que despertó a Gil, disipando el peso que sentía. El chico estaba parado mirando el agua, observando descender a la niña, que agitaba sus brazos y daba patadas. El chico observó con decepción cómo el padre se levantaba tambaleando hasta la alberca y sujetaba el aire con ambas manos antes de arrojar su cuerpo pálido a la alberca y pegar un alarido.

22

Marzo, 2018

Gil fue un desastre las dos semanas que siguieron, aunque para otros sólo se trataba de la rutina apurada de mitad del semestre: clases, calificaciones, preparar ponencias, leer los trabajos de los estudiantes, hojear textos académicos de los que espigaba —en el sentido más exacto de la palabra, enfatizando la dificultad— ideas con las que dar una clase sobre W.G. Sebald; aunque, basándose en los cuestionarios que sus alumnos debían responder, la mayoría ni siquiera había abierto el libro. Quizás lo habían hecho, pero al ver los gigantescos bloques de textos y, tras esforzarse unos minutos por descifrar los enunciados sintácticamente complejos, habían dicho «A la mierda».

Su taller de narrativa había encontrado el ritmo habitual: los alumnos apenas leían los cuentos que les asignaba en las antologías, abrumados por la inminente temporada de exámenes, pero lograban al menos prepararse para el taller, en el que Susie los guiaba, hasta mejor que Gil. En esta labor contaba con la ayuda de Matthew, su escudero o su pareja. Así lo veían el resto de sus compañeros. Gil sentía que era evidente que eran novios; los había visto en una tienda de sándwiches en Burlington, tomados de la mano sobre la mesa; los había visto atravesar el campus juntos, durante una nevada, sus hombros lado a lado; había escuchado a Matthew hablar con ella por teléfono, como su voz a veces bajaba a un susurro, con palabras risueñas y luego una risa desatada.

No había cómo escapar del muchacho. Gil llegó a la casa una tarde y se encontró con una Ingrid llena de júbilo: había sacado una nota excepcional en la presentación que Matthew le había ayudado a realizar. Su maestro la felicitó porque fue la mejor presentación que había visto en sus veinte años como profesor. ¿No era maravilloso, papá? Claro que estaba orgulloso de ella, pero le daba asco la manera en que las niñas y Molly le daban a Matthew todo el crédito, como si fuera su logro. Y el chico recibió los elogios, sin embargo, jamás dijo «Ingrid hizo todo el trabajo duro».

Incluso en Essex, más allá del aula, el chico estaba ahí. Un novelista al que Gil admiraba dio una ponencia en la universidad y se reunió con los estudiantes de escritura creativa. Molly, quien también admiraba su obra, acompañó a Gil al evento. Se reunieron con el escritor en un auditorio: era un hombre alto y tímido de pequeños anteojos, que vivía en Brooklyn. Molly habló con él, emocionada, sobre la ciudad, los barrios en los que habían vivido, lo mucho que la extrañaba.

Gil no había visto a Matthew entrar, pero al tomar asiento volteó a ver a sus estudiantes y lo vio, dos filas detrás de él, mientras Susie le susurraba al oído con una sonrisa pícara, como si estuviera siendo sarcástica o estuviera hablando de sexo.

Durante la ronda de preguntas, Matthew, por supuesto, hizo una. En su voz presumida y articulada desvarió sobre cómo se situaba el escritor en relación con la novela europea, más allá de la novela estadounidense, ya que su obra claramente dialogaba con Bernhard y Handke y Nabokov. La pregunta, que en realidad era un comentario, fue otro truco de Matthew para lucirse, pero el escritor asintió mientras el chico hablaba y le dijo:

—Es una excelente pregunta. Claro, esos escritores son sumamente importantes para mí.

Molly fue a saludar a Matthew tras la lectura, pero Gil se quedó hablando con sus colegas hasta que fue momento de ir a cenar a Church Street, una cena que Gil intentó disfrutar pero que estaba contaminada por Matthew, como tantas otras cosas. Quizás era irracional. Molly diría que el chico no había ido al evento para acechar a Gil, sino para ver al novelista leer: «Sé razonable, Gil». Pero no lo soportaba. Este no era el lugar del chico, estaba mal, lo estaban todos, incluidos los detectives en Nueva York, quienes no hacían nada. No había recibido otra noticia sobre el caso desde que arrestaron al conductor, hacía semanas. Lo peor de todo era la claridad con la que Gil sentía que Matthew jamás tendría que pagar por lo que hizo. Gil estaba seguro de eso: el chico había asesinado a su propia madre, a su hermana, y aquí estaba, comiendo papas fritas y siguiendo con la vida como si nada hubiera cambiado.

En el camino de regreso a casa, Molly dijo:

—Fue encantador, Gil. ¿Y muchos de tus alumnos asistieron? —Ella conducía, ya que Gil se había pedido un *whisky* después de la cena. Desde el asiento del copiloto podía ver la oscuridad del campo más allá de la ventana del coche; más adelante, un par de faros se asomaron por los árboles y desaparecieron.

—Creo que sí —respondió con mezquindad, de malas porque lo estaba—. Claro, una gran conferencia.

Molly lo miró molesta cuando se detuvieron en la intersección de Irish Hill Road, pero luego lo dejó ir. Quizás ella quería que dijera algo sobre Matthew. Sobre lo cumplido que era como estudiante, tan inteligente, blah, blah, pero Gil no cedería.

El segundo cheque por los cuidados del muchacho llegó a su cuenta de banco, y se sentía como otro regaño: ¿cómo podía quejarse del niño cuando recién habían logrado pagar seis mil dólares de deuda y este mes podrían pagar otro tanto? Lidia con ello. El resto de la familia lo hacía.

Gil apenas había hablado con el chico desde Nueva York, no podía regresar a la normalidad luego del encuentro en la calle. La situación le parecía más y más amenazadora mientras el tiempo pasaba.

Una semana después del viaje a Nueva York, mientras se peleaba con su almohada y maldecía en voz baja las sábanas enredadas, Molly le preguntó:

—¿Pasa algo, Gil? No estás actuando como de costumbre.

—Exactamente lo que todo hombre espera escuchar de su esposa —dijo Gil, intentando evadir el tema con un chiste.

—Vamos. Habla conmigo.

—Sí quiero hablar, pero, yo, Molly, digo…

Ella espero a que él siguiera, sus cejas levemente arqueadas.

—¿Es sobre Matthew?

—Sólo es que… fue un verdadero imbécil, en Nueva York.

—¿Cómo? —Gil notaba el escepticismo en su voz, porque Matthew le había regalado el Kiki Smith y hacía mucho por las chicas.

—Trajo a una chica de vuelta al departamento. —No le dijo que había sido Susie. De alguna forma, eso podría implicarlo a él. Quizás era el deseo que había sentido al verla ahí con la camisa blanca.

—¿Qué chica?

—Alguien de la fiesta, supongo. Y fue un patán, en general. Ni siquiera me dio las gracias.

—Es poco cortés, pero ¿qué esperabas? Digo, tú querías ir con él.

—Lo sé, Molly, es mi culpa, soy un tonto —dijo, como un chiste, aunque había sonado mal. Gruñón y agresivo.

—¿Qué hay del abogado? ¿Hablaste con él? —le susurró.

—Sí. Me dijo que no sabía nada sobre ningún terapeuta.

—Qué extraño. ¿No te había dicho Sharon que estaba viendo a alguien?

Molly se inclinó hacia él en la cama y puso su mano sobre su brazo. El calor de sus dedos rozando su piel le recordó que no había tenido relaciones desde que Matthew se había mudado. Había incontables explicaciones. Estaban al final de sus cuarentas — la lista podría detenerse ahí, pensó—; era el inicio del semestre, estaban cansados; los chicos usualmente estaban en la casa. Su matrimonio había atravesado épocas así antes. No significaba nada, pero era otra marca de la distancia que Matthew ponía entre él y su familia. Molly le sonreía, pensando que había entendido algo, pero no era así. No podía entenderlo porque no le había contado todo.

Dos semanas después del viaje a la ciudad, Matthew recogió a Chloe de su ensayo para el musical. Mientras ponía la mesa, Gil se dio cuenta de que aún no habían llegado.

—Ah, lo siento, lo olvidé —dijo Molly, levantando la mirada de su libro—. Me escribieron.

—¿Te escribieron? —dijo Gil, apretando una servilleta.

—Chloe y Matthew. Al parecer hay una reunión en casa de Lily. Les dije que estaba bien.

—¿Una reunión? ¿Como una fiesta? ¿Y Matthew está ahí?

—Al parecer a Lily le parece guapo —dijo Molly con una sonrisa, como si fuera adorable.

—¿Y a qué hora regresan? Va a nevar hoy.

—Le dije a Chloe que más tardar a la medianoche —dijo Molly, levantando de nuevo su libro.

Gil apretó la mandíbula y acomodó las servilletas. Regresó a la cocina a revisar el pollo, que por la piel parecía haberse sobrecocido. Durante la cena intentó mantenerse tranquilo, pero no podía conversar, y se resignó sólo a escuchar distraído mientras Molly e Ingrid hablaban sobre las flaquezas de sus compañeros de sexto de primaria.

Dejaron que Ingrid escogiera la película después de la cena, y la niña se quedó despierta más tarde de lo usual. Eran las once y media cuando Molly regresó a la sala tras arropar a Ingrid.

—Me voy a la cama.

—Subo en un ratito —dijo Gil, pasando un trapo sobre la mesa, aunque ya estaba limpia.

—Gil, Chloe me escribió a las nueve. Estoy segura de que están bien —le dijo como si estuviera siendo ridículo. Él sentía en ese momento que no era así. Ella estaba siendo ridícula por haber dejado su hija salir con ese muchacho.

—¿Estás segura? —Le respondió, sin poder evitar su tono—. ¿Estás segura de que todo estará bien? Porque Matthew está conduciendo a nuestra hija por ahí de noche y no lo entiendo, no entiendo por qué sigues siendo tan permisiva con él. —Sonaba incoherente, desequilibrado. Se sentía furiosamente desequilibrado. Su hija estaba ahí fuera con Matthew, haciendo quién sabe qué.

—¿Permisiva en qué? —dijo, cruzando los brazos en señal de defensa.

—Sólo no entiendo todo esto, este actuar como si Matthew fuera un chico bueno. Molly, no lo es. Si hubieras estado en Nueva York, si hubieras escuchado cómo me habló. Mira, tienes que… —dijo Gil, abrumado por la ira—solo estoy, solo quiero —Debía haber alguna forma de hacerla entender, llevarla más allá de las defensas y seducciones que el chico desplegaba, pero antes de que pudiera terminar, un par de faros iluminaron la entrada y se estacionaron junto al Subaru.

Molly lo escarmentó con la mirada mientras la puerta se habría y entró Chloe con su brazo alrededor del cuello de Matthew. Las piernas de Gil temblaron, la cabeza se le puso ligera, y se tuvo que sostener del sillón para no caer: aquí estaba lo que tanto había temido, lo que había intentado advertirle a Molly. Matthew la había lastimado, su pequeña Chloe, y ahora la arrastraba de regreso a la casa para mostrarles lo que había hecho.

—¿Chloe? —dijo Molly. La chica levantó una mirada pesada, la boca abierta.

—Le dije que se detuviera —dijo Matthew, llevando a la chica a la cocina, donde se recargó contra la barra con un gemido.

—*Shots* de gelatina —dijo el chico.

—Oh, Dios, Chloe, no —dijo Molly, alejando el cabello de la mirada hinchada de la chica.

—No —dijo Chloe, alejando a su madre—. Cama, necesito acostarme.

—Vomitó en casa de Lily —dijo Matthew—, pero no en el coche, así que pienso que está mejor —Había calma en su tono, algo parental: «Estos chicos locos, ¿qué se les puede hacer?» Su cabello y sus hombros estaban espolvoreados de nieve, y se veía arreglado y guapo, mientras que Chloe, derrumbada sobre la barra, su abrigo abierto, su pantalón arrugado sobre una de sus botas, tenía una pinta desastrosa.

—Matthew, cómo, no estabas, no —Gil balbució—. ¿Estuviste tomando?

El chico lo miró incrédulo, levantó sus llaves y las agitó.

—Claro que no. Conductor designado. De hecho, Susie está en el coche, necesito llevarla a casa. Así que… —Señaló a Chloe, cuya cabeza colgaba, la boca abierta como un loco babeando.

Antes de que Gil pudiera detenerlo, Matthew abrió la puerta y salió al frío. Gil caminó hacia la ventana a tiempo para verlo acomodarse en el asiento de conductor junto a Susie, quien soltó una carcajada por algo que el chico había dicho mientras la cabina se oscurecía y los faros iluminaban la casa.

—Gil, un poco de ayuda —dijo Molly.

Ayudaron a Chloe a subir las escaleras, sus piernas sin fuerzas, murmurando que estaba bien, Dios, paren, estaba bien, sólo estaba cansada, ¿no sabían que estaba tan cansada?

Molly la cambió de ropa, la obligó a tomar un poco de agua, y la regañó, aunque muy poco. Entendían que casi tenía dieciséis años y que iría a fiestas, pero, ¿qué no le habían hablado del alcohol? Sí, gritaba Chloe, despierta de repente. Lo sentía, ¿está bien? Dios mío, ¿no podían entender que lo sentía? Los ojos se le llenaron de lágrimas, pero Molly le preguntó qué habría pasado si Matthew no hubiera estado ahí. «Mamá, detente, lo sabía, lo sentía». Gil estaba parado en la puerta sin añadir nada, sintiendo los residuos del miedo que había sentido cuando entraron por la puerta. La cara apagada de Chloe, Matthew arrastrándola como un saco solo para salir corriendo de nuevo. Libre como el maldito viento.

—Está bien; bueno, por ahora, descansa —dijo Molly, acariciando el rostro de su hija.

—¡Lo siento! —gritó Chloe, por última vez, escondiendo su cara bajo una almohada.

Una vez en su habitación, Molly dijo:

—Al menos no le ocurrió nada. Gracias a Dios que Matthew estaba ahí.

Gil no pudo evitar soltar una carcajada sarcástica desde el baño donde se contemplaba en el espejo: ojeras, lunares de edad en sus entradas, pelos oscuros que salían de su nariz, iluminados por la luz..

Molly se levantó y caminó a la puerta del baño.

—Lo digo en serio, Gil. La trajo a casa. Se mantuvo sobrio. Pudo haber sido mucho peor.

—Pues perdón si no me emociona que Matthew haya traído a nuestra hija a casa borracha.

—Del plan que ella tenía, Gil. Estaban en casa de Lily. No es culpa de Matthew. ¿Te das cuenta de eso, verdad?

—¿Por qué lo estás defendiendo? Nuestra hija se emborracha y Matthew está con ella en la fiesta y la arrastra aquí y luego se va —No estaba seguro de qué seguía.

—Chloe es quien tiene la culpa, no Matthew. Ella es la que está en problemas.

—Claro, claro, tienes razón, lo sé. Sólo estoy... —Pero no había forma de seguir—. Tienes razón. Está bien. Sólo no confío en él. No puedo.

—Se nota —dijo Molly—. Pero cuando hace algo bien, no puedes transformarlo en algo malo. Es ridículo.

—Perfecto. —Odió cómo sonaba la palabra al salir de su boca.

Molly quería decir otra cosa, algo que no tenía que ver con Matthew, sino con el comportamiento de Gil.

Tembló anticipando sus palabras, seguro de que, si ella jalaba ese hilo, él perdería el control. Pero quizás ella notó justo eso, y sólo añadió:

—Es tarde. Estamos todos cansados. Vamos a la cama.

Se lavó los dientes sin mirar su reflejo, y se acostó junto a Molly a fingir leer hasta que ella se quedó dormida, tranquila, mientras su hija, al final del pasillo, estaba desmayada por la borrachera. Una noche normal en el hogar de los Duggans. Sólo tenía que adaptarse, su familia se había adaptado sin hacerlo. Esperó el sonido de las llantas del Audi en la entrada, ver el reflejo de los faros en los árboles del jardín, pero se quedó dormido antes de que llegara.

Cuando Gil habló con Chloe a la mañana siguiente, no pudo evitar dirigir sus preguntas hacia Matthew. Sabía que estaba mal. Lo que Chloe había hecho era normal, quizás algo esperado, en especial porque insistía en juntarse con Lily. Sin embargo, la culpa la seguía teniendo ella, había sido su error. Gil tenía que recalcar lo peligroso que había sido, decirle que debía ser más cuidadosa, pero no pudo evitar preguntarle si Matthew le había dado los *shots*.

—No, claro que no, papá.

—¿Segura de que Matthew no tomó? ¿Ni siquiera un trago?

— No, él la había ayudado —dijo Chloe. Era muy amable, y eran como amigos.

Ahora que Matthew había repartido sus regalos caros y había traído a su hija borracha sana y salva a casa, Molly había hecho a un lado cualquier preocupación que aún tuviera tras el arresto del conductor albanés.

Listo, ya no importaba más.

Le intentó explicar su postura a Gil una tarde mientras caminaban con Elroy por los senderos que rodeaban la casa. Antes habían conversado de lo que harían durante las vacaciones de Pascua; los planes para el verano, ahora que se habían librado de tantas deudas, y finalmente, tal vez, podrían viajar a Maine. Pero cuando salieron de los árboles nevados al amplio claro, Molly cambió de tema para hablar de Chloe y de la suerte que habían tenido. Qué suerte que Matthew haya estado ahí.

Elroy olisqueó la nieve, deteniéndose donde el pasto formaba montículos, y levantó su cabeza, siguiendo un aroma. Gil observó las orejas de su perro e intentó estar de acuerdo con Molly. ¿No había una posibilidad, sin importar lo que Chloe dijera, de que el muchacho la hubiera incitado a beber? ¿Que la hubiera manipulado? ¿Acaso era solo una coincidencia que el primer desliz de Chloe hubiera ocurrido tras la llegada de Matthew?

Al menos estaban de acuerdo en el castigo: Chloe no podría salir por dos semanas más que a los ensayos del musical. Después de eso tendría su torneo de debate en marzo.

Parecía que la única forma de atravesar esto sería mantenerse callado con respecto a sus preocupaciones, y Gil intentó hacer justo eso, a pesar de las absurdas libertades que le otorgaban a Matthew, quien se la pasaba fuera todos los días haciendo quién sabe qué. Todo marchó, así hasta que una noche se sentaron a cenar y Gil se dio cuenta que no había visto a Matthew desde la clase. Le preguntó a Molly si sabía dónde estaba.

—Me escribió en la tarde —dijo Molly, sirviéndose gnocchis de un tazón que habían comprado hace dieciocho años en Italia, su último viaje internacional, financiado por una beca que Gil había conseguido antes de que su primer libro se publicara. El tazón tenía varios golpes en el borde y una fisura delgada en un lado. Pero quizá podrían regresar, una vez que Matthew saliera de la casa. Por primera vez podrían pagar un viaje así, si Gil daba una clase durante el verano.

—Va a quedarse en casa de alguien. En Burlington.

—¿Va a pasar la noche ahí? —dijo Gil, sus fantasías europeas derrumbándose—. Es jueves.

Molly levantó las cejas.

—¿Qué tiene?

—Sólo no creo que deba dormir fuera. —Gil se dio cuenta de que sus palabras sonaban como una estupidez. Se sentía traicionado. Ella le estaba permitiendo vagar por Burlington, listo para causar problemas, toda la noche, sin supervisión. Chloe estaba castigada, aunque Matthew había estado con ella. Solo era un par de años mayor, y todavía era, desde un punto de vista legal, un niño. ¿Era esto lo que se imaginaba Sharon cuando los nombró como tutores?

—No dejamos que Chloe pase noches fuera —añadió.

—Sí me dejas —dijo Chloe, llevándose un trozo de gnocchi a la boca—. Me quedé en casa de Sally el mes pasado, ¿recuerdas? Estábamos terminando un proyecto.

—Es distinto —dijo Gil, sin poder recordarlo. ¿Cuándo había acordado esas reglas con Molly?—. Y eso no volverá a pasar en un buen rato.

—Lo sé, papá —dijo Chloe, lanzándole una mirada molesta antes de concentrarse en su plato de nuevo.

—¿Cómo es diferente? —dijo Molly, sonriendo plácidamente antes de voltearse, como si no tuviera punto la conversación. Decidió que era la mejor forma de hacer las cosas: no había necesidad de consultarlo con su esposo errático.

—Molly, vamos.

—Vamos, Gil. Creo que a todos nos conviene que Matthew tenga un poco de espacio.

Razonable. Incluso a él le sonaba como la mejor decisión. Matthew era libre de hacer lo que quisiera. Sharon estaba muerta; la había matado un conductor albanés. Le preocupaba cómo nadie parecía ver lo que era obvio para él. Incluso la policía, quienes al parecer no volverían a llamar. Así que le tocaba a Gil, pero aquí estaba cenando, sin hacer nada, preocupándose, como lo había hecho toda su vida.

Después de cenar, mientras llenaba la lavadora de trastes, Molly le sirvió más vino. ¿Una forma de consolarlo? ¿Ignorar su locura?

—Entonces —dijo Gil, tallando una olla—, ¿sabes con quién se está quedando? —Intentó sonar casual, pero falló.

—Con alguien de Essex, de tu clase.

—¿Te dijo quién? —Sólo había una posibilidad.

—No, lo siento. ¿Tú sabes?

—No —respondió Gil.

—¿Tienes un problema con esto? Pensé que te sentirías aliviado, Gil. Un respiro.

—No tengo ningún problema, sólo... —Intentó decirlo, pero no pudo terminar.

—¿Entonces?

—Nada, está bien, dejémoslo.

—Gil, sólo intenta disfrutarlo, ¿está bien? Un respiro. Se nota que necesitas uno.

—Está bien, como sea.

El plan de Molly era claramente mantener al muchacho fuera de casa, darle tanto espacio como pudiera hasta que partiera a la universidad. Mantenerlo alejado de Gil, del errático Gil. Lo que significaba que el *respiro* era para Matthew. Su bondadoso benefactor, portador de regalos, arte y dinero. Mierda. Esto era un desastre. Ahora tendría que hacerlo solo, como lo había estado haciendo, pero es que era su problema. Su familia. Su sobrino. Su responsabilidad de proteger a Molly y a las niñas.

Para cuando terminó de lavar los platos, las chicas estaban en sus cuartos y Molly leía en su habitación. Si subía, tendría que fingir estar de acuerdo con ella o decirle la verdad: su encuentro en la calle, Susie. Hacerla ver, de alguna forma, lo que para él era tan claro, pero para ella no. Porque no quería verlo. Ceguera selectiva. Debía ser lindo, pero no era algo que él tuviera a su disposición. No podía voltear la mirada ahora, no cuando había visto la verdad en la cara de Matthew bajo la luz azul del restaurante. Su sonrisa, su cuerpo pulsando como una amenaza, su verdadera naturaleza. Ese había sido el error del muchacho: mostrarle a Gil la verdad. Era malvado y Gil lo sabía. De alguna forma, siempre lo supo, y nada que hubiera hecho Matthew lo habría hecho dudar. No importaban su dinero, sus regalos, su disposición por ayudar con las tareas, nada podía cambiar su verdadera naturaleza. Y ahora Matthew hacía lo que le venía en gana y se salía con las suyas, pronto se aburriría de su libertad, y comenzaría a presionar por más, buscaría una forma nueva de entretenerse. Llevar a Chloe, borracha y tambaleándose, había sido una advertencia. Y nadie se había dado cuenta más que Gil, porque solo él había visto la cara del chico en Nueva York, había visto detrás de su máscara. Matthew no se conformaría con provocarlos, pronto lastimaría a alguien, como había hecho en Montauk. Gil se daba cuenta ahora de que esa persona no sería Chloe. Matthew lastimaría a Susie primero porque era vulnerable, estaba sola, una mujer joven de una familia rural y pobre. Y, de alguna forma, Gil la había puesto en peligro. Era su responsabilidad ahora.

—¿Quieres dar un paseo, Elroy? —le dijo a su perro, que estaba tirado en el suelo, comiendo de su tazón sin levantarse. Sus orejas se levantaron, pero siguió mordisqueando, como si no lo creyera. Hasta que Gil tomó la correa del gancho junto a la puerta. Entonces el perro se levantó, batiendo la cola, emocionado por la cocina, sorprendido. Se puso botas, chamarra, y bufanda, no encontró su gorro, y tomó sus llaves.

Desde el coche le escribió a Molly: «Necesito algunas cosas de la tienda. Me llevo a Elroy».

Estaba seguro de que no le creería. Pocas tiendas estaban abiertas a esa hora, pero había un Walmart en Williston. No había pensado bien eso... Otro error, demasiado tarde. No podía echarse para atrás ahora.

Salió de la cochera y giró a la derecha en un camino lleno de nieve. Su celular se iluminó con un mensaje de Molly: «¿Qué?»

Le dio la vuelta al celular para no ver la pantalla y condujo mientras Elroy jadeaba emocionado desde el asiento trasero, descansando su cabeza junto a la cara de Gil, mirando las luces de los coches que atravesaban la delgada nieve que caía por los árboles, volviendo el camino un túnel.

Se detuvo al llegar a la avenida y revisó su celular. Dos mensajes: «¿A dónde vas?» «Si vas a la tienda, trae leche».

No había nada que le pudiera decir para explicarle, así que solo escribió «Okey». Puso el coche en primera y siguió por la calle, giró a la derecha, y se estacionó en la esquina. Pasó por la casa donde habían dejado a Susie tras el viaje a Nueva York. Buscó su dirección en el sitio web de Essex. Departamento H.

—¿Quieres salir a caminar, precioso? —Así que por eso había traído al perro con él. Una coartada, por endeble que sea. Sólo estoy paseando a mi perro en el frío bajo cero, a kilómetros de mi casa.

Se puso la capucha de su chamarra. El viento helado soplaba. Subió a la banqueta, acariciando a su perro y dejando que olisqueara todo mientras él ideaba un plan. ¿Buscarlos por el vecindario? ¿Estarían fuera con este frío? Pero eran jóvenes, jóvenes e inocentes. Una caminata de enamorados, sin que cosas como el clima pudieran interferir con su afecto. Su amor, su lujuria. Susie quizás pensaría que estaba enamorada, pero Matthew no. Para Matthew, el amor siempre sería solo una pose, un método de manipulación, una forma de acercarse a alguien para herirle.

Quizás no estaban aquí, quizás estaban en algún café en el centro o en una fiesta. O en la biblioteca, pero sólo estaba buscando excusas para ser un cobarde porque estaban pasando la noche juntos. Estaban aquí.

Elroy olisqueó la banqueta y miró a Gil.

—Vamos, cachorro —dijo, y caminó por donde la nieve había sido despejada hasta las escaleras de la entrada. Junto a la puerta había una hilera de timbres, de la A a la F. Lo que significaba que la H debía estar del otro lado. En la calzada que daba a la otra entrada, el Audi de Matthew resplandecía entre coches compactos, abollados y manchados de sal.

La planta baja de ese lado era G, lo que significaba que H debía estar subiendo las escaleras a un lado de la casa. Dio unos pasos atrás y logró ver la puerta.

—Shhh —le dijo a Elroy, quien lo observó confundido, sin saber qué había hecho mal—. Guardemos silencio, ¿vale, cachorro? —dijo Gil. Tendría que llevarse al perro con él porque si lo dejaba amarrado, podría ladrar.

El barandal se meció mientras lo sostenía y las escaleras se sentían como si fueran a vencerse bajo sus botas. Algunos escalones estaban cubiertos de nieve y de hielo, resbalosos y traicioneros. Elroy subía con incertidumbre, presionando su cuerpo contra las piernas de Gil. Antes de llegar arriba se detuvo, prestó atención, pero no escuchó nada, y subió los cuatro escalones que faltaban. Unas ventanas angostas se iluminaban a ambos lados de la puerta, cubiertas a medias por unas cortinas blancas y delgadas, de forma que si se inclinaba un poco podía ver el interior: una pared de un amarillo pálido y el borde de los gabinetes de aglomerado en la cocina, con las esquinas desgastadas. Uno de los gabinetes estaba abierto, los estantes casi vacíos: un frasco de mermelada, una caja de pasta con las pestañas abiertas, un salero. El tapiz se desprendía del fondo, manchado de moho.

—¡Cállate! —Escuchó una voz del interior. La voz de Susie, aguda y coqueta, sonaba un poco estúpida— ¡No es cierto!

Se asomó por la otra ventana. Desde ahí podía ver la sala. Susie estaba sobre Matthew en el sillón. Llevaba una blusa sin mangas y *shorts* cortos. Matthew tenía puesta una camisa y Gil no podía ver sus piernas, cubiertas como estaban por las de Susie y por una cobija. Estaban hablando, pero Gil no podía escucharlos, así que Gil se quitó la capucha y apretó la mitad de su cara contra la pared.

—En serio —dijo Susie—. No seas un imbécil, Matt.

Se enderezó y con un solo movimiento se quitó la blusa y se sentó sobre Matthew, mostrando sus pechos altos y pequeños, los pezones casi tan pálidos como su piel, la línea firme de músculos que atravesaban el centro de su estómago mientras hundía sus manos en la cadera de Matthew. El muchacho la admiró por unos segundos, luego se retorció para quitarse la camiseta: una colección de músculos duros, pectorales planos.

Justo cuando Susie se inclinó para besar a Matthew, aplastando sus pechos contra su piel, Elroy ladró. Primero un quejido agudo, luego otro, luego una serie de ladridos.

En el estacionamiento debajo de él una mujer que se subía a su coche miró hacia arriba. Gil sólo pudo ver los movimientos que venían del interior; no los detalles, pero sabía lo que significaba. Se aferró al barandal flojo y se apuró hacia abajo. Elroy corría frente a él y Gil soltó la correa. El perro dio un salto final y derrapó en la nieve al fondo de las escaleras, ladrándole a la mujer que ahora estaba ya dentro de su coche.

Gil no sabía si lo seguían, no podría ver, solo podía apurarse para llegar abajo. Pero miró a la mujer en el coche y se saltó un escalón. Mientras caía, sintió como el barandal se alejaba de él, como si fuera a romperse, y su codo se extendió con un dolor alarmante, y luego su espalda golpeó los escalones, un destello de calor blanco. De alguna forma logró levantarse inmediatamente, exhalando su dolor por la boca. Llamó a Elroy con un silbido, pero el maldito perro solo movía la cola mientras Gil daba zancadas por donde la mujer estaba en su coche, teléfono en mano, posiblemente llamando a la policía.

En la banqueta se dio vuelta y silbó otra vez a pesar de estar mareado de dolor. Elroy llegó corriendo, con su cola agitándose, su lengua de fuera, sonriendo.

No volteó a ver las escaleras mientras se alejaba cojeando. Habían estado desvestidos. Les habría tomado tiempo desenredarse y ponerse ropa.

Se puso la capucha y se tambaleó por la calle hacia el lado opuesto; podía tomar un atajo por una de las entradas y por la banqueta al otro lado. A la mitad de su camino se volteó. Había una mujer, señalando, gritando, pero no podía escuchar nada de lo que decía, el viento se llevaba las palabras.

Jalando de la correa de Elroy, Gil corrió por detrás de la casa y, gracias a Dios, su maldito carro estaba ahí en la esquina. Le abrió la puerta del conductor al perro y subió inmediatamente después, sintiendo el dolor repuntar al sentarse, y tras jadear unos segundos encendió el coche. No fue hasta el semáforo para girar a la derecha en River Road que pudo respirar. Su corazón retumbaba, se sentía mareado. No lo habían visto. No había forma de que lo hubieran visto. Y la mujer en el coche no pudo haber visto mucho. Estaba oscuro. Las escaleras estaban oscuras. No había luces. Había corrido.

—Perro malo —dijo, mientras aceleraba junto al río, sintiendo el dolor de su espalda, su codo, su trasero.

—Sin ladrar, Elroy. No, no. Perro malo.

El perro giró su cabeza sin entender el regaño incoherente, decidió ignorarlo, y giró su cara hacia el vidrio, empañándolo por completo.

23

Cuando llegó a la cama, el dolor latía salvajemente en su espalda. Tenía el codo hinchado y en algún momento debió haberse lastimado la rodilla: se había resbalado mientras subía las escaleras y tuvo que sostenerse del barandal para no caer. Al acostarse apretó los dientes para ahogar un gemido, y cuando Molly se inclinó sobre él para besarlo, tuvo que fingir que tener el peso de su esposa sobre su hombro no le suponía un suplicio inaguantable.

—¿Trajiste la leche? —Le preguntó, recostándose sobre su almohada otra vez.

—Por supuesto. —Le mintió, y de alguna forma se contuvo los quejidos de dolor.

—Genial. Gracias. —Molly levantó su libro para indicarle que la conversación había terminado. Gracias a Dios.

Por la mañana, al quitarse las cobijas, un latigazo ardiente le recorrió la espalda. Se quedó quieto, esperando otro.

Cojeó hacia el baño mientras Molly estaba en la ducha. Su figura se movía detrás del vidrio empañado, la cabeza echada hacia atrás, la suave cadencia de alguna melodía tarareada. Sacó tres Advil de la botella y se pasó las pastillas sin agua, una arcada le provocó otra tormenta de dolor. Bajó a la cocina, preparó café y pan tostado, y tragó apurado junto a la barra. Para cuando las chicas salieron de sus habitaciones, las pastillas habían amortiguado casi todo el dolor, y les preparó el desayuno como si todo estuviera bien; como si no hubiera estado a punto de romperse el cuello después de ver, a escondidas, cómo una de sus estudiantes se desnudaba sobre su sobrino. ¿Y cuál había sido su maldito plan? ¿Tocar la puerta? ¿Decirle a Matthew que tenía que venir con él a casa, ahora mismo, muchachito? Sí, era básicamente eso, aunque sonara ridículo.

Cuando Molly se sirvió más café miró el interior del refrigerador con molestia, pero no mencionó la leche. Era una mala señal. Como si las mentiras de Gil ya no la sorprendieran.

Esa mañana sintió con fuerza su propia bajeza. Sentía lo que los devotos sentían al enfrentar sus pecados: una oleada de desprecio, miedo al pensar en las consecuencias de sus actos, un deseo desesperado por mejorar, pero no tenía idea de cómo encontrar el sendero a la redención. Aunque, sí podía ver dos caminos. El primero, el que Molly a todas luces parecía haber elegido: ignorar las señales que vinculaban al muchacho con la muerte de sus padres; dejarlo ir y olvidarlo para, entonces, seguir con su vida. El otro camino, el camino que Gil quería, era el camino a la verdad. A menos que no lo fuera, y estuviera tan loco como su espalda adolorida sugería.

Llegó temprano a la universidad por miedo a que, si se quedaba en casa, sus heridas lo delataran. Se encerró incómodo y convaleciente en su oficina. Cuatro horas después de haber tomado las primeras pastillas, el dolor regresó y se tomó dos más. Quizás se había roto el coxis, aunque sentía el dolor punzante en toda la espalda y no en un solo punto en su trasero, como una búsqueda de Google le sugería. Con la puerta cerrada, calificó dos ensayos, mirando la pila restante con desesperanza. Quizás no estaba calificado para este trabajo. Demasiado tarde. Estaba a la mitad de sus cuarentas... Al final de sus cuarentas. No había otra vida más que esta. Este escritorio desordenado, su salario bajo, esta oficina oscura y angosta con sus paredes de hormigón y una vista, aún más angosta, del cielo gris de invierno. Había sentido que este trabajo era sólo una parada, un andén en cual esperar mientras seguía con su vida. Es decir, con su escritura. La cual ahora se desmoronaba; la había perdido en algún lugar del camino y el andén se había vuelto su hogar. No se había dado cuenta, no supo cómo oponerse. Había sido arrullado por la felicidad, ese enemigo natural para un escritor. Quizás le habría ido mejor sintiéndose miserable. Aunque, justo ahora se sentía completamente miserable, y aun así no había escrito nada.

Como si quisiera recalcar su humillación, sacó su cuaderno y hojeó las páginas; notas sobre Matthew. Es todo lo que había escrito estos últimos meses. Apuntes paranoicos y sin coherencia. Una bitácora de su vergüenza. No había razón por la cual detenerse ahora. Abrió a una página en blanco y escribió «Idea para una historia», y bajo eso: «una recolección de la noche, un hombre viejo hincado afuera de una ventana, espiando a los jóvenes amantes».

Alguien llamó a la puerta y rápidamente Gil intentó esconder el cuaderno bajo una pila de exámenes antes de responder:

—Está abierto. —Susie entró con los hombros hundidos, como si el peso de su mochila fuera demasiado. Llevaba su abrigo colgando de un brazo, arrastrándolo por el suelo.

—Hola, profesor, ¿puedo hablar con usted?

—Susie, claro, pasa —dijo, levantándose bruscamente, avivando el dolor en su espalda en este momento inoportuno. Apretó los dientes, se sentó, de nuevo, con cuidado; dejó que el dolor pasara.

—Entonces, ¿qué pasa? ¿Teníamos agendada una cita?

Sintió el miedo golpeando su estómago. Ella lo había visto. Por eso estaba aquí, para decirle. Lo había visto espiando por la ventana, y ya le había dicho al rector. Pronto recibiría un correo de la universidad, informándole de su suspensión. Daba asco, era un criminal.

—No —dijo ella, jalando los bordes de su sudadera. Traía ojeras, la piel manchada, y el cabello desaliñado. En ese momento era difícil creer que era la misma persona que había visto a través de la ventana la noche anterior. Como si Matthew la hubiera drenado. Un vampiro. Así se sentía Gil también: marchitado, consciente de cómo se le escapaba la vida, cómo el muchacho se la robaba.

—Sólo se me ocurrió venir.

—Claro, estupendo. ¿Cómo te va? —Era difícil mirarla, como si al no hacerlo pudiera evitar saber si ella lo había visto. Si lo habían atrapado. Si su vida, al menos como la entendía, se había terminado.

—¿Está todo bien?

—¿Qué? —dijo ella con un salto, como si hubiera dicho una grosería.

—Sé que es un momento ajetreado en el semestre. —Lo había llevado demasiado lejos. Le había mostrado que le importaba. Un territorio sin bandera y peligroso para los profesores, lleno de malentendidos explosivos. En especial para profesores que espiaban a sus estudiantes mientras cogían.

—No lo sé —dijo Susie, con un suspiro profundo—. Sí, ajetreado, supongo.

—Me lo imagino —contestó. Las materias a las que Susie estaba inscrita sumaban dieciocho créditos. Se lo había advertido en su última junta de formación, pero ella le había asegurado que no sería un problema. Pero el conflicto no eran sus clases. Él lo sabía. El problema era Matthew.

—Quería hablar contigo sobre cambiar de carrera —le dijo en un solo aliento, como si de otra forma no hubiera logrado expresarlo.

—¿La carrera?

—A Contaduría.

—¿De Escritura Creativa? —Gil intentó no sonar herido.

—Sí. Tomaré Escritura Creativa como especialidad, ya que he juntado tantos créditos, pero es mi penúltimo año y pensé que era mejor cambiar pronto. Ya tomé varias clases de contaduría en mi primer año. Creo que puedo lograrlo. —Todo lo dijo con la vista baja, con la voz temblorosa e incierta.

—Pero ¿por qué?

Lo miró como si hubiera estado esperando esta oportunidad. Su queja. Su debilidad.

—Necesito conseguir un trabajo. Mis padres no tienen mucho dinero, y la colegiatura los está matando. Nunca quisieron que me graduara en Escritura Creativa, pero tú me convenciste de ello. Lo he estado pensando mucho, y necesito conseguir un trabajo.

—Quizás estoy siendo parcial —le dijo, obligándose a mantener la calma, era sólo una estudiante, su estudiante favorita, pero aun así, una de cientos, de miles—, pero hay muchas cosas que puedes hacer con un título de Escritura Creativa. —Sólo podía pensar en una o dos ocupaciones al decírselo. La facultad de Inglés tenía un volante, «Qué puedes hacer con una carrera de inglés», para reuniones de orientación, pero Gil nunca lo había leído.

—Sí, pero no puedo costear estar de practicante en Nueva York. No tengo dinero para vivir en la ciudad sin que me paguen, y si no es eso, no sé lo que haré —contestó Susie, con una sonrisa, ante la estupidez de Gil. O quizás era una ilusión óptica, la oficina oscura iluminada por su lámpara de escritorio. El cielo se había oscurecido al otro lado de la ventana. La luz era mala: demasiado íntima, y ambos se inclinaban sobre el escritorio. Aunque Susie parecía hacerse hacia atrás, como si no quisiera estar ahí. Las luces fluorescentes en el techo, con su brillo seco e industrial, tendrían que estar encendidas, pero para prenderlas tendría que levantarse y caminar detrás de ella para alcanzar el interruptor, y ella aprovecharía la oportunidad para irse.

—¿Qué hay de un posgrado? —Sintió que le estaba ofreciendo una fruta podrida cuando ella se estaba quejando del hambre.

No obtuvo respuesta, así que dijo:

—¿Estás segura de esto?

Seguía sin responder, así que se enderezó en su asiento y habló rápido para que no pudiera interrumpirlo.

—¿Está todo bien Susie? No me parece que estés actuando como de costumbre. ¿Está todo bien? ¿Con Matthew?

—¿Matthew? —le dijo, como si no fuera de su incumbencia. Como si no la hubiera visto en la cocina de su hermana muerta, vestida con la camisa del muchacho. Quitarse la camisa mientras estaba montada sobre… No. Concentración.

—Ustedes están saliendo, me parece. —Intentó sonreír. Se dio cuenta de que fue incómodo, falso, y ella se hizo para atrás, asqueada—. Sólo espero que estés bien.

—¿Como qué podría estar mal? —dijo ella, tanteando el cierre de su sudadera, levantando y bajándolo—. ¿Crees que me va a querer ahogar o algo así?

Esta vez fue él quien se echó para atrás, como si esquivara una cachetada.

—¿Por qué lo creería?

Susie lo interrumpió.

—Todo está bien con Matthew. Sólo estoy aquí para hablar de mi carrera. —Al decirlo, con la mirada puesta más allá de él, bajó el cierre de su sudadera y la abrió. Debajo, llevaba una camiseta de cuello ancho, y sobre su clavícula había una mancha roja. Un chupetón. O quizás el inicio de un moretón. Una marca que la mano de Matthew dejó al cerrarse sobre su cuello y apretar. Susie debió darse cuenta que él podía ver la marca, y con las manos temblorosas se cerró la sudadera.

—¿Segura de que estás bien?

—Lo estoy. Ya hablé con el director de la facultad de Contaduría y firmó todos los papeles. No necesito nada de usted. Sólo quería contárselo. —Su voz se había vuelto fría, casi molesta, estaba seguro.

—Te extrañaremos en el taller —dijo, como si ella se estuviera yendo para siempre.

Tenía que detenerla. Ponerle un alto a Matthew para que no pudiera hacerle más daño. Pero ella seguía ahí parada, empujando la silla contra el escritorio.

—Sí, bueno, bye.

Esto era culpa de Matthew: estaba arruinando la vida de Susie. Su riqueza, su privilegio, su capacidad para hacer lo que quisiera sin pensarlo la habían infectado, habían alejado su mente del arte, literatura, una vida que le traería felicidad. Una vida difícil, en algunos sentidos, pero que valía la pena. Y ahora se había ido. No debería importarle tanto, pero esa marca... Matthew la había hecho. No mucho después de que Gil los había visto por la ventana, las manos de Matthew cerrándose alrededor de su cuello, su boca abierta para gritar, el chico poniendo su otra mano encima, su cara junto a su oído, preguntando «¿Te duele? ¿Te duele esto?» Porque podía hacer que le doliera tanto, tanto más. ¿Le gustaría eso? ¿Por qué no lo intentaban?

El muchacho podía abusar, causar miedo, podía hacer lo que quisiera porque era rico. Lo que usted guste, Sr. Westfallen. Limpiaremos la sangre, nos llevaremos los cuerpos, todo con una sonrisa y la esperanza de que nos brinde el favor de su aprobación. Pues a la mierda con eso. Gil no iba a quedarse sentado sin hacer nada.

24

De camino a casa, Gil recogió a Chloe del ensayo para el musical. Desde la noche de los *shots* de gelatina había estado antipática. Era normal que los adolescentes pasaran por estas etapas oscuras —Dios sabía que Gil no se había salvado—, mas no podía lograr separar la actitud de Chloe de Matthew. El chico le había hecho esto, le había envenenado la mente hablando de sus padres tontos, sus estúpidas restricciones, ¡que montón de mierda!, ella no tenía por qué hacerles caso. ¿Por qué no ser más como Matthew? Bastaba con mirarlo: libre de hacer lo que quiera.

—El torneo de debate es pronto, ¿cierto? —dijo Gil, intentando ser un buen padre.

—Ajá —dijo Chloe, girándose para no mirarlo.

—¿Es torneo nacional? ¿O regional?

—Regionales o lo que sea.

—¿Lo que sea? Ya basta, Chloe.

—¿Qué cosa, papá? —le dijo, volteando a verlo con la cara enrojecida y una expresión de enojo—. ¿Parar qué cosa?

—Tu maldita actitud cortante —dijo Gil. Había salido todo mal.

—¿Mi maldita actitud? Qué lindo, papá. Súper lindo —Chloe le lanzó una mirada de desprecio y se volteó de nuevo a la ventana.

—No sabía que fueras tan sensible —dijo Gil, intentando bromear al respecto, pero Chloe sólo se encorvó, aislándose de él—. Después de pasártela con Matthew, me habría imaginado que estabas acostumbrada a ese tipo de chistes.

—¿Matthew? ¿Qué tiene que ver? Matthew ha sido lindo conmigo, papá. ¿No lo entiendes?

—¿Entender qué?

Chloe le dio la espalda a Gil. Una expresión de enojo se dibujó sobre su cara, una que Gil jamás había visto.

—No es como habías dicho. Para nada. Todos esos años actuaste como si fuera un monstruo, o lo que sea, pero resulta que no lo es. Es lindo, papá. De verdad es muy lindo.

Gil se rio por lo bajo.

—Cómo no. Suena a Matthew.

—¡Dios mío, papá! ¿Cuál es tu problema? ¿Por qué lo odias tanto?

Una ráfaga de enojo le atravesó el cuerpo y tuvo que sostener el volante y concentrarse en la calle que subía cuesta arriba, pasando el taller mecánico, doblando una curva.

—Estoy bastante seguro de que no tengo ningún problema, Chloe —Luego agregó, mascullando—. No lo odio.

—Okey —Le dijo Chloe con una voz más suave, seguramente habiéndose dado cuenta de que se había pasado—. Solo creo que deberías darle una oportunidad. Es todo lo que digo.

—Genial, gracias por el consejo —dijo Gil, antes de prender la radio, sintonizando NPR para cortar la conversación, sintiendo el dolor subiendo por su espalda, obligándolo a aferrarse al volante y sostener el aliento para no gruñir.

Esa tarde, Molly le preguntó qué ocurría cuando se le escapó una mueca de dolor al sentarse en un banco, y Gil le contó la mentira que había preparado: casi se había caído de la caminadora en el gimnasio. Tenía suerte de no haberse roto la cabeza.

—Quizás sea momento de cambiarte a la elíptica. Puedes unirte al resto de nosotros los cuarentones. No está tan mal, siempre y cuando puedas dejar tu dignidad de lado.

—Entonces está regalado —le dijo. Al menos ahora podía dejar de ocultar su dolor.

—Entonces, ¿estarás bien si Ingrid y yo nos vamos a casa de mi familia? Se supone que nos iríamos el jueves, pero podemos cambiarlo para el viernes.

—Está bien. —Había olvidado ese plan por completo, y ahora, después de Nueva York, tras la caída por las escaleras, le parecía un error enorme y obvio. ¿Cómo resistiría Matthew esta oportunidad para deshacerse del viejo molesto?—. Y Matthew estará aquí, claro.

—Así es —respondió ella—. Si estás seguro que estás bien.

—Estoy seguro, Molly —le dijo. Sabía que había sido brusco con su respuesta, pero el dolor avivó en su espalda y no pudo lograr disculparse en ese momento. La mirada preocupada de Molly sólo empeoró, así que se puso de pie para sacar a Elroy.

En la sala, Chloe e Ingrid hacían su tarea, y Matthew aparentemente estaba en su cuarto, ya que su auto aparcaba en la entrada. Gil se detuvo en el frío del exterior mientras el perro corría por encima del hielo; la nieve se había derretido la semana pasada y luego se había vuelto a congelar, dejando una capa resbalosa. Intentó desprenderse del enojo. Irracional. Especialmente el hecho de que estuviera enojado con Molly. Era una cuestión de proximidad, de pista falsa. Desviándolo del verdadero blanco y de sí mismo.

Molly lo llamó para cenar y luego llamó a Matthew. Unos minutos después, una vez que estaban alrededor de la mesa, el chico bajó con una especie de rebote, saltando al llegar a los últimos escalones, aterrizando con un golpe que hizo temblar a la casa entera.

El chico extendió su plato para que Molly le sirviera pollo y lo regresó a su mantel sin decir gracias, luego se estiró por encima de la mesa para tomar la sal, casi dándole un golpe en la nariz a Chloe. A lo largo de la cena, el enojo creció dentro del muchacho, cubriendo su lado de la mesa de una niebla oscura y ominosa. Ingrid se alejó un poco, y se recorrió hacia su madre después de levantarse por agua. El chico solo traía una camisa blanca y apretada, y cuando flexionaba los brazos se podía ver cómo sus músculos se contraían o cómo saltaban cuando cortaba y empalaba su comida. Por encima de su hombro se podía ver, al menos desde la perspectiva de Gil, el cuadro de Kiki Smith, y aunque sabía que Molly había elegido el lugar —ni muy cerca de la chimenea, ni en alguna pared en que el sol pudiera darle— se sentía como un castigo: «No critiques al portador de regalos. Matthew podrá estar actuando como un imbécil, pero mira lo que provee».

Casi habían terminado cuando Matthew se dignó a hablar.

—Pasó algo bastante loco —dijo, interrumpiendo la historia de Ingrid sobre Mark, el chico malo al que habían suspendido. Ella se retrajo y se quedó mirando a la mesa, claramente petrificada por el miedo. Chica sabia.

—¿Qué dices? —dijo Molly, con un ligero regaño en algún lugar de su tono, pero el chico lo ignoró.

—Alguien intentó meterse al departamento de mi amiga anoche.

—¿Qué? —dijo Chloe, atendiendo a la conversación por primera vez—. ¿De verdad?

—En serio —dijo Matthew—. Algún tipo con su perro —Al decirlo, miró a Gil con una sonrisa que se le escapaba por la mirada.

—¿Su perro? —dijo Chloe.

—¿Qué hora era? —dijo Molly— ¿Estabas dormido?

—No, para nada —dijo Matthew con una mirada explosiva, como si estuviera bajo los efectos de algo. Quizás anfetas o coca—. No era tarde, pero ya estaba oscuro, y estábamos sentados en la sala cuando escuchamos a alguien intentar girar la perilla y a un perro ladrar. Para cuando salimos, ya se había ido.

—Qué miedo —dijo Molly, sacudiendo la cabeza—. ¿Y esto pasó en Burlington?

—En el mero *centro* —dijo Matthew, encomillando la última palabra ya que difícilmente era el tipo de centro de ciudades que él conocía.

—Quizás fue alguno de esos indigentes que se la pasan por ahí —dijo Chloe.

—Quizás —contestó Matthew—. Algunos de ellos tienen perros. Una vecina tomó una foto.

—¿Del tipo? —preguntó Molly.

—Está bastante movida, pero miren, aquí pueden verlo —sacó el celular del bolsillo y desbloqueó la pantalla con un gesto rápido de los dedos, se la mostró a todos.

Todo lo que Gil podía identificar era la silueta de un hombre, un abrigo negro con un borde de pelatería. Su abrigo. Él. La espalda encorvada, caminando por la entrada del edificio. Inhaló por la boca pero el aire no llegaba a sus pulmones y su corazón latía, la cabeza ligera, como si alguien lo estuviera sosteniendo bajo el agua.

Matthew hablaba, pero le zumbaban los oídos y no pudo escucharlo.

—¿Puedo ver? —dijo Molly.

El chico le pasó el teléfono a Ingrid, quien lo miró, sacudió la cabeza, y se lo pasó a su madre. Gil se hizo un poco hacia delante para ver mejor, pero su visión estaba llena de puntos y sólo se sentó de nuevo, tomando otra bocanada inútil de aire.

—¿Le mandaste la foto a la policía? —dijo Molly. No lo había reconocido. Gil se podía dar cuenta de eso. No se había estremecido. No estaba horrorizada—. No se ve muy bien, pero quizás ha estado haciendo lo mismo en otras casas del vecindario.

—No —dijo Matthew—. No queremos lidiar con la policía.

—¿Le tomaron una foto al perro? —dijo Ingrid.

—Desafortunadamente no hay fotos del cachorro —dijo Matthew con un tono sarcástico y condescendiente. Ingrid solo miraba su plato.

—Mira —dijo Molly, tocando el brazo de Gil. Intentaba darle el teléfono. La pantalla ya estaba medio oscura y Gil tomó el celular con una mano temblorosa, pero Molly no lo notó.

Nadie que viera la foto se imaginaría que era Gil. Era su abrigo, pero muchas personas tenían abrigos similares. El lado de su cara estaba borroso, pero se podía notar una barba. Más de la mitad de los hombres en Vermont tenían barbas, en especial durante el invierno. No había nada claro aquí, nada que lo implicara.

—¿Qué tipo de perro era? ¿Alguien lo vio? —dijo Chloe.

«Deténganse», Gil quiso decir. «Dejen de hacer preguntas, ahora».

La chica en el estacionamiento con el teléfono no estaba llamando a la policía, estaba tomándole una foto. Gracias a Dios no se había dado cuenta. Quizás habría intentado detenerla, habría intentado hacer algo. Pero ¿qué habría hecho? ¿Quitarle el celular?

—Dijo que era algún tipo de cruce. Más o menos del tamaño de Elroy. —El perro, que había estado acostado junto a la silla de Matthew, se levantó con la esperanza de que la mención de su nombre resultara en un trozo de pollo. Cuando quedó claro que no recibiría nada, dejó caer su cabeza de nuevo con un resoplido.

—Déjame ver, papá —dijo Chloe. Gil deslizó el celular hacia su lugar en la mesa.

Mientras su hija estudiaba la imagen, Gil la miró detenidamente buscando una expresión. ¿Diría algo? ¡Ese se parece a papá! No compararía a su padre con un vago intentando allanar un hogar.

—Tu amiga tiene que ser cuidadosa —dijo Molly.

—Sí, no te preocupes. Le compré un gas pimienta. Le dije que la próxima vez debería abrir la puerta y cegar al cabrón desgraciado —dijo Matthew, como si fuera normal decir algo así durante la cena.

—Espero que llame a la policía si vuelve a ocurrir —dijo Molly, conectando los puntos y dándose cuenta de que Matthew había pasado la noche en casa de una chica en Burlington.

—Le dije que era mejor que consiguiera una pistola —continuó Matthew con su tono febril, casi desquiciado—. Que le dispare al pendejo loco.

—Ese no es un buen consejo —reprendió Molly—, pero me da gusto que estés bien.

—El tipo se cayó por las escaleras. Es lo que dijo la chica que tomó la foto. Así que avísenme si ven algún indigente cojeando.

Nadie se rio del chiste, si es que eso era, y un silencio incómodo se apoderó de la mesa. Todos intentaba digerir lo que habían escuchado: Matthew pasó la noche en el departamento de una chica, alguien intentó entrar, al parecer, un indigente que ahora era cojo.

Gil se dio cuenta de que no había dicho nada durante toda la cena. Había querido decir lo mismo que Molly: qué miedo, ten cuidado, llama a la policía. La forma en que ahora Molly lo miraba no le sorprendía.

—Hemos tenido algunos problemas en la universidad también, los últimos meses —dijo Gil—. Gente que duerme sobre las ventilas de calefacción cerca de la biblioteca. Ese tipo de cosas.

Matthew soltó una carcajada desproporcionada.

—¿Cómo sabían?

—¿Qué? —dijo Gil.

—¿Cómo sabían que eran indigentes? Por como se visten las personas en Essex debió ser difícil notar la diferencia.

—Cierto —dijo Gil, como si estuviera de acuerdo. Aquí estaba, el Matthew de verdad. Revelándose al fin ante la familia de Gil. Aunque no quisieran verlo.

25

Molly no dijo nada sobre el incidente cuando se metieron a la cama, lo cual era preocupante. Usualmente habrían susurrado sobre los peligros, las posibilidades y buscarían formas de abordarlos. Desde la cama gestionaban la crianza, cualquier crisis, por más pequeña que fuera, que asomara su cabeza. Pero ahora sólo había un *Buenas noches* cortés, seguido del sonido de su lámpara al apagarse. Cuando él dijo «Te amo", ella susurró, «Yo a ti».

Quizá sentía el estrés de tener a Matthew en sus vidas tanto como él, pero sin perder la cabeza. Era su especialidad. Cuando una niña agresiva en preescolar golpeó a Chloe en el ojo, Gil había caminado de un lado a otro de su departamento en Brooklyn hablando de lo mucho que le gustaría tener al padre de esa pequeña mocosa de frente, esa engreída estrella de *rock,* la que, con seguridad, le había enseñado a su hija a agredir a las chicas buenas. Molly había conservado la calma y los había guiado a través de las juntas con el maestro y la directora, incluso la junta a la que llegó el padre, con su chamarra de cuero, con su acento inglés ridículamente denso. La presencia de este hombre presumido había hecho a Gil sacar espuma por la boca, pero Molly dirigió la conversación para que el tonto fanfarrón se expusiera como lo que era. Después de que el tipo salió furioso del salón, el maestro y la directora les aseguraron que mantendrían a Chloe a salvo. Y cuando Matthew arrojó a Ingrid a la alberca, Molly mantuvo la calma mientras a Gil lo atormentaban las pesadillas de lo que hubiera pasado si el sonido del agua no lo hubiera despertado, si la hubiera encontrado flotando boca abajo, el pelo abierto como un abanico alrededor de su cabeza, a la deriva entre el sol y la sombra.

Sin embargo, había una posibilidad aún peor: que lo hubiera reconocido en la foto y ahora estuviera paralizada de miedo sin saber qué hacer junto a su esposo desquiciado. Por fortuna, Matthew no había mencionado, hasta donde Gil recordaba, la hora en que ocurrió el incidente. Cualquiera asumiría que era tarde, al menos la media noche, no justo después de la cena, cuando él había salido a hacer el mandado con Elroy. ¿O había dicho Matthew algo? Mierda. Quizás sí. Quizás había dicho siete y media, ocho, y su esposa estaba llegando a la conclusión de que Gil era el psicópata.

Intentó pasar todo el tiempo posible fuera de casa ese fin de semana, para evitar a Matthew y, ahora, a su esposa. Sacó a Elroy a pasear por los senderos detrás de la primaria en uno de los pueblos cercanos, acompañado de Ingrid. El dolor en su espalda no había cedido, y caminaba lentamente, aceptándolo como una suerte de penitencia. La vereda salía por el bosque hacia una pradera aplanada por la nieve, bajaba hacia las orillas del río Brown, que estaba congelado, y luego volvía a subir. Ahí se sentaron a comer los sándwiches que había comprado en Essex Junction. Gil se sentó lentamente sobre una piedra con musgo, y una vez que el dolor se había aliviado lo suficiente, le preguntó a Ingrid qué estaba leyendo. Ella le dio un análisis extenso sobre las conexiones entre *El señor de los anillos* y *Harry Potter*.

Dándole una mordida a su sándwich, el dolor borboteó en su espalda, y una ola de tristeza lo revolcó. ¿Cuántas veces más podría hacer esto? ¿Sentarse con su hija en el bosque y escuchar la emoción en sus enunciados? Chloe no estaba aquí, ni Molly. Solo Ingrid, su bebé. En siete años se iría a la universidad, dejándolo atrás. Como debe ser. Él quería que ella tomara esa oportunidad, pero su partida sería su fin, o al menos el fin de esta versión de él: el padre que lleva a su hija a caminar por la naturaleza. Luego se titularía y se mudaría, como él lo hizo de casa de sus padres, y tendría tantas noticias de ella como sus padres tuvieron de él.

Molly e Ingrid se fueron a Maryland el jueves. Gil les ayudó a subir las maletas a la cajuela; Elroy los seguía dentro y fuera de la casa hacia el coche, olisqueando su bolsa de comida y sus juguetes detenidamente mientras Gil los metía a la cajuela. Se iría con ellas. Los padres de Molly tenían dos pastores que Elroy amaba. Ingrid explicó que había una granja cerca de la casa de sus abuelos donde tenían un caballo que quizás ella podría cabalgar.

—Llámame cuando lleguen —le dijo a Molly, abrazándola, mientras el dolor estallaba en su espalda—. Y salúdame a tus padres.

—Pórtate bien —le dijo ella, apretando su brazo—. E intenta escribir. Intenta no preocuparte sobre Matthew, ¿está bien?

—Sí, señora. Lo intentaré.

Ella lo besó en la boca y lo miró con preocupación. Gil quiso decirles que deberían quedarse, que podían ir todos juntos en el verano, pero con un poco de resignación, se subió al coche y tomó el volante.

Las miró mientras salían, saludando con la mano y luego entró a la casa. Chloe estaba en la escuela, esperando al camión que la llevaría a Sarah Lawrence al torneo de debate. Un fin de semana solo. Molly tenía razón. Debería intentar escribir. Quizás, con todo el tiempo que pasó lejos del borrador, su novela se vería diferente. Salvable. Los últimos meses, con Matthew en su casa, se había distraído de sus proyectos, pero podía arreglarlo, aunque no ese día, ya que tenía clase por la tarde; el taller de Matthew, ni más ni menos. Gil estaba listo. Era el último cuento de Matthew que tendría que leer, y pronto el semestre terminaría. En el verano, el chico se iría a la universidad, y serían libres. Hasta entonces sólo tenía que conservar la calma, concentrarse, dejar de espiar al chico, aceptar que su sobrino era un monstruo, pero sin involucrarse en ello.

El salón estaba oscuro cuando llegó y los estudiantes gruñeron decepcionados cuando encendió las luces, llenando la habitación de una luz azulada. Matthew y Susie no estaban ahí. Era la primera vez llegaba antes que ellos. Un calor seco inundaba el aula, pero las ventanas rechinaban, abatidas por la nieve y el viento. Algunos de los alumnos llevaban camisetas, otros estaban enterrados en sus abrigos, como si en el mismo salón se juntaran varios climas.

Dos minutos después de la hora, Matthew y Susie aún no llegaban. Quizás no vendrían. Tal vez estaban con el rector, informándole que un miembro del profesorado los había espiado mientras ellos, como era normal y saludable en la universidad, cogían, y que el pervertido estaba en el piso de arriba justo, ahora, a punto de dar una clase.

Mientras pasó lista, entraron cabizbajos y se sentaron.

El cuento de Matthew sería el segundo, y antes de llegar a él tuvieron que sufrir la discusión sobre la pieza de Ned. Llamarlo un cuento sería insultar el género. En las palabras del muchacho, había escrito una relación derivativa de un videojuego *shooter* en primera persona.

Gil habló sobre la importancia de elegir el medio adecuado para la narrativa: la diferencia, digamos, entre un poema y un cuento, entre un cuento y una película, una película y una serie o entre un cuento y un videojuego. Hablaba demasiado rápido, pero a Ned parecía no importarle. El chico se retorcía en su asiento, sonriendo cada vez que escuchaba la palabra *videojuego* y, al parecer, el resto le entraba por un oído y le salía por el otro, como estática.

Susie no dijo nada a lo largo de la discusión, sólo miró la mesa frente a ella. Llevaba una sudadera con gorro negra y sus manos no salían de sus mangas, dejando ver sólo sus uñas verdes, en las cuales el esmalte comenzaba a caerse. Junto a ella, Matthew, vestido también de negro —suéter de casimira, mezclilla negra— permanecía en silencio, clavando la mirada sobre quien estuviera hablando, manteniéndola fija hasta que la conversación se moviera.

Al final, Ned tomó más tiempo del necesario para hablar sobre la trama del videojuego entrando demasiado en detalle, y cuando Gil sugirió que quizás era más información de la que necesitaban, el chico gruño y se retrajo en su asiento.

—Sólo quisiera que pudieran verlo. Es tan increíble. Podría traer mi Xbox para conectarlo al proyector.

—Claro —dijo Gil—, si tenemos tiempo al final del semestre. —Nunca ocurriría, pero sabía que Ned iba a olvidarlo cuando saliera del salón.

—Muy bien. Seguiremos con el cuento de Matthew. —La tensión en su cuerpo detonó el dolor de su espalda, y tuvo que parpadear para ahuyentar los destellos de luz.

Sin decir una palabra, Matthew levantó el montón de copias sobre su cabeza, como si se estuviera rindiendo, dividió la pila en dos, y las pasó alrededor.

—¿Empiezo? —dijo el chico, mientras Gil parpadeaba, intentando concentrarse en la página. Escuchó el sonido de las copias en las manos de sus alumnos, al chico que se aclaraba la garganta, y entonces comenzó a leer.

Un favor para un amigo

Mi madre probablemente habría pensado que esta parte del Bronx era como Albania. Principalmente porque las únicas personas alrededor eran hombres de piel oscura que fumaban en la calle junto a sus vehículos. También por la forma en la que el sol se reflejaba del hormigón en las paredes, haciendo brillar trozos de grafiti. Rejas de malla ciclónica coronadas por bucles de concertina impedían el paso a los lotes baldíos, sugiriendo de alguna forma un estado postcomunista, con todo y sus edificios rectangulares y su infraestructura convaleciente. Bolsas de aire soplaban atrapadas entre las hierbas. Sobre el asfalto brillaban esquirlas marrones y verdes. En el estacionamiento había una camioneta azul con una ventana rota y las llantas ponchadas. Había un ligero olor a mierda, que con seguridad venía de la planta de tratamiento al final de la calle. Todo esto estaba apenas a unos kilómetros de nuestra casa impecable; nuestros techos de doble altura; nuestros porteros rusos con sus trajes negros; nuestros elevadores con espejos que, de alguna forma, nunca estaban sucios. A unos kilómetros, pero un mundo diferente, un lugar que mi madre jamás visitaría por voluntad propia.

Thomas me había dicho que lo viera en este lugar al mediodía. Eran ya casi las doce treinta, y comencé a pensar que se había echado para atrás. Aunque él no sabía siquiera por qué nos estábamos reuniendo. Lo único que le había dicho es que le tenía un trabajo, uno por el cual le pagaría muy bien. Thomas fue quien me contactó, lo que puso esta gran rueda a girar. Me envió un correo apenas comprensible en un inglés lamentable en el que me decía que estaba en los Estados Unidos, visitando a un primo, que si tenía trabajo para él o que si conocía a alguien que tuviera trabajo, él estaba disponible, y podía hacer de todo.

En Tirana, donde nos conocimos, él era chofer, o al menos así lo conocí. Lo había contratado mi escuela para llevarnos a la ciudad cuando lo necesitáramos. Un chofer, pero también una especie de guardaespaldas, ya que éramos adolescentes, extranjeros, y no hablábamos una palabra de albanés. El Músculo, así le decíamos.

Orbes de luz nublaron la mirada de Gil y se presionó el esternón con dos dedos para sentir el errático marchar de su corazón. Estaba justo ahí la verdad. La misma que

Gil había intuido, manifestándose y haciéndose visible al fin. Matthew la había confesado en una tarea. Gil cerró los ojos y los colores explotaron detrás de sus párpados. Puso una mano sobre la mesa, se esforzó por no derrumbarse, e intentó continuar:

> Dos hombres con cejas tan gruesas que casi cubrían sus ojos me miraron desde el otro lado del lote mientras fumaban. Era mejor no esperar a que se envalentonaran, así que caminé hacia ellos y les dije:
>
> —Disculpen, chicos, estoy esperando a Thomas.
>
> —¿Qué quieres decir? — dijo uno de ellos, arrojando su cigarro al suelo y aplastándolo con su bota maltrecha. El hombre llevaba ropa que le quedaba demasiado grande y tenía pinta de ser un uniforme militar. Cerca del hombro de su chamarra había una mancha de pegamento, como si le hubiera arrancado la etiqueta o algún emblema de rango antes de subir a borde del barco de contenedores en el Adriático para cruzar el océano y llegar a los Estados Unidos, antes de escabullirse e ingresar al país a esconderse con sus primos en Queens.
>
> —¿Conocen a Thomas? Es amigo mío.
>
> —¿Thomas? —dijo el hombre, como si acabara de escuchar algo en extremo desagradable. De su amplia nariz salían vellos negros y largos y podía ver cómo se los frotaba con el dorso de su mano.
>
> —Es chaparro, lleva lentes —dije, con mi mano a la altura de mi barbilla—.

—Thomas, Thomas —dijo el segundo hombre, como si estuviera cantando su nombre. Este era más gordo, con una cara redonda, hinchada y colorada que parecía estar siempre sonriendo, presumiendo sus dientes amarillos y chuecos.

—Supongo que no lo conocen —les dije, y caminé de regreso a donde había estado esperando. Me siguieron observando. El primer hombre golpeaba su cigarro contra la cajetilla, su mirada fija, y podía escuchar el leve eco de la voz del otro hombre, que seguía cantando, «Thomas, Thomas, Thomas». Quizás una invocación.

Y funcionó, porque del callejón que daba al lugar en el que el Bronx Kill se unía al East River salió Thomas, saludando. Estaba vestido como los otros dos hombres: unos pantalones de mezclilla que no le quedaban, una camisa de franela sobre una camiseta, demasiado grandes, como si se intentara esconder en ellas. Los hombres miraron mientras nos abrazamos, mientras su nube de loción me ahogaba, y tras ella, el olor ácido de su sudor. Thomas era pequeño, compacto, y aunque no me llegaba ni al hombro podía sentir su fuerza, la tensión en sus músculos, la firmeza de su espalda. Siempre había tenido en cuenta esta fuerza, lista para saltar en cualquier momento. Era una de las razones por las que lo había elegido.

—Mi amigo —dijo, poniéndome la mano en el hombro—. Ven, mi amigo. Hablemos.

Me condujo fuera del estacionamiento y bajamos por Locust Avenue. Junto a nosotros, una pared bloqueaba la vista al río. Más allá de la pared se podían ver extensiones verdes de tierra.

—Entonces, ¿necesitas de mi ayuda? Matthew, mi amigo, ¿cómo puedo ayudar?

—Te tengo un trabajo.

—Trabajo. —Fue todo lo que dijo. Como si supiera lo que yo quería. ¿Sería acaso que Thomas era exactamente el tipo de hombre al que se acudía en estas situaciones? En Albania lo había visto hacer ciertas cosas que me hicieron considerarlo como el candidato ideal. Primero fue el perro en el camino. Había estado cojeando en la carretera cerca del orfanato y Thomas dio un giro suave al volante de la Land Rover, nada muy repentino, y entonces vino el golpe de la cabeza del animal contra la defensa, el tope de las llantas pasándole por encima. Ni él ni yo dijimos nada al respecto, sólo seguimos. En otra ocasión lo vi usar su cuchillo, el que llevaba en Tirana, o probablemente lo llevaba a todos lados. Quizás incluso lo tenía consigo ahí, en el Bronx. Vi cómo lo puso contra el cuello de un hombre afuera de un restaurante en una parte horrenda de la ciudad. Un hilo de sangre apareció en el filo mientras discutían en algún dialecto romaní. Finalmente, Thomas había empujado al hombre, mirando el filo de su cuchillo con asco. Mi punto es que sabía que Thomas podía cumplir con el trabajo. Además, como dije, era pobre y tenía una familia que mantener. Y el dinero que yo le iba a ofrecer no era algo que pudiera negar.

Le expliqué lo que quería que hiciera, pero ahora no tengo memoria de lo que dije. Recuerdo algunas palabras que salieron de mi boca, probablemente apresuradas y frenéticas, sin embargo, Thomas se quedó parado escuchándome, como si todo este tiempo hubiera sabido lo que necesitaba, la razón por la que estaba *ahí* en primer lugar.

—¿Tienes el dinero? —me dijo con una mano sobre mi hombro, como si estuviera escondiendo el efectivo bajo mi camisa.

—Tendrás el dinero, no te preocupes —le dije, decepcionándome por un segundo de mí mismo. Estaba hablando como en las películas; era un lugar común—. Te lo puedo conseguir. ¿Cuándo lo necesitas?

—Antes —dijo Thomas—. Lo necesito antes. —Luego dio un paso hacia mí y me tomó del brazo y me echó su asqueroso aliento en la cara—. El dinero es para mi familia. ¿Esto entiendes? Sólo hago esto por mi familia.

—Está bien —Le contesté. Uno pensaría, dadas las circunstancias, que justamente yo no entendía eso de «cuidar de la familia».

—¿Qué hay de la próxima semana?

—No, aquí no es buen lugar. Te escribiré.

—Bien —le dije, aunque no tenía idea de cómo conseguiría la cantidad que le había ofrecido: cien mil dólares. Veinte mil podría conseguir en una semana. Supongo que esperaba que Thomas hiciera el trabajo y aceptara el pago después. Lo que realmente esperaba era que lo arrestaran, quizás incluso que lo deportaran, o al menos que le dieran una sentencia larga, y que entonces me librara de la responsabilidad de pagarle. Ese había sido mi plan. Así es, querido lector, entiendo que no era un plan por completo.

—Y, ¿entonces...? —le pregunté sin estar seguro de cómo formular bien la pregunta— ¿Cómo lo harás?

Thomas me miró quizá con decepción. Algo sobre sus cejas, enormes, desaliñadas, oscurecía mi lectura de cada una de sus expresiones.

—No te preocupes —me dijo. Luego me dio una palmada en el hombro y se marchó.

No estaba seguro si debía seguirlo, pero no me quería quedar ahí solo en la calle, así que me mantuve unos metros detrás de él. Los otros hombres seguían ahí y guardaron silencio cuando pasé. Probablemente consideraban asaltarme o matarme. No corras, me dije, mientras sacaba mi celular y seguía la línea azul en el mapa que me llevaba a la relativa seguridad del metro.

¿Te describo mi departamento? Quizás esto ayude. Casi escribí: «¿Debería describirte mi departamento?». Porque el lugar donde vivimos te hace preguntarte «¿Debería?». Porque es un lugar lujoso. Vivimos en un departamento de dieciséis habitaciones en el Upper East Side.

Es todo lo que diré. Sin descripción. Tomaría demasiado espacio. Páginas, quizás. Mierda. Está bien.

Un gran espejo cuelga frente a un perchero gigantesco en el recibidor, de forma que puedes verte mientras cuelgas tu abrigo entre la multitud de ganchos. ¿Lo ves? Apenas estamos en la puerta. Sólo confía en mí: imagina un departamento elegante. Ahora hazlo más grande. Ahora más grande de nuevo. ¿Ves las molduras en los techos, hechas a mano e irremplazables? Techos altos, ventanas que dan a edificios rebosantes de adornos al otro lado de la calle y, si miras de cerca por la ventana en la sala, puedes ver el verde frondoso de Central Park. Muebles elegantes. ¿Lo ves? No puedo detenerme, y lo estoy intentando.

Usualmente estaba solo en el departamento, sin contar a las empleadas domésticas, a quienes había entrenado para que no intentaran hacer contacto visual. La clave estaba en jamás responderles. Podían decirme: «Hola, ¿cómo está hoy, señor Matthew?», pero no les devolvía la mirada. No les daba respuesta. Supongo que era una actitud racista, dado que eran latinas o alguna variante de asiáticas, pero no se trataba sobre su raza. No del todo, aunque algo tenía que ver. Soy un tipo blanco y asquerosamente rico. Ellas eran pobres, y estaban aquí para limpiar, no para conversar. Así que a la chingada.

Con todo esto quizás quiero que dejes de leer. ¿Consideraste eso? Probablemente eres más inteligente de lo que pienso. Aunque, en realidad, no creo que lo sea. Eres bastante estúpido.

Algunos de los estudiantes soltaron risas por lo bajo tras este párrafo y Gil levantó la vista de la página. Aquel chico, sentado al otro lado de la habitación, que leía en una voz serena y constante, él había conocido a Thomas. Lo había contratado. El cuento no decía aún para qué, pero Gil lo sabía, sentía el jalón de lo inevitable, el centelleo de la proximidad a la certeza que venía de leer un buen cuento, pero que aquí no era un producto de la narrativa porque esto no era siquiera un cuento.

Y ya que estamos hablando de ti, lector, me gustaría decir: sé lo que estás pensando. Quizás no activamente, pero está ahí, en los rincones de tu mente, acechando, quizás acercándose: ¿De qué se trata todo esto? ¿Por qué tantos secretos? ¿Para qué estás contratando a Thomas? ¿Por qué carajo debería importarnos?

Quizás piensas que ya lo sabes; quizás piensas que puedes verlo, en la distancia (pero no por mucho, lo prometo): la revelación: Y, en efecto, no veo cómo sea posible esconderlo para siempre, pero dejemos eso de lado por ahora, el *qué*. Se paciente. Prometo que muy pronto todo quedará aclarado, pero ahora me has desviado, con tu interés lascivo en la trama. Iba a presentarte a mis papás, darte una idea de su personalidad, establecer su *personaje*, mostrarte sus fallas, pero la verdad es que no tengo ganas de hacerlo al tipo David Copperfield. Así que omitámoslo. Como el departamento, podemos resumirlo: imagina a tus propios padres. Ahora que sean ricos. Más ricos. Otra vez. Imagina la distancia y el desapego que trae ese tipo de opulencia; cómo cada momento de tu vida se vuelve una transacción. Ahí, vagamente esbozada, está mi vida. ¿No estás satisfecho? Bueno. A seguir con la trama.

Marqué el número de Thomas diez veces antes de que contestara. Empezaba a preocuparme que se hubiera echado para atrás, así que me preparé para sus quejas: querría más dinero, o más dinero adelantado. ¿Qué si lo arrestaban? ¿Cómo podía estar seguro de que le mandaría el dinero a su familia? Ya habíamos hablado de esto, pero una vez que le había dado el lugar y la hora en una nota de voz —que él quizás había guardado—, el cálculo cambiaba. Por primera vez me sentí vulnerable. Era probable que ya me hubiera expuesto sin darme cuenta, pero ahora lo sabía. Esto me molestaba. Sentía el enojo acumularse en mí cada vez que le marcaba y no obtenía respuesta, así que cuando finalmente contestó le dije:

—¿Qué chingados, Thomas? No me jodas, cabrón de mierda.

Se lo tomó bastante bien.

—Matthew, mi amigo. Qué gusto recibir tu llamada.

—Escucha bien, pendejo —le dije desde mi ventana, cegado momentáneamente por la rabia—. ¿Estás listo? ¿Está todo listo?

—¿Qué hay de ti, mi amigo? ¿Estás listo tú? Porque los dos estamos en esto, amigo. No sólo yo. Lo sabes, ¿verdad?

—Sí, cabrón, estoy listo. Tengo la información de la cuenta que me mandaste.

—Sí —dijo Thomas. Yo sabía lo que venía. Justo como lo esperaba. La codicia humana, mundana y predecible—. ¿Es suficiente, mi amigo? ¿Tú qué crees? Porque lo he estado pensando. He estado pensando que no es suficiente. Podría ir a prisión. Lo sabes.

—No lo puedo creer, ¿de verdad piensas que es una posibilidad?

—Sí, mi amigo, pienso que es una posibilidad. Está bien, está bien. Debí haber pedido más dinero, pero mi familia...Necesito el dinero. Entonces, si me arrestan, quiero más. Enviarás el dinero a mi familia. A las cuentas que te di. Esto es por mi familia, Matthew.

—Es muy conmovedor, Thomas. Me vas a hacer llorar. Y está bien. Si te agarran, mandaré más. —No tenía intención alguna de mandarle más. O de mandarle el dinero siquiera, más allá de los veinticinco mil que ya había transferido de una cuenta que había creado a través de uno de mis fideicomisos. Con la determinación necesaria y los recursos adecuados, alguien podría rastrearlo de regreso a mí, pero también asumí que nadie se tomaría tantas molestias. En especial una vez que recibieran la pista anónima que les ayudara a encontrar al inmigrante ilegal que había matado a dos ciudadanos destacados que habían jugado golf con el presidente. El presidente actual, el naranja. Y algunos otros, ahora que lo pienso.

—Y me mandarás cincuenta más ahora.

—¿Cincuenta qué?

—Cincuenta mil, Matthew. Por favor, no me hagas perder el tiempo. Sé que no eres tonto.

—Pues debes pensar que soy un imbécil si crees que te voy a mandar cincuenta de algo. ¿Quieres que te atrapen antes de hacerlo? Gitano de mierda.

Thomas exhaló con fuerza del otro lado de la línea, evidentemente molesto. Después de todo, era un hombre. Y ahí estaba yo, un niño.

—No deberías hablar así —dijo Thomas, pero antes de que pudiera volver a insultarlo, me interrumpió—. Está bien. Todo después a mi familia. Adiós.

Y colgó. Fue la última vez que hablé con él.

Lo había llamado desde mi habitación, y ahora miraba al otro lado de la calle, al departamento de una mujer que parecía ser bailarina. La había visto practicar con su leotardo varias veces. ¿Cuánto semen había derramado de esos vistazos? Bastante, déjame decirte. Después de todo, era un adolescente. ¿Quizás es demasiada información? ¿Quizá no te importan mis hábitos onanísticos?

Lo que de verdad quieres saber es: ¿qué ocurrió? ¡Ya basta de tanta maldita evasión! Bueno, querido lector, no te preocupes, todo salió de acuerdo al plan. La tarde acordada, Thomas embistió el Ferrari de mis padres con un camión robado, matándolos. Su ejecución fue exquisita (me disculparás el juego de palabras). El momento del accidente, la precisión. No lo llamaría una obra de arte, pero no era un jodido chiste. Impactar el costado de un coche de forma intencional. Sacado de una pinche película de acción. Casi increíble. Pero está bien si no me crees. Es verdad. Puedes buscarlo en Google. Y a pesar de los altos ratings de seguridad del Spider, mis padres fueron asesinados. Muertos. Éxito. Todo salió justo como lo había planeado.

Los ojos de Gil no lograban enfocarse cuando levantaba la mirada. Una colección borrosa de siluetas humanas alrededor de la mesa. Todo estaba en silencio, a la expectativa, menos la voz de Matthew, que seguía leyendo como si nada pasara.

Me doy cuenta de que me estoy haciendo sonar más sereno, más relajado, más confiado de lo que estaba. De hecho, estaba que me llevaba la chingada. Ese jueves, el día de su muerte, apenas podía pensar y mis manos no respondían —intentaba hacer puños, pero sólo lograba hacer ganchos como garras—. Tomé mis clases con la sensación de estar recibiendo constantes descargas eléctricas, en especial en el ano y en los huevos.

Mis padres no eran buenos, pero tampoco eran tan malos. En especial mi madre; ella era inteligente, mucho más que mi padre, que no era nada tonto. Cualquiera pensaría que él era más inteligente, ya que él ponía todo el dinero, pero sería una conclusión errónea. Mi madre era el cerebro, y era más amable y egocéntrica. Se concentraba demasiado en su apariencia, pero no era cruel. La única vez que mi padre me golpeó, cuando era niño —tenía nueve años y estábamos de visita en casa de su hermano; el gato de la familia apareció muerto y él me acusó (estaba en lo correcto, pero no tenía pruebas)—, ella se interpuso entre nosotros; le dijo que si me volvía a tocar lo mataba. Mi padre dio un paso hacia atrás porque le creía. Y hacía bien. Ella me había protegido. No todas las madres hacen eso, sabes. Sin llegar a las madres sadistas, están las madres comunes que fingen que su esposo no es un abusador o un violador pederasta. Uno de mis amigos padeció a uno de esos, un padre que solía violarlo cada vez que salían de vacaciones. Dos cuartos de hotel, nunca conjuntos, y su padre entraba a la habitación con dos calcetines enrollados. Se los metía a la boca a mi amigo para ahogar sus gritos. Lo demás puedes imaginarlo. Su madre lo sabía, pero no hacía nada. Fingía no darse cuenta. Mi amigo se suicidó, aunque sus padres no lo pensaron así: sobredosis. Trágico. «Qué triste», escuché a todo mundo decir. Un joven brillante. Codeína.

No hago esto por él. Un acto de venganza en nombre de nuestra generación, en contra de nuestros padres sobreprotectores que nunca nos cuidaron en realidad. ¿Pero qué justificación podría darte que te dejara satisfecho?

Esta es mi historia. La contaré como yo quiera.

Imagíname sentado en Central Park, la esquina suroeste, cerca de Columbus Circle, mi teléfono en mi bolsillo, esperando la llamada de Thomas con el teléfono desechable que le dije que comprara. Los pájaros revolotean cerca de mí, mendigando entre la vereda de concreto y la cerca de alambre que se supone nos impide cruzar y pisar el pasto. Sus cabezas diminutas voltean hacia mí cada que me muevo. Por la vereda hacia mi dirección camina una mujer de la edad de mi madre, su cuerpo está perfectamente delineado por su ropa para correr, una franja de material reflejante en su pierna, brillando con la luz de las lámparas decorativas que adornan el sendero. Más allá de la cerca, un perro se echa al pasto junto a su dueño, un imbécil que piensa que las leyes sobre usar correa no aplican para él. El perro es lindo, un setter irlandés, pero no es ninguna excusa. La ley no dice que todos los perros deben traer correa a menos que sean hermosos. Aunque al tipo no le importa. Quizás vive en uno de los edificios detrás del mío, 25 Central Park West, o en el Time Warner Center. Por encima de la ley a raíz de su departamento de treinta millones. No se equivoca.

Desde mi banca rodeada de luz puedo ver la Séptima Avenida. Más allá de la masa oscura de árboles. Y ahí, justo ahora, mis padres están acelerando en su Ferrari. Mi padre está manejando, va demasiado rápido, mientras mi madre se entretiene en su celular. No lo verán, será solo un segundo o una fracción del mismo, el camión que se aproxima hacia ellos. Mientras tiemblo en mi lugar, me imagino que puedo escuchar el chillido agudo y afilado del metal una vez que el hermoso coche es destrozado, cortando y colapsándose sobre mi madre, luego mi padre, mientras Thomas, detrás del volante, se concentra, mantiene el pie sobre el acelerador.

> Una calma me envuelve antes de que entre la llamada, que toma alrededor de dos horas. Dejo de temblar. Mis manos mantienen su pulso. Me pongo de pie, ahuyentando a los pájaros que descansan sobre la cerca, sentados en fila, observándome como a un ídolo. Sé precisamente lo que haré ahora: iré a casa de Eric. Buena coca, putas dispuestas. Pero por unos momentos más disfruto estar ahí, los ojos brillantes de los pájaros observándome. Y luego, una vez cometido el acto, mi vida liberada, saldré del parque y regresaré al resplandor suave y peculiar de mi ciudad.

Gil intentó respirar, pero su garganta comenzó a cerrarse y a duras penas logró hacer un sonido. Tras unos segundos de susurros y una risa incómoda, los estudiantes comenzaron sin él. «Fue bastante perturbador, ¿aunque bastante interesante? ¿Y el personaje era interesante? ¿Y la trama es original?» Alice dijo que abusaba de los dos puntos, que podría quitarlos; Tony mencionó que amaba la parte del Ferrari: «Es un carro tan chido».

Uno de los estudiantes comentó que quizás no necesitaba usar *gitano* como un insulto, porque era racista, y una distracción. Además esto volvía al personaje muy poco agradable. Alice dijo:

—Pero se supone que nos caiga mal, ¿no? Ya que es un asesino.

—Está bien, suficiente de esta pendejada —dijo Gil. Sus ojos se enfocaban y desenfocaban, dejándolo ver la sorpresa en las caras de los estudiantes.

—Racista, agradable, ¿a quién le importa un carajo? —Podía darse cuenta, incluso desde su ira, de la disonancia entre el maestro que había intentado ser: relajado, jocoso—, y cómo se sentía ahora. Lleno de odio. Violento. Los estudiantes se hicieron hacia atrás en sus asientos, preocupados, inconformes.

—Este cuento, este pedazo de... —Azotó su mano sobre la mesa y uno de los estudiantes dejó escapar un aullido—. Esto no es un cuento. ¿Qué no se dan cuenta? ¿No se dan cuenta de lo que está haciendo?

Señaló a Matthew y notó cómo el chico sonreía, confiado, cruzando los brazos sobre su pecho. Junto a él, Susie se escondía bajo la sudadera, con la capucha puesta.

—Profesor —dijo Alice, pero la ignoró.

—No, Alice, detente. Esto, esta cosa, esto es una confesión. ¿No lo ven? —No podían ser tan tontos, ¿o sí? Quizás lo eran.

—Sé que hay coincidencias —continuó Alice, como si de ella dependiera frenar al profesor desquiciado—, pero es ficción, así que quizás estaba usando...

—Alice, por favor, cállate. Escucha, carajo, escucha. Esto se trata de mi hermana. —Gil se quedó viendo a Alice, odiándola. A todos ellos, sentados ahí, escuchando a este cabrón, su confesión de asesinato, discutiendo sus méritos, su uso de los dos puntos. A la chingada con ella. A la chingada con todo esto. La cara de Alice se enrojeció, y comenzó a llorar. Tomó el cuento y lo sacudió, haciendo que las páginas resonaran junto a su cara.

—Todo esto es verdadero. ¿Entienden eso? El conductor, el departamento, el accidente, mi hermana, su esposo. Y él, él lo puso todo aquí.

Miró a Matthew. La sonrisa del chico se veía por debajo de su capa falsa de preocupación. Esto es lo que él quería. Echárselo en cara. Provocar una reacción así. «Bien, aquí está, pendejo. Aquí está tu puta reacción».

—Matthew —dijo Gil, y su nombre hizo temblar su voz—. No puedes sólo sentarte ahí. Diles. Diles qué carajo. —El chico se hizo hacia delante, con los codos sobre la mesa.

—¿Qué, profesor? ¿Les digo que mis padres murieron en un accidente? —Matthew miró alrededor, perplejo— Es verdad, lo usé en mi cuento.

—Sabes que eso no es lo que… —dijo Gil, pero el chico lo interrumpió.

—No estoy seguro de qué necesita que diga, profesor. Es un cuento. Pensé que era una clase de narrativa. Supongo que me perdí de algo.

—No es un cuento, no es una chingada… Diles, diles lo que… —Le faltaba el aire. Se sentó, intentando respirar. Los alumnos susurraban entre sí, alguien tosió, se escuchaban los cierres corriéndose. Desde el fondo del salón escuchó la voz de Matthew, pero no entendió lo que dijo. El zumbido en sus oídos se acrecentó hasta que escuchó sólo la estática. Una silla se azotó contra la mesa; un cuerpo lo pasó de largo; la puerta se abrió con su chillido neumático; cerró sus ojos y se inclinó para presionar las palmas de sus manos contra su cara. Tenía que recuperar el control. Tenía que detener a Matthew. Cuando abrió sus ojos, había varios estudiantes de pie.

—¿A dónde van? —les dijo, mientras Tony se ponía su mochila. A través de su mirada neblinosa podía notar que Matthew seguía del otro lado de la mesa, diciéndole algo a Susie.

—No sé, profesor. Esto no está bien —dijo Tony, sacudiendo su cabeza, antes de retirarse.

Con eso quedaron todos liberados, y comenzaron a recoger sus papeles y sus computadoras, metiéndolas a sus mochilas como si la alarma de incendios estuviera sonando.

—¿A dónde van? — dijo Gil—. No ha terminado la clase.

Se dio cuenta de que Alice ya se había ido. Solo quedaban algunos estudiantes en sus asientos, y lo terrible era que Matthew era uno de ellos. El chico se estiró para recibir su manuscrito de uno de sus compañeros, añadiéndolo a un montón que tenía frente a él. Gil fijo su mirada en el chico, al otro lado del salón, intentando enfocarlo, intentando volverlo nítido.

—Matthew —le dijo, intentando mantener el nivel de su voz—. Tenemos que hablar.

—No lo creo, profesor —le dijo Matthew, levantándose de pronto y cogiendo su chamarra del respaldo de la silla—. Así estoy bien.

—No —dijo Gil—, no puedes. —Pero Matthew venía hacia él por un lado de la mesa y el miedo se acrecentó en su interior. El chico era un asesino. Exactamente el tipo de persona que Gil siempre había deplorado, y era quien había sospechado, odiado y temido. Había contratado a Thomas. Había matado a sus padres.

—Te molesta —dijo Matthew, a un lado de la silla de Gil. El chico se acercó a él, no para agredirlo, sino para tomar el cuento. Gil le arrebató las páginas de la mesa y se las puso sobre las piernas, arrugándolas contra su estómago. Matthew lo miró, como considerando escalar la situación, para entonces esbozar una sonrisa torcida y retirarse.

Gil metió sus libros y su computadora a su morral, pero se quedó con el cuento entre las manos. Evidencia. Podría enseñárselo a Molly o a la detective. El chico había cometido un error y ahora, quizás, Gil lo tenía.

26

Una vez en su oficina intento calmarse. No era momento de entrar en pánico. No podía colapsar, no ahora que el chico la había cagado. Una vez que controló su respiración, llamó al número de Nueva York que estaba bastante seguro de que le pertenecía a la detective. Tenía que decirle. El teléfono sonó una vez, antes de dirigirlo al buzón de voz de la policía del Estado de Nueva York: «Deje un mensaje con el número de caso y el nombre del detective». Tartamudeó para decir que era Gil Duggan:

—¿Podría devolverme la llamada la detective que trabaja en el caso de Sharon Westfallen? La detective Simpson. Tengo que decirle algo, que posiblemente le ayude.

Se quedó sentado en la oscuridad de su oficina. El relato de lo sucedido estaría circulando ya por los pasillos de la universidad. No lo que había dicho, sino el hecho central. Le había gritado a los estudiantes; había usado un lenguaje vulgar contra su propio sobrino. Aunque no sólo a él. Se podía imaginar a Alice en la oficina del rector, aferrada a una bola de Kleenex mientras intentaba mantener la calma lo suficiente como para contar lo ocurrido, cómo la había agredido, cómo había perdido la cabeza durante la clase, lo poco segura que se sentía. ¡Era tan horrible! ¡Tan grosero! «Claro», el rector le diría con la simpatía que se le tiene a un cliente frecuente. Pondrían manos en el asunto de inmediato. No tenía nada de qué preocuparse, porque la protegerían. Gil levantó su morral del suelo y salió tan rápido como su espalda se lo permitió. Bajó las escaleras, hacia la acera llena de sal.

Cuando se estacionó en la entrada, la casa estaba oscura. Todo estaba mal. Se suponía que Matthew estaba ahí. Gil había repasado todos los detalles de la escena que vendría a continuación; tenía listos cada movimiento, cada línea de diálogo, tenía una idea tan precisa de lo que continuaba, que llegar a la casa vacía era como acudir a una obra el día del estreno y de pronto toparse con las puertas cerradas: al interior, sobre la alfombra roja que tapizaba todo, un puesto de golosinas con una capa amarilla de palomitas secas en el suelo, sillas encimadas en las esquinas de un salón de juegos oscuros.

Molly e Ingrid habrían llegado ya a Maryland, y Chloe estaba en camino a Sarah Lawrence. Matthew debió haber decidido mantenerse alejado al darse cuenta que no tenía dónde esconderse. Quizás entendía que se había expuesto. Un desliz entendible para un chico tan arrogante y desenfrenado como él, alguien a quien desde niño se le había dicho que nada podía tocarlo.

Le mandó un mensaje a Molly preguntando cómo había estado el camino. Tenía que decirle sobre la clase, sobre el cuento de Matthew, hacerla entender que todo este tiempo Gil había tenido razón. Pero tenía que explicarlo con cuidado, o podría asustarla... No era como que le faltaran motivos para estarlo, pero al menos estaba lejos y a salvo. Aunque Matthew sabía dónde se encontraban. Justo ahora podría estar en cualquier lugar: dándole una paliza a Susie o de camino a Maryland para reunirse con Molly e Ingrid en la granja, listo para darles una explicación que les hiciera bajar la guardia por la noche, para entonces entrar, una por una, a sus habitaciones.

Llamó a Molly, pero lo mandó a buzón. La recepción en la granja de sus padres no era buena, y hasta donde ella sabía, todo estaba bien.

Los papeles ya no estaban en el escritorio de Matthew, y había cambiado de lugar su maleta. Tal vez se la había llevado. Quizás había estado ya en el Audi durante la clase, y quizás había planeado todo: mostrárselo en la cara a Gil para luego desaparecer.

Solo que ahora Gil tenía el cuento. Corrió hacia su abrigo, lo sacó del bolsillo. Tenía que escanearlo, enviárselo a Molly y a la detective de Nueva York. Por un momento, mientras buscaba en un cesto lleno de cables enredados, le preocupó que fuera ilegal enviar el cuento porque había reglas de privacidad, FERPA y todo eso que se suponía él debía entender. Sin embargo, se trataba de un crimen, un delito mayor; seguramente esas protecciones no aplicaban. Y si lo hacían, ¿qué? Esto era más grande que su empleo en Essex, más grande que la privacidad de Matthew.

Vació el cesto sobre el sillón y escarbó entre los cables blancos y negros, pero el adaptador no estaba ahí. Encontró el escáner en su habitación, pero no le servía de nada sin el adaptador. Buscó en los cuartos de las niñas, luego en su propia habitación otra vez, después en la de Matthew, y volvió al cesto una última vez. Nada. No podía usar el escáner sin el cable. Maldijo al regresar los cables a su lugar y recordó: Chloe se lo había llevado a Sarah Lawrence. Estaba a cargo de las diapositivas y tendría que poder conectarse al proyector. Le había preguntado si podía llevárselo, y Gil había respondido que por supuesto. ¿Por qué carajos no tenían otro cable? ¿O muchos más? Había querido comprar uno de repuesto por mucho tiempo, pero siempre se le olvidaba. Y aquí estaba recompensada su pereza. Tenía el cuento —la evidencia, o algo parecido a una prueba—, pero no tenía forma de compartirla.

Se preparó un paquete de pasta con mantequilla, se sentó en la barra y miró la entrada de la casa mientras comía. Le llegó un mensaje de Chloe. Habían llegado a Sarah Lawrence, Lily era su compañera de cuarto (¡hurra!) y el primer debate era mañana. Le escribió para desearle suerte —resistiendo sus ganas de preguntar sobre el adaptador—, luego revisó su ubicación en un impulso de ansiedad. Y ahí estaba, un punto azul en Bronxville. Luego miró la ubicación de Molly: no muy lejos de la línea estatal en Maryland. Todas estaban a salvo de Matthew. Ahora podía lidiar con el muchacho por su cuenta... si podía encontrarlo, si regresaba a casa. A las nueve, mientras cambiaba, errático, de canal a canal, entró una llamada de Molly. La conexión era mala, y no podía escuchar todas sus palabras.

—Hola, cielo, ¿cómo estás? —le dijo ella.

—Nada bien —dijo Gil—. Las cosas son un desastre, Molly.

—¿Qué pasó?

Intentó explicarle, esperando que pudiera entender lo que quería decir con sus enunciados erráticos. Se intentó apegar a la idea central: Matthew había contratado a alguien para matar a sus padres, y lo había escrito en un cuento que entregó en clase. Una confesión, Molly. Y el chico estaba afuera, haciendo quién sabe qué. Habló sobre llamar a la detective, pero ella lo interrumpió,

—¿Me lo puedes mandar?

—¿El cuento?

—Sí. Quiero verlo.

—Lo tengo justo aquí, pero el escáner… Chloe se llevó el adaptador, el cable blanco, y no puedo escanearlo. Pero lo tengo. ¿Quieres que te lo lea?

Hubo una pausa.

—No, no creo. —Se detuvo y dijo más calmada—. Gil, ¿él está ahí?

—No. Lo estoy esperando, pero, mierda, Molly, no lo sé. No sé si me pueda quedar sentado sin hacer nada.

Tras otra pausa, ella le dijo:

—Prométeme que mantendrás la calma.

—Lo haré. Esperaré aquí. No tiene nada de malo que me quede aquí en mi casa, ¿o sí?

—Quédate ahí, Gil, ¿está bien? Por favor quédate ahí.

Le dijo que por supuesto, y luego que la amaba. En cuanto colgó, la ansiedad se multiplicó en su cabeza, proyectando fantasías violentas mientras intentaba ver una película de zombies. Molly le envió un correo electrónico que decía que lo importante era conservar la calma y ponerse en contacto con la policía si de verdad creía que esto era serio, pero Gil estaba un paso adelante. Molly estaba siendo inocente. Ahora que Matthew se había expuesto, ahora que se había descubierto en una pulsión mezquina, intentaría desaparecer. Si Matthew había planeado un asesinato, seguramente tenía un plan de contingencia: dinero resguardado dentro de cuentas en el extranjero, arreglos con un servicio de jet privado para sacarlo del país. Gil no podía sólo dejarlo ir. Había asesinado a Sharon. Él era el asesino de su hermana, y estaba libre, vagando por ahí.

Se despertó en el sillón con la luz azul de la mañana. En cuanto se movió, una descarga de dolor lo recorrió de los hombros a las piernas. Jadeando, cojeó hasta el baño buscando Advil, luego se acostó en su cama, meciéndose entre el sueño y la vigilia.

En cuanto la hora se volvió razonable, le marcó a Molly. Ella dijo que había intentado marcarle al muchacho, que le había enviado mensajes, pero no le había respondido.

—Supongo que sólo podemos esperar, Gil. Deberías llamar a la detective.

Así lo hizo mientras esperaba a que el café estuviera listo, pero otra vez la llamada entró a buzón. Quizás la detective Simpson estaba enferma o de vacaciones. Nada pudo la caminata torpe y lenta por el bosque contra su ansiedad, sólo despertó el dolor en su espalda con cada paso, y al regresar estaba seguro de que el chico estaba en la casa, escondido, observándolo. Buscó en el sótano, la lavandería, en todos los cuartos e incluso —se sentía ridículo— los armarios, pero no encontró nada.

Había otro lugar: la casa de Susie, pero era peligroso ahora. La vecina podría reconocerlo, o quizás Susie intentaría llamar a la policía. Su profesor, vuelto un acosador, no la dejaba en paz. Merodeaba afuera de su departamento justo ahora.

Intentó trabajar: calificar ensayos, lo cual quedó descartado en poco tiempo, y comenzó a leer los cuentos de Yoko Ogawa que estaba enseñando en clase, pero incluso las historias no lo sacaban de su cabeza llena de pánico. Pensamientos frágiles y quebradizos chocaban entre sí y estallaban. No debía estar ahí solo. Molly tenía razón.

Aunque ella pensaba que Gil era el mayor riesgo para sí mismo. No Matthew, quien la había adulado y convencido y quien había comprado su afecto con arte, con su elocuencia y su sensibilidad urbana. Gil sabía desde hace años que Molly extrañaba su vida en la ciudad, pero era desagradable que la encontrara en Matthew y que su fortuna la cegara de la maldad que había en él. Y estaba equivocada al sugerir que lo mejor era solo quedarse quieto y esperar. Ella no había estado en el aula cuando Matthew leyó su cuento, enunciado por enunciado, como si lo disfrutara. Solo Gil sabía la verdad sobre el chico, sólo él podía detenerlo. El día dio paso a la tarde y, finalmente, cuando comenzaba a nevar, Molly le escribió: «Noticias sobre Matthew. Está en Nueva York».

Miró su teléfono, releyó el mensaje. Sus manos le temblaban tanto que le tomó unos minutos escribir una respuesta: «¿Qué? ¿Cuándo? Llámame».

Dio vueltas en la sala. Tenía que ir a la ciudad ahora. Ya debía estar en camino. ¿Qué estaba esperando? Matthew había ido a Nueva York para escapar, y pronto desaparecería. Pero ¿por qué le había contado a Molly? Para intentar ponerla de su lado, como si todo estuviera bien. Eran vacaciones, ¿de qué se preocupaban? ¿El cuento? ¡Vamos, hombre, era ficción! Un chiste. ¿No soportas un chiste? Y ahora se estaba tomando un respiro bien merecido, visitando amigos. Completamente normal. No estaba huyendo en lo absoluto. Otro mensaje llegó: «Dijo que fue a NYC a pasar las vacaciones. Me dijo que te había contado. Sé que es mentira, pero al menos sabemos dónde está».

Como si eso arreglara todo. Parecía que Molly estaba dispuesta a dejar escapar a Matthew, a que se fuera. Le escribió de regreso: «No podemos dejarlo ir. Tenemos que ir por él»

Pasó un largo rato antes de que Molly respondiera, y cuando lo hizo, Gil ya estaba arriba, metiendo un par de calcetines y calzones extra a su mochila sobre su copia del cuento: «¿Ir por él? Por favor, déjalo. ¿Llamaste a la detective?».

Podía llegar a la ciudad en seis horas, lo encontraría, y lo vigilaría hasta que pudiera ponerse en contacto con la detective, luego dejaría que la policía tomara las riendas. Aunque también quería estar ahí cuando sucediera, quería verlo, guiado en el asiento trasero de una patrulla.

Tras echar su coche de reversa, salió de la entrada sin detenerse. Le escribiría a Molly una vez que cargara gas. No podía dejarse convencer de parar, no ahora. El mundo tendría que mirar al corazón vacío del malcriado rico que tenía por sobrino y enfrentar a la bestia que habían creado por indulgentes. El carro se mecía en el camino de grava. Gil apretó el volante, aceleró y sintió que esto era lo más importante que había hecho jamás.

27

Ráfagas de nieve azotaban contra los faros delanteros. La carretera estaba casi vacía en las montañas y tuvo que prestarle atención a su velocidad, en especial cuando iba cuesta abajo en la oscuridad. Si lo detenían, saldría todo mal. Cualquier oficial idiota no se tomaría nada bien su agitación. Al paso que iba, no llegaría a la ciudad antes de las once, y una vez ahí, tendría que encontrar estacionamiento. Era mejor no sobrepensar las minucias, como lo que le diría a Matthew… Asumiendo que el chico estaba en el departamento, lo cual, probablemente, no era el caso, a menos que estuviera ahí con Susie, golpeándola.

Revisó su teléfono y vio que Molly le había marcado doce veces, le había dejado dos notas de voz e incontables mensajes: «¿Dónde estás? Quédate en casa. Por favor, Gil, no vayas tras él». Le escribió un solo mensaje de vuelta: «Estoy bien. No te preocupes. Regreso a casa pronto».

Cuando pasó la línea estatal de Nueva York, más allá de Brattleboro, miró su celular de nuevo y vio que tenía una llamada perdida de un número de Nueva York, a las 8:13 p.m., después del horario regular, si existía algo así para la policía. Gil se orilló y llamó a la detective, pero entró a buzón de nuevo. Dejó un mensaje, intentando mantener la calma. Se dirigía a la ciudad porque Matthew estaba ahí, y Gil tenía una copia de un cuento que el chico había escrito, y la detective tenía que verlo. Colgó antes de perder el hilo y regresó a la carretera, acelerando más.

La detective no lo hubiera contactado tan tarde si no fuera importante. Quizás Thomas había confesado, y ahora querían hablar con Matthew, lo cual elevaba las probabilidades de que el chico escapara. Gil tenía que encontrarlo.

Se detuvo en una gasolinera y, tras llenar el tanque y comprar un café, llamó a Molly desde las puertas donde los viajeros cansados entraban y salían de los baños sucios. No debería llamarla. Ella lo trataría como a un loco porque, desde su punto de vista, debía parecer una locura. Como si hubiera perdido el juicio. Sin embargo, la llamó de todas formas. Quizás porque quería que lo convenciera de no hacerlo —se lo admitió mientras marcaba el número en el celular, mientras lo ponía contra su oído, temblando—. Más bien quería que intentara convencerlo, luego, en vez de ceder, le contaría todo lo que no le había contado, lo que se había guardado por varias razones, pero Molly lo entendería. Tenía que hacerlo.

El teléfono sonó seis veces, pero nadie contestó, y Gil sintió un alivio que lo dejó exhausto por un momento. Cuando escuchó el tono para dejar un mensaje, colgó y se apuró de regreso al coche, puso el celular en el portavasos, y aceleró de regreso a la carretera, antes de que Molly pudiera devolverle la llamada.

Llegó a las afueras de la ciudad poco después de las diez, luego pasó otros treinta minutos dando vueltas por el vecindario, pasando por lugares vacíos, echándose en reversa solo para descubrir que alguien más ya los había ocupado. Maldijo. No vio los señalamientos y terminó estacionado en una zona de carga y descarga. Finalmente se dio por vencido, y se dirigió a los estacionamientos cerca del East River; puso seguro al coche y miró su celular: ningún mensaje, pero Molly lo había llamado cuatro veces.

También había un mensaje de Chloe. Cuando lo abrió, el celular seguía transmitiendo su ubicación. El punto azul, sin embargo, ya no estaba en Bronxville, sino en Manhattan. En el Upper East Side, calle sesenta y tantos, no muy lejos de Gil.

28

¿Quizás Chloe estaba cenando? ¿Quizás su maestra había llevado al grupo de paseo? Pero cuando leyó sus mensajes solo decía que el primer día había estado bien, que había ganado dos de sus debates, había perdido otro por un juez estúpido y dormiría temprano. Ninguna mención sobre la ciudad. Gil sentía náusea al pensar en la posible verdad: Chloe estaba con Matthew. El chico estaba aquí, no muy lejos, y ahora Chloe estaba con él. Juntándose con el asesino de su primo. Y ahora el chico estaba huyendo de Gil, quizás planeando un escape más en forma, y si estaba con Chloe, y si estaban juntos ahora...

Se sostuvo del coche, respiró hondo por entre los temblores que lo sacudían. Tenía que encontrarlos: tenía que encontrar a su hija antes de que Matthew le hiciera algo. ¡Qué equivocada había estado Molly!

Cuando revisó su ubicación de nuevo, el celular tardó un momento en actualizar el mapa y el punto se había movido: bajaba por las cincuenta. ¿Cómo se había movido tan rápido? A menos que estuviera en el metro o en un taxi.

El viento estaba en su contra mientras corría. Jugó con las llaves del departamento, considerando si debería tocar antes de entrar. ¿Quizás debería pedir al portero que llamara a la habitación? Si es que lo dejaban pasar, pero ya que Gil era el tutor legal del chico, ¿no era básicamente el dueño del departamento? La avenida se extendía frente a él en la oscuridad helada. Las calles estaban plagadas de taxistas apurados y el sonido de los cláxones era constante, pero a medida que se acercó a la esquina de Park y Madison, las fachadas de ladrillo rojo, los palacios augustos y modestos, pudo sentir cómo el silencio creció a su alrededor. Entonces llegó al toldo verde que marcaba la entrada al edificio de Sharon.

—¿Puedo ayudarlo, señor? —preguntó el portero al abrir la puerta de vidrio, bloqueándole la entrada al vestíbulo, dejando a Gil afuera, bajo las lámparas térmicas.

—Soy Gilbert Dugga. Departamento 14A.

—¿Duggan? —dijo el hombre, arrugando su cara, como si el nombre significara *Jódete* en alguna lengua que Gil jamás conocería.

—Soy el hermano de Sharon Westfallen —Sabía que era importante mantener la calma. Sólo tenía que pasar a este gorila para encontrar a su hija.

—Ah, señor. Duggan, no sabíamos que vendría a visitarnos.

—Pues aquí estoy. Con permiso —dijo Gil, pero cuando dio un paso al frente el portero se puso frente a él sólo por un instante, apenas lo suficiente como para que pudiera decirse que ocurrió—, y luego se hizo a un lado con un ademán exagerado.

«No importa, no importa», se dijo Gil mientras caminaba frente al escritorio desde el cuál otro vigilante con traje lo miraba, preguntándose cómo había entrado este vagabundo, este don nadie.

—¿Sabe por dónde? —gritó el primer portero. Gil presionó 14 en el elevador y miró al hombre para que supiera exactamente lo que pensaba de él: era un perro molesto, contratado por los ricos. Pronto sería demasiado viejo y débil, y se desharían de él, lo mandarían de regreso a su pocilga en Queens con su cocina llena de moho, su alfombra deshilachada, y ahí se encorvaría sobre su mesa amarillenta, fumando cigarros que lo matarían, votando en contra de sus intereses en una retorcida muestra de lealtad hacia la clase que lo había tirado como un pedazo de basura. Gil tuvo que tragarse las ganas de sacarle el dedo mientras las puertas del elevador se cerraban.

No había señal de que alguien hubiera estado en el departamento. Ningún abrigo en el perchero, ni zapatos junto a la puerta, todo estaba en silencio.

—¿Hola? —dijo, adentrándose, prendiendo las luces—. ¿Chloe? —llamó y se sintió como un tonto. Sabía por la ubicación en el celular que ella no estaba ahí.

No había señal del chico en la cocina: ningún plato o vaso en el lavabo. Se sirvió un vaso de agua e intentó concentrarse mientras bebía y el agua se derramaba por su barbilla. Las manos aún le temblaban. Muy bien, hora de irse, de encontrarlos. Al menos, a encontrar a Chloe, y asegurarse que estuviera bien, enviarla de regreso al dormitorio... o quizás debería enviarla al departamento para mantenerla cerca. No podía darle la oportunidad de seguir como si nada hubiera ocurrido, como si no le hubiera mentido a su padre, como si no se hubiera vuelto, aparentemente, en una rebelde bajo la influencia maligna de Matthew. El asesino no estaba satisfecho con matar a la hermana de Gil, ahora tenía que meter a Chloe, ponerla en peligro.

Abrió sus mensajes de nuevo, presionó la ubicación de Chloe, pero no apareció ningún mapa. Debajo había una opción: «Compartir ubicación». ¿Qué significaba? ¿La había desactivado? No haría eso. O quizás había leído sus mensajes, preguntándole si estaba en la ciudad. Quizás le había dicho a Matthew, y el chico, con su malicia, con su innegable perspicacia, se había dado cuenta de que Gil estaba detrás de su rastro; entonces se hizo del celular y apagó el servicio de ubicación.

Gil llamó a Chloe, pero la llamada entró a buzón. Le mandó un mensaje: «Avísame dónde estás. ¿Todo bien?»

Titubeó. Era probable que Matthew estuviera sosteniendo el teléfono en ese preciso momento, esperando a que el idiota de su tío mandara un mensaje. Pero tenía que enviarlo porque era su hija. El mensaje se mostraba como «Enviado», y Gil esperó la confirmación de «Leído», pero no apareció.

Muy bien, mantén la calma. Le dio otro sorbo al vaso, lo puso en la barra; la mano le temblaba tanto que el vaso rebotó contra la piedra, y Gil temió que fuera a romperse, pero logró controlar su mano sin causar un desastre. No había ocurrido nada aún y, hasta donde Gil sabía, Chloe estaba bien.

Encendió las luces de la habitación principal; al parecer, nadie había estado ahí. Luego pasó al cuarto de visitas, que alguien había limpiado desde su última visita: las sábanas estaban arregladas, las almohadas acomodadas con precisión. La puerta del cuarto de Matthew, cerrada. Gil tocó y entró una vez que encontró el interruptor desde afuera.

Sobre la cama del chico se encontraba la bolsa con que lo había visto llegar en el aeropuerto de Burlington hace unos meses. La laptop estaba dentro, pero era inútil, así que examinó los papeles en el escritorio. Algunos exámenes y un ensayo para Herbert —Puros diez con notas de sus profesores «¡Gran punto!» y «Este enunciado es encantador», también algunos recibos guardados al fondo de su cajón. Casi todos de cajeros: retiros de $500, $700, $350. Balance restante: $34,416.83. Parecían de varios puntos en la ciudad: el centro, el Upper East Side, el distrito financiero. Los recibos eran inútiles también: $3,600 en Burberry por una gabardina, $900 en Nike por cuatro pares de zapatos. ¿Para qué necesitaba tantos? Quizás había estado consintiendo a sus amigos, ahora que sus padres no estaban. Ese podía ser un buen inicio: sus amigos, sólo que Gil no sabía nada de ellos. Aunque sí el nombre de uno, el del chico en el cuento. El mismo que Matthew había visitado: Eric.

Nadie de la edad de Matthew tenía una libreta de contactos, todo estaba en el celular del muchacho, incluyendo la evidencia que se necesitaría para enjuiciarlo, pero Gil estaba cerca, podía sentirlo. Venir a la ciudad no había sido una locura. Las horas de sospecha, sus intentos de espionaje, no habían sido en vano.

Caminó a la sala, luego de vuelta a la cocina, donde encontró, en un cajón junto al refrigerador, debajo de cartas de agradecimiento, clips de papel, sobres, plumas, y tarjetas de negocios, una lista de alumnos de Herbert, de penúltimo año; números telefónicos y direcciones. Su dedo temblaba mientras lo deslizaba por la lista, saltándoselo la primera vez, obligándose a recorrer la lista una de nuevo, descartando los apellidos, concentrándose en los nombres, y ahí estaba: *Eric Harlan. Calle East Sixty-fourth.* Gil sacó su celular y logró calmarse lo suficiente para buscar la dirección en Google Maps. No estaba lejos, eran sólo dieciséis minutos caminando. Miró su celular; el mensaje a Chloe se había entregado, pero no lo había leído. Si estaba despierta, era obvio que lo vería. Entonces, ¿por qué no lo había leído? ¿Por qué no le había contestado? A menos que algo hubiera pasado. Quizás Matthew sí había tomado su celular… o algo peor. Se puso su abrigo, buscó la copia del cuento de Matthew en su maleta y lo metió a su abrigo. Luego salió del departamento y presionó el botón del elevador una y otra vez hasta que las puertas se abrieron.

La casa era de ladrillos rojos; cuatro pisos con un pórtico elevado. Se parecía un poco al primer lugar en el que había vivido con Molly. Sólo que su departamento en Brooklyn se caía a pedazos y nadie lo había pintado desde los sesenta; los escalones estaban rotos y las ventanas del sótano estaban cubiertas con madera. Este edificio se veía bien cuidado, con una capa brillante de pintura negra en la puerta de acero y con lámparas de gas, cuya flama no revelaba ninguna sombra. Había luces cálidas en el vestíbulo, y a través de las ventanas del primer piso, podía ver un poco de una sala, sus paredes amarillas, un librero.

La única opción que tenía era tocar el timbre. Se imaginó sorprendiéndolos de alguna forma: la sonrisa drogada de Eric desvaneciéndose al darse cuenta que no se trataba de otro adolescente desenfrenado. Para cuando Gil cruzara la puerta, Matthew apenas se estaría levantando del sillón. ¿Luego qué? ¿Le rompería la cara, gritando el nombre de Sharon?

Presionó el botón, esperó unos segundos, y una silueta se movió detrás de las cortinas frente a los paneles de vidrio en la puerta. Apareció la cara de una chica.

—¿Hola? —dijo una voz de chica por el parlante.

—Hola, estoy buscando a Matthew Westfallen — Gil intentó sonar profesional, como si fuera un policía, o al menos alguien con autoridad.

—¿Qué? —La voz definitivamente era la de una adolescente, podía notarlo, lo cual significaba que no había nada que temer. Si hubiera adultos adentro, ellos habrían contestado, y entonces tendría un verdadero problema. Era casi la una de la mañana. ¿Se molestarían? ¿Se alarmarían? No los conocía. Eran tan poco para él como seguramente él lo era para ellos.

—Soy su tío. El tío de Matthew Westfallen.

—¿Tío? —Después de una pausa escuchó cómo gritó—. ¡No sé! ¿Por qué no tú? —y la reja se abrió.

Respiró hondo una vez que subió la escalinata, intentando prepararse para lo que venía. A Matthew no le gustaría ser perseguido. «Pues que se joda, que se joda, que se joda».

Pasos. Susurros. Luego la puerta se abrió un poco.

—¿Hola? —Sólo podía ver un poco de la cara de la chica, linda, pelo rubio, con un miedo casi infantil.

—Hola, soy el tío de Matthew, tengo que hablar con él. Me preguntaba si sabías dónde está.

—¿El tío de Matthew? —dijo un chico, arqueando las cejas. Seguramente él era Eric—. No me chingues.

—De verdad. Tengo que encontrarlo. Vino a la ciudad…

Antes de que pudiera terminar, la puerta se cerró, luego se abrió por completo. Eric era mucho más alto que Gil, enorme y musculoso. Su cuello parecía estar hecho de varillas sobre las que alguien había apretado su piel.

—Bienvenido a mi humilde morada, profesor. —El chico hizo una reverencia al decir esto, riéndose.

—Lamento la hora, pero estaba…

—¡Para nada, no me chingues! —gritó Eric, dando un paso hacia Gil y palmeándolo con fuerza en el hombro, empujándolo hacia el vestíbulo. Podía ver la sala: un sillón de piel largo y lleno de jóvenes.

—Estoy buscando a Matthew —dijo Gil, dando un paso para evitar otra palmada de Eric, quien acechaba detrás de él—. Llegó a la ciudad esta tarde. ¿Lo has visto?

—¿Matthew? —dijo Eric, rascándose con los dedos la barbilla llena de acné— ¿He visto a Matthew? Mierda, no lo sé. ¿Qué hay de ustedes, cabrones? Ya lo escucharon. ¿Dónde está Matthew? ¿Alguna de ustedes, perras, lo está escondiendo? Porque yo no lo veo. ¿Dónde estará ese pendejo?

Gritó la última parte, echando su cabeza hacia atrás, y luego soltó una carcajada que lo lanzó contra la pared.

Los adolescentes en el sillón tenían miradas vacías y vidriosas; dos chicos y cuatro chicas. La habitación olía a mota, pero no se veía ningún indicio de drogas.

—¿No lo has visto? —dijo Gil, de frente a Eric, que aún se reía, encorvado.

—No —le contestó, componiéndose, tallándose los ojos—. No lo he visto.

—Pues si lo ves —Gil se detuvo. ¿Qué quería? ¿Que le dijeran a Matthew que lo llamara? No. Pero no podía pedirles que mantuvieran su visita en secreto. Su llegada después de la media noche.

—Puedo escribirle —dijo una de las chicas en el sillón, mostrando su celular. Era la más hermosa de las cuatro, con la cara perfecta de una muñeca alrededor de sus ojos azules brillantes. Parecía incorrecto que alguien fuera tan hermoso, en especial alguien tan joven. Estaba sentada sobre sus delgadas piernas, lo que levantaba su falda hasta la cadera. Gil desvió la mirada y le dijo:

—Gracias, pero no estoy. —Demasiado tarde. Ya estaba escribiendo en la pantalla, sus uñas plateadas sonando contra el vidrio.

Eric se paró a un lado de Gil y le puso la mano sobre el hombro, como para asegurarse que no se fuera a ningún lado.

—Oiga, lo encontraremos para usted, profesor —el chico le dijo en el oído—. No se preocupe. Comenzó a masajear los hombros de Gil mientras miraban a la chica teclear. ¿Le estaba escribiendo a Matthew? O se había distraído por algún otro mensaje, o había sido absorbida por Twitter, o lo que sea.

—He escuchado sobre usted, profesor, ¿lo sabe? —dijo Eric, su aliento rancio inundó la nariz de Gil—. Matthew me contó sobre usted. Me contó todo sobre usted.

—Muy bien —dijo Gil.

—Sí. Somos amigos, lo sabe. Matt y yo. Me ha contado un chingo de historias locas.

Gil observó a la chica, su falda desacomodada: «Escríbele a Matthew ahora». Cambió sus piernas y Gil pudo ver el triángulo negro de su ropa interior.

—Sí, mierda, ese cabrón está loco, pero probablemente ya sabía eso. De vivir con él, criarlo o lo que sea. Un maldito loco. ¿O no, pendejos? —Lo último, lo gritó al grupo en el sillón.

—Es un maníaco —dijo uno de los jóvenes, un chico gordo con las mejillas repletas de acné.

—¡Así es! —gritó Eric, sacudiendo el hombro de Gil—. Así le decimos: Matt el Maníaco. Es un pinche loco. —Respiró, como si fuera a decir más, luego suspiró y sólo dijo:—. Ese pendejo es el mejor.

La chica se puso el teléfono al oído.

—¿Alguna vez le contó de Albania? —preguntó Eric, y prosiguió sin esperar una respuesta—. Sabes que viajó ahí, ¿no? Para ayudar a unos huérfanos o algo así. El punto es que fue a Albania, y entonces, ¿no te contó?

—¿Qué? —dijo Gil, ya que el muchacho estaba justo a un lado suyo, jadeando de emoción.

—Sobre los niños rata. Así les decía. Ay, Dios —dijo, levantando la voz—. Hombre, es una historia tan cabrona que quisiera que Matt estuviera aquí. Cuando él lo cuenta, Dios, es tan bueno. La cosa es que estaba en esta ciudad, no me acuerdo del maldito nombre, y había estos niños rata. Eran como niños de la calle, o igual y eran gitanos o lo que sea, vagando, comiendo de botes de basura, robándose cualquier cosa. Matt pensaba, si alguien les lleva la cuenta. Digo, no hay nadie cuidándolos. Entonces, empezó a pasar tiempo con ellos, dándoles dinero a los niños rata. Ya sabes, como si fuera su amigo o algo así.

En el sillón, la chica hablaba por el celular, pero Gil tenía a Eric gritándole en el oído y no podía escuchar nada. Ella lo miró con una cara molesta. Dijo algunas palabras inaudibles más. Abrió las piernas, su boca, lentamente, tomó la forma de una sonrisa, y Gil desvió la mirada hacia el suelo.

—Vale, y entonces arma este plan. Digo, por eso le decimos Matt, el Maníaco, y él está…

La chica bajó el celular y Gil se liberó de las garras de Eric para atravesar la sala. Los otros chicos se pusieron tensos, como si hubiera cruzado una línea.

—¿Lo encontraste? —dijo Gil, concentrándose en la chica.

—Ajá —dijo ella, volteando los ojos con la chica a su lado, como diciendo ¿cuál es su problema?

—¿Está aquí, en la ciudad?

—Sí —le dijo, como sorprendida de que a este vejete se le hubiera ocurrido una pregunta incluso más aburrida. ¿Que no terminaría nunca? Arrojó su cabello por encima de su hombro como diciendo que no necesitaba esta mierda.

—¿Dónde?

La chica miró al resto del grupo pidiendo ayuda: ¿Qué le pasaba a este tipo raro que estaba interrumpiendo la historia de Eric sobre los niños rata? La estupidez los paralizó.

—Disculpa, ¿dónde? —dijo Gil, sintiendo a Eric acercarse detrás de él, resoplando por la nariz. Molesto. Pero Gil pronto saldría de ahí. Lejos de esos degenerados.

—Está con Drake en Brooklyn. Eso es lo que me dijo.

—Drake. ¿Dónde vive? —dijo Gil. No querían decirle, pero eran sólo unos niños: tontos, peligrosos y drogados, pero niños.

—En Brooklyn, ¿no? —dijo la chica—.¿Eric?

Eric arrugó la mirada.

—Ajá, sí. Brooklyn. Gowanus. Cerca del canal.

—¿Tienes la dirección? ¿En tu celular?

De repente, Eric lo miraba furioso, pero la resistencia del muchacho se había roto.

—Quizás. Espera.

Gil aguardó paciente, intentando mantener su papel de padre. La manada de tontos podría ponerse en su contra, pero lo consiguió. Esbozó una mueca sutil, como si lo estuvieran haciendo perder el tiempo, aunque él entendía que eran chicos, así que lo toleraría.

Entonces la chica dijo:

—Aquí está, la tengo.

Le dio la dirección.

—Gracias —respondió Gil, repitiendo la dirección en su cabeza y rodeando a Eric, cuyos hombros estaban tensos, como un leopardo a punto de atacar—. Disculpen la molestia.

—Da igual —dijo Eric, sin voltearse para ver a Gil marchar—. Se divierte, profesor. Lo extrañaremos. Gran plática.

Gil cerró la puerta detrás de él, pero no se sintió a salvo hasta que salió por la reja, la cual, gracias a Dios, pudo abrir sin problema desde adentro. Drake. Gowanus. Carrol Stret. Matthew estaba ahí y también Chloe. No lo sabía con certeza, pero se sentía seguro: ella estaba ahí y lo necesitaba.

El metro estaba a unas cuadras. Sin problema podía tomar la línea 6 y transbordar a la F en Broadway. Sixty-fourth estaba casi vacía a esta hora, pero en Lexington la intersección estaba llena de coches. Era la una de la mañana. Chloe estaba en Brooklyn, en casa de Drake. Estaba seguro. Aprovechó una pausa del tráfico para correr al otro lado de la calle, hacia la entrada del metro. La encontraría a ella y a Matthew. Para cuando la detective iniciara su turno en la mañana, Gil podría decirle exactamente dónde se escondía el chico.

29

Salió de la línea F en Carrol Street y bajó por la calle de una cuadra vacía hacia el Canal Gowanus. Brooklyn, o al menos esta parte, no era como lo recordaba. No pasaba mucho tiempo por esos rumbos. porque en su época habían sido tierras de mafiosos, almacenes abandonados, venta de crack y región de asaltos. Ahora de la tierra baldía salían condominios lujosos, mantenidos cuidadosamente. Los nuevos residentes querían autenticidad, la idea de Brooklyn que mantuviera el duro, desaliñado y pintoresco recuerdo del pasado, un parque de juegos neoliberal para millonarios.

Incluso si sólo era decorativo, el ambiente derruido le sugería amenaza en los grafitis sobre las paredes de concreto, las espirales de concertina en una reja de tres metros, que custodiaba un lote vacío: un carro oxidado, una bicicleta sin llantas, tres bolsas de basura arrumbadas junto a la reja, botellas, copas y papeles atorados en la hierba que crecía. Ya no eran los cementerios de las víctimas de la mafia, el destino de estos lotes era volverse otro desarrollo habitacional, como el edificio de Drake: un cubo hecho a capas de vidrio y ladrillo. Chloe estaba ahí con Matthew.

Frente al edificio, un hermoso sendero bordeado de arbustos con árboles y bancas recorría un tramo del Canal Gowanus. Como si a alguien le fueran a dar ganas de sentarse a descansar a unos metros del caudal, verde y sucio —algunas cosas nunca cambian— que apestaba a mierda y deshechos químicos. Era inquietante la solidez que aparentaban las burbujas al subir a la superficie a flotar, iluminadas por los faros de la calle. Un puñado de las ventanas del edificio estaban prendidas, la mayoría sin cortinas o persianas.

Gil llegó al edificio, notó el vestíbulo del tamaño de un almacén. Un portero dentro se acercó a las puertas de vidrio para vigilarlo. Desde donde estaba podía ver los departamentos; había una fiesta en el tercer piso, jóvenes convivían, se reían con demasiado teatro, conversaban mientras miraban sus celulares. Intentó encontrar a Chloe entre ellos, pero eran solo figuras, a veces caras retorcidas de risa.

Llamó al número de Chloe una vez más, pero la llamada entró directo a buzón. La ubicación seguía apagada. Luego llamó a su sobrino, pero no contestó, aunque al menos entró la llamada. Lo intentó otra vez y una tercera. En la ventana, los jóvenes se amontonaban con un aire de coquetería, bebiendo de vasos desechables rojos.

Al cuarto intento, el chico contestó.

—¿Bueno? —le dijo, con el sonido de la fiesta detrás de su voz.

—Matthew. Habla Gil.

—¿Qué? —gritó el chico.

—Gil, tu tío. —Una figura se movió hacia el vidrio y antes de que pudiera ver cualquier señal supo que era su sobrino.

—¿Tío Gil? Qué mierda, ¿es en serio?

—Sí, es muy en serio —dijo Gil, intentando no gritar. El chico en el departamento le estaba dando la espalda a la ventana, pero era él; una figura oscura, una silueta.

—Son las dos de la mañana, y no estoy en Vermont.

—Lo sé —dijo Gil. Desvió la mirada de Matthew en la ventana y vio que el portero estaba del otro lado de la puerta, cruzando los brazos sobre su enorme pecho.

En la ventana sobre él, Matthew se giró —sí, era el chico— y se apoyó sobre el vidrio. Gil imaginó que el cristal se rompía, una marca de nacimiento en la arquitectura, un soporte mal puesto que había causado una fractura indetectable, invisible hasta ese momento de presión, y con ello el vidrio estallaría, el chico colgaría suspendido por un segundo y luego su cuerpo seguiría los trozos de vidrio hacia el suelo. Bajo la ventana había una reja negra con puntas de lanza.

—Matthew, ¿dónde está Chloe? ¿Está ahí?

—¿Chloe? —dijo Matthew, con una risa—. ¿Quieres hablar con Chloe? Estoy bastante seguro de que a ella no le gustaría eso.

—¿Dónde está? —gritó Gil, apretando el celular—. ¿Dónde está Chloe? ¿Está ahí? ¿Está en la fiesta?

Buscó en la multitud, intentando encontrarla, alguna prueba de que todavía estuviera a salvo.

—Deberías respirar, tío Gil. No te derrumbes.

—Matthew, ¿dónde está mi hija?

—No soy su niñero. Entonces, me vale una mierda.

—Hijo de… —comenzó a decir Gil, pero cerró los ojos y respiró hondo—. Matthew —lo dijo con un temblor en la voz—, voy a tener que llamar a la policía. —No quería decirle eso, pero no podía negar el placer que le provocó ver a su sobrino sacudirse en la ventana, buscándolo en la base del edificio. Gil se ocultó detrás de un árbol y apenas podía ver la ventana por entre las ramas, aunque el chico ya no estaba a la vista.

—¿De qué carajo hablas? —dijo Matthew. La música de la fiesta desaparecía, y antes de que Gil pudiera responder, la llamada se desconectó.

El portero miró con desaprobación a Gil correr de regreso a la calle, donde se quedó esperando en una esquina. Podría intentar entrar, explicarle al portero que su hija, una menor, estaba en el edificio y que tenía que encontrarla. Pero el tipo podría llamar a la fiesta, y Matthew podría darse cuenta. Quizás el edificio tenía otra salida, seguramente del otro lado. Pero no había forma que pudiera cubrir ambas. Y esta era la principal. El chico no vivía aquí, no sabía si había otra salida, o eso esperaba Gil. Con que no supiera que Gil lo estaba esperando.

Dos jóvenes se acercaron fumando cigarros. Uno miró a Gil y sopló el humo en su dirección mientras caminaba. Gil pensó que podrían ser amigos de Matthew, pero pasaron el edificio sin bajar el paso y cruzaron el puente. Gil los miró atravesar algunas cuadras, saliendo y regresando a la oscuridad entre los faroles hasta que giraron en una avenida.

Casi diez minutos pasaron —¿dónde carajo estaba, lo había perdido ya? — cuando las puertas del elevador se abrieron al fondo del lobby y Matthew salió, subiéndose el cierre de su chamarra. No había rastro de Chloe. Al llegar a las puertas de vidrio, el chico miró hacia ambos lados, cauteloso. Gil esperaba, temblando, en las sombras.

En cuanto salió, el muchacho revisó su celular, lo desbloqueó, lo guardó y caminó hacia el puente. Gil se subió el cuello de su chamarra, hundió su barbilla en la bufanda y lo siguió. Matthew subió al puente, pero se detuvo a la mitad y se recargó sobre el barandal. No volteó, pero Gil sabía que lo estaba esperando. El puente parecía moverse sobre el canal, como si no fuera de acero y concreto sino cuerda y madera sobre una cañada desmoronada. Gil quería darse la vuelta y huir, pero el chico estaba ahí y ahora, sin explicación. Gil se sentía atrapado. Como si todo esto hubiera sido parte del repulsivo plan del muchacho.

—Qué hay —dijo Matthew—. Qué coincidencia, ¿no?

—Matthew, ¿dónde está Chloe? —dijo Gil— ¿Dónde está mi hija?

—¿Qué chingados? —dijo Matthew, levantando los brazos—. Vaya saludo, tío Gil.

—¿Dónde está? —dijo Gil, avanzando hacia él.

—¿Cómo voy a saberlo? Digo, es una ciudad muy grande. —El chico sonrió y abrió las piernas, dejando claro que no le tenía miedo al viejo.

—Sé lo que hiciste. Lo sé todo —dijo Gil.

—¿De verdad? ¿Qué es lo que crees que hice, exactamente? ¿Por qué no me lo dices?

—Ingrid —dijo Gil, como un tonto, comenzando por el menor de sus delitos, si contaba como uno. Pero claro que contaba. Sin castigo, pero un crimen—. Y tus padres. Sé lo que les hiciste. Sé que contrataste a Thomas. Y sé lo de Susie.

—¿Qué? —dijo Matthew, sacudiendo la cabeza, como si le resultara entretenido—. ¿Susie? ¿Qué tiene que ver ella?

—Los moretones. Sé que fuiste tú, Matthew. Sé lo que hiciste. Te conozco, pedazo de mierda. —Casi estaba gritando ahora y una mujer, del otro lado del puente, alzó la vista y apuró su camino. Un ataque de náusea lo hizo aferrarse al barandal. Todo este tiempo había dejado que este asesino viviera en su casa con sus hijas. A una ya la había intentado matar, y está bien, no las había tocado, pero podría haberlo hecho. Hubiera sido tan fácil. No habría nada que lo detuviera. Se hubiera salido con la suya.

Quizás ya le había hecho algo a Chloe, la había drogado, la había emborrachado. Quizás estaba ahí arriba justo ahora, desmayada en la habitación de algún abusador, así que, ¿qué estaba haciendo aquí con Matthew?

—De verdad que no te funciona la cabeza —dijo Matthew con una risa rápida—. Creo que eso ya lo sabía. Pero ¡qué espectáculo! Te estás luciendo.

—¿Te da risa? ¿Te da risa haber asesinado a tu madre? —Gil se atragantó con las palabras, dio un paso hacia Matthew y, al fin, llamó la atención del chico. Se paró derecho. Entendía sobre la autopreservación.

—¿Qué prueba tienes, pendejo de mierda? ¿El cuento que escribí para tu clase de narrativa? Pero ya estabas seguro de que lo había hecho, ¿no es cierto? Lo habías decidido antes de que lo escribiera. Antes de tu prueba inútil estabas tan seguro. Y no creas que no sé por qué, hijo de puta.

—¿De qué hablas? —dijo Gil, pero Matthew avanzó hacia él. Sus abrigos se tocaban. El cuerpo de Gil pulsaba de miedo y odio. No podía sentir las manos. Si tenía que levantarlas, ¿lo conseguiría?

—Ni siquiera tú eres tan idiota, tío Gil. Dinero. Mi maldito dinero. Quieres inculparme—, aunque no puedes probar nada—, para así quedarte con el dinero. Sé cómo leer un testamento. —El aliento del chico apestaba a cigarros y cerveza mezclados con el tufo químico de la cocaína.

—No se trata de dinero —dijo Gil—. Se trata de mi hermana.

El muchacho tomó a Gil de la chamarra con ambas manos. Matthew era más grande y ahora, aterrorizado,

Gil se dio cuenta de que también era mucho más fuerte. Lo podía sentir en sus brazos, de los que intentaba liberarse. Eran cables de músculo que no cedían.

—Mi madre, pendejo —le gritó el chico—. Mi madre muerta.

—No. —Gil se sacudió entre los brazos de Matthew, intentó empujar al chico de vuelta, pero Matthew no lo dejó ir. El barandal lo golpeó por encima de la cintura, y se le revolvió el estómago al sentir que sus piernas perdían equilibrio, su hombro caía al espacio sobre el agua negra y aceitosa. Matthew no dijo nada, sólo gruñó mientras forcejeaban, el hombro de Gil caía, su cuerpo en desequilibrio, sus pies levantándose por encima del asfalto, su descenso.

De repente ya no estaba sujeto de los brazos de Matthew o su abrigo, estaba intentando sostener el aire hasta que uno de sus brazos chocó contra el puente: un dolor salvaje y agudo y, de repente, el agua se volvió espuma, inundando su cara y rodeando su cuerpo. Su abrigo se llenó y lo hundió como un peso de plomo. El agua entró por su garganta antes de que pudiera cerrar la boca. Todo a su alrededor era oscuridad densa y viscosa. Agitó las piernas y su pie golpeó un fierro, la punta de algo afilado le perforó la espinilla. Abrió sus ojos —ardía, quemaba, pero sólo veía oscuridad hacia abajo—. Sus visión estaba borrosa, y cedía. Sólo había más oscuridad y luego, una nube blanca que había agitado envolviendo su pierna, subiendo hacia su cara, rodeando su barbilla, su nariz, hasta sus ojos, que ya estaban cerrados. Podía sentir cómo lo arrastraba la corriente. Intentó nadar y agitó los brazos, pero una de sus manos golpeó algo de metal, escombros, un barco hundido, un rollo de malla, y la corriente que lo mantenía bajo el agua siguió arrastrándolo. Abrió su boca para gritar, pero apenas él podía escuchar sus gritos que no llegarían, estaba seguro, a la superficie, más que como una burbuja de aire, su última, indistinguible de la espuma sobre la superficie negra y verdosa que poco a poco regresó a su fétido brillo de quietud.

30

Septiembre, 2018

Estaba solo en el salón, seguro porque se había equivocado de hora. ¿Once treinta y cinco? ¿Qué idiota había decidido comenzar a esa hora? Sólo podía esperar, así que se acomodó, revisó Messenger, Snapchat, su correo, y observó cómo llegaban los estudiantes, lanzándose miradas competitivas entre sí. No solo estaban nerviosos: caminaban con la espalda derecha y el pecho de fuera, quizás orgullosos de sí mismos. Después de todo, aquí estaban, en Introducción a Narrativa y Ficción. En Yale, había que aplicar para entrar a la clase, había que entregar una carpeta de escritura. Te tenían que elegir, convertirte en uno de los elegidos.

Parecía que era el único estudiante de primer año, si todavía contaba como su primer año, con todos los créditos que había transferido. Algunos de los estudiantes ya se conocían y conversaban a susurros en grupos: el chico latino con sobrepeso y sin habilidades sociales —obviamente gay— le contaba una historia, con un susurro falso, a una chica arreglada de gótica. A pesar de la ropa monstruosa, el maquillaje, y su cabello, era bonita. La chica ignoró su mirada, «Oh, cariño. Dale tiempo».

Le habían informado, con floreos de condescendencia, que los alumnos de primer año en Yale usualmente tomaban Introducción a la Escritura Creativa, una clase a la que no había que aplicar, entonces, ¿por qué no hacía eso? Les explicó que ya había tomado una clase así antes; sabía que había sido en Essex pero, de igual forma, no le gustaba repetir el material. Además, ¿qué no la profesora lo rechazaría si sus escritos no eran lo suficientemente buenos? Tanta duda y preocupación sobre las normas y reglamentos. Pronto le dijeron que estaba bien y podría tomar la clase. Quizás habían conectado su apellido a la donación reciente que la Facultad de Inglés había recibido por la cantidad de doscientos veinticinco mil dólares. Había estado ahí por una semana y todavía no sabía qué pensar. Claro que era mejor que la mayoría del resto de las opciones, como Vermont.

Vermont había sido un desastre, y seguramente había empeorado con la desaparición de su tío, como la llamó la detective que habló con él. Sabían que Gil había ido a la ciudad; habían encontrado una bolsa con sus cosas en el departamento. ¿Lo había visto Matthew, acaso se había puesto en contacto con él? Sabían que sí porque podían revisar los registros telefónicos, así que era mejor quitárselo de encima: su tío le había marcado, le había dicho que estaba en la ciudad, que deberían reunirse, pero acordaron verse en la mañana siguiente, ya que Matthew estaba con amigos y era tarde. ¿Recordaba la hora exacta? No, sólo sabía que era tarde, pero podía revisar su teléfono; al parecer la una con veintiún minutos en la mañana. ¿Y no había vuelto a escuchar de él después de eso? No. Era tan extraño, era como si su tío hubiera desaparecido.

Luego vinieron las preguntas con las que su maldito tío demostró ser más peligroso de lo que el muchacho había pensado. Al parecer Gil, le había dejado mensajes a la detective sobre el cuento de Matthew. La detective le preguntó si había escrito algo parecido y él le dijo que sí, que había escrito sobre sus padres, sus muertes y todo se le hacía bastante normal, considerando la situación, pero no sabía qué había dicho su tío al respecto, así que no sabía si la descripción era fiel. La detective le preguntó si tenía una copia, y él le dijo que no. ¿De verdad? ¿Ni siquiera en su computadora? ¿Correo electrónico? ¿En ningún lado? ¿Por qué no? Era claro que comenzaba a pensar que Gil tenía razón o, al menos, que valía la pena investigar más. Matthew, manteniendo la calma, le comentó que sólo había sido un ejercicio: el profesor Duggan les había pedido que tomaran un evento de la vida real para escribirlo desde una perspectiva nueva; convertir al villano en héroe. Ese tipo de cosas, un experimento. Sin embargo, Matthew se había sentido mal al escribir sobre sus padres, sentía que se había aprovechado de ellos. Así que cuando le dieron sus copias de regreso, las había tirado…

La detective no se veía convencida, y sólo para dejarlo claro, le volvió a preguntar si no tenía ninguna copia del cuento. "No, disculpe", debió haber conservado una, pero las había tirado todas después de clase, y su computadora había tenido una falla en el sistema. No quedaba nada en el disco duro; incluso había tenido que comprar una nueva. Esta parte, al menos, era verdad: el hecho de que había borrado toda su información, no la falla en el sistema. ¿Y había alguna posibilidad de que alguno de sus compañeros tuviera una copia? Le dijo que era posible, aunque al final del taller usualmente se entregaba el cuento de regreso a quien lo hubiera escrito, pero tal vez, le dijo, alguien podría haberse quedado con una copia —Alice casi se le escapa, pero la había encontrado, llorando en el pasillo. Y la copia del tío Gil se había hundido en el canal con él. No había otra explicación. No la encontró en el departamento o en el carro ni en ningún otro lado—. La detective había dicho que hablaría con sus compañeros para ver si tenían una copia en algún lugar. Era extraño, ¿no le parecía? que todas las copias hubieran desaparecido. Bueno, le dijo, no era exactamente Chéjov, no era una pérdida importante para la literatura. Lo había dicho como un chiste, pero la detective no había sonreído. Ella lo observaba, analizaba, evaluaba su culpabilidad. Al parecer los detectives habían entrevistado a algunos estudiantes y, quién sabe, quizás habían estado de acuerdo con el profesor Duggan, habían dicho que la historia era bastante perturbadora, considerando que los padres de Matthew estaban muertos, pero eso no probaba nada. Tenía permitido escribir cuentos perturbadores. Matthew lo sabía.

Después de eso, sus abogados habían intervenido: no podían hablar con él sin su abogado; tendrían que informarles por adelantado; había preocupaciones de que la policía estuviera violando los derechos de Matthew.

Consideró regresar a Vermont, quizás era el mejor escondite, pero supo que sería un error. Su presencia aterraría a Molly, y la orillaría a tomar acción. Así que se quedó en la ciudad, primero con Eric, luego, cuando ya nadie estaba poniendo tanta atención, regresó a su departamento. Sólo había estado ahí un par de noches cuando recibió el correo de Molly, el único contacto que había tenido con ella desde el inicio de las vacaciones. ¿Qué sabía Matthew? ¿Había visto a Gil? Por favor, ¿no había algo que supiera, que pudiera decirle? Todo estaría bien, ¿no era así? Ella sabía que Gil había estado teniendo problemas, quizás debió haber sido más comprensiva, debía haber algo que pudieran hacer. ¿Pero qué? ¿Qué podría haber hecho Molly?

No le contestó, reenvió el correo a sus abogados, pensando que le sería útil si en algún momento a alguien se le ocurría enviarlo de nuevo a Vermont: no era un espacio seguro, no se sentía bienvenido en la casa. Si le hubiera respondido, le habría dicho que no, que lo disculpara, las cosas no estarían bien, no para Gil. Para Molly no sería una sorpresa porque sabía bien quién era su esposo tanto como él. Había escuchado a su madre mencionar a Gil, su intento de suicidio, un par de años después de su visita a Montauk. Desde entonces supo que su tío era débil, sugestionable. De igual forma, algún día Molly obtendría su respuesta. Limpiarían el Gowanus y encontrarían su cuerpo o habría una tormenta y lo que quedaba de su cadáver flotaría a la superficie. O tal vez ya había llegado hasta el mar. Uno podía soñar.

No estaba seguro de cómo había terminado su tío en el canal. Se habían estado empujando, sí, era cierto, pero luego su tío había intentado embestirlo y se había golpeado contra el barandal y había caído. Recordó el olor que salió del agua mientras Gil se hundía, un hedor vil, como a culo sucio, supurando en el calor del verano. Recordó su sorpresa al ver lo rápido que su tío se había desvanecido, como si el canal se lo hubiera tragado. Voraz. Más allá de unas cuantas burbujas, no había señal de él. Parecía que el río hubiera sido un portal a otra dimensión. La respuesta era más simple: se había atorado con algo. El canal estaba lleno de escombro, basura, fango. Sitio *Superfund*. La reserva de aguas navegables más contaminada en Norteamérica.

Por un segundo Matthew consideró lanzarse, al menos para ver a dónde se había ido su tío —quizás sería como esa escena en el excusado en Pynchon en que Slothrop sigue a su harmónica—o, ya sabes, para sacarlo. Pero era el Canal Gowanus. ¿Qué no nadar ahí sin protección era fatal? Podría provocar cáncer, o peor, una mutación, fango radiactivo. Miró a su alrededor para pedir ayuda, pero no había nadie. La chica que los había pasado en el puente se había ido. En la ventana luminosa del departamento de Drake, la fiesta seguía. No había nadie señalando, gritando, llamando al 911. Si la policía hubiera estado a la vuelta de la esquina, habrían llegado demasiado tarde.

Además, habían bebido, y le harían preguntas. ¿Qué había ocurrido? ¿Cómo? ¿Qué es lo que había hecho? Como no podía recordar exactamente cómo había caído su tío, decidió que lo mejor era no hacer nada. Después de que pasaron unos minutos, ya no tenía caso. ¿Por qué se involucraría con un accidente, una muerte? Tenía demasiado de que preocuparse ya.

Por poco no veía el teléfono, que debió haber caído del bolsillo de Gil durante el forcejeo. Sólo notó el reflejo de luz en la pantalla una vez que se dio la vuelta para regresar a la fiesta. Lo recogió, y se dio cuenta de lo cerca que había estado de la ruina. Su tío lo había llamado desde el edificio. Se darían cuenta porque, con seguridad, había cámaras.

Al regresar al edificio, de nuevo, había estado cerca: las puertas se abrieron y Chloe y Lily salieron, subiéndose el cierre de sus abrigos. Matthew se metió el celular al bolsillo.

—Tenemos que irnos —dijo Chloe cuando estuvieron cerca—. Mi papá me está marcando sin parar y, si se entera que estoy aquí, va a volverse loco.

Lily estaba detrás de Chloe, sonriéndole a Matthew sin ningún intento por esconder su deseo, que era todo lo que había hecho desde que llegaron a su departamento, preguntando si podían pasar un rato. Lily parecía un poco un caballo: su nariz un poco chata, su cara un poco larga, pero su sonrisa era totalmente permisiva. Podría haber hecho cualquier cosa con ella, pero ahora se había arruinado.

—Está bien —les dijo—. Se está haciendo tarde.

Estaban al borde del puente y Chloe se asomó por el barandal un segundo. Matthew pensó que quizás vio algo, una forma, su padre, la manga de su abrigo, el bulto pálido que tenía por cabeza, pero cuando miró para abajo sólo vio la superficie negra y lenta.

—Les puedo pedir un Uber —dijo Matthew.

—Ay, cómo crees, va a salir carísimo —dijo Lily.

—Cierto, pero ya no hay tren a esta hora —dijo Matthew.

Las esperó como un caballero hasta que llegó el Uber Black.

—Muy bien, adiós —dijo, justo cuando Chloe estaba a punto de abrir la boca para decir algo más, quizá preocuparse por su padre; si Matthew lo había visto, ¿qué si estaba en la ciudad? ¿Él sabía? Pero al azotarse, la puerta cercenó las palabras y la SUV se alejó.

Finalmente, Matthew se había liberado de los Duggans.

En el trayecto de regreso a su departamento había tenido tiempo de planearlo todo, así que se llevó el celular de

Gil a casa. Sabía su contraseña, lo había visto ponerla varias veces. A las cuatro de la mañana le marcó a Molly, confiando en que estuviera dormida. El teléfono sonó cuatro veces antes de entrar a buzón. Colgó, apagó el celular, salió del edificio por la puerta trasera, capucha puesta, mirada baja. Se subió a un taxi sobre Park Avenue y le pidió al conductor que lo llevara al puente George Washington.

—No te vas a matar, ¿o sí? —le preguntó el taxista. Matthew lo ignoró.

Buscó un lugar lejos de las cámaras entre el enredo de pasos a desnivel cerca del puente, aunque era imposible estar seguro. Le pidió al taxista que se detuviera junto a un paso a sobrenivel, y en cuanto el coche se alejó, el muchacho subió por el inclinado dique de concreto y esperó en el paisaje lunar, oscuro, apestoso y lleno de mierda de paloma. Cuando sus ojos se ajustaron a la oscuridad, notó una pila de ropa empapada, desintegrándose, adquiriendo el mismo color gris-marrón del concreto, había envolturas de comida y, probablemente, si se hubiera puesto a buscar, habría encontrado más: agujas, bolsas de heroína vacías. Su muslo comenzó por estar en cuclillas sobre el concreto vuelto basurero, y casi podía ver a Gil ahí, jadeando, aterrado, resistiendo en la oscuridad del concreto, intentando convencerse de no hacerlo, pensando en sus hijas y en Molly, lo que su muerte significaría para ellas.

Todo ese dolor no era suficiente para luchar contra el odio propio que se envolvía alrededor de su cuello, apretando, aplastando. La única forma de escapar era saltando. Tenía que hacerlo. Matthew podía verlo ahí parado, perdiendo el equilibrio, subiendo por la pendiente, llegando a la curva que lo llevaría directamente al puente. Tomando el paso peatonal por uno de los costados del puente, rodeado por la oscuridad, caminando hasta el lugar en el que el puente cruza el Hudson. Las oscuras aguas brillaban debajo de él. El barandal no estaba alto, y cruzó al otro lado sin problema, se paró en el borde, se dejó ir, y el viento acarició su cara, acelerando mientras caía hacia el caudal oscuro bajo él.

Después de una hora, encendió el celular de Gil. Ahora había un riesgo de verdad. Eran casi las seis de la mañana. Molly podría contestar ahora. Pero este era el plan. Llamó a su tía desde el teléfono de su tío, y la suerte estaba de su lado. Cuando la llamada entró a buzón y sonó el tono, sostuvo el celular para que se escuchara el rugido de un taxi que pasaba, quizás el sonido lejano de los coches pitando. Luego apagó el teléfono, lo aplastó, lo pisoteó y,cuando estuvo seguro de que estaba destrozado, lo echó a un charco aceitoso.

Sabía que podían rastrear el celular y no quería que buscaran en Brooklyn. Ahora se enfocarían en el norte de la ciudad y en el puente. Asumirían que Gil había saltado desde ahí. No estaban tan equivocados. Supuso que el rastreo del celular había ocurrido, aunque él no se había enterado de ello, y se preguntó cómo se explicaban el hecho de que ninguna cámara había capturado a

Gil al entrar al edificio la noche que desapareció. Matthew sabía que había cámaras en la entrada y sabía que había cámaras en el puente, así que, ¿cómo explicaban la ausencia de esas imágenes, un hombre corpulento en un abrigo, cruzando el pasamanos? La historia no estaría completa, lo sabía, pero igual parecía haber funcionado, hasta ahora. Porque ahí estaba, en Yale, y nadie había insinuado que le hubiera hecho daño a su tío. Había actuado para establecer su inocencia, hasta donde podía. La peor parte había sido atender el juicio de Thomas Gashi.

Toda la semana se sentó en primera fila, con la mirada fija sobre Thomas, quien sólo lo miró una vez, cuando el fiscal le preguntó si tenía algo que quisiera decirle a Matthew Westfallen, sentado ahí en la sala. Thomas —quien admitió en su indescifrable acento que había chocado el Ferrari con el camión; quien dijo que no había visto la luz roja, que había sido todo un accidente— lo miró. Era un mal momento; sus ojos tristes y amarillentos lo hacían lucir como un sabueso enfermo. Thomas dijo:

—Sí, me gustaría decir que lo siento. Lo siento muchísimo. Fue un accidente horrible. Lo siento tanto.

Ese hombre retorciéndose en su silla era probablemente la última persona que vio a sus padres con vida, al menos había visto la cara de su madre girar antes de que le pasara por encima. Quizás había visto su cara, su miedo, un breve instante de pánico total en el que quizás pensó en él, su Matthew. Se dio cuenta que estaba llorando y lo dejó fluir, la tristeza; dejó que corriera como agua fría en la punta de sus dedos, en la punta de su nariz. Alguien había escrito un artículo sobre el juicio, el veredicto, en el *Times*: culpable de homicidio criminal negligente, declarándose culpable de asesinato—, y habían mencionado sus lágrimas. Eso había sido en junio.

Ahora estaba en Yale, donde sus padres siempre esperaron que terminara. Tradición familiar o alguna mierda así. Sin embargo, a pesar de todo, era bueno ser libre, incluso si su dormitorio estaba lleno de imbéciles engreídos de género fluido.

La maestra de Narrativa —la reconoció de una de las fotos de sus libros, que había leído en el verano— entró y se sentó detrás de su escritorio, dándoles la bienvenida mientras sacaba cosas de su mochila. A algunos los saludó de nombre y a otros, incluyendo a Matthew, parecía estudiarlos, como si intentara ligar cada cara a las carpetas que había leído. Les repartió rúbricas y sugirió que se presentaran antes de comenzar con la burocracia académica. Desafortunadamente, no había forma de hacerlo sin sacrificar un poco de su dignidad con un *rompehielos,* así que tal vez podrían empezar con su nombre, grado, carrera, de dónde eran, qué estaban leyendo y qué estaban escribiendo. ¿Quién quería empezar?

Cuando fue el turno de Matthew, les dio la información solicitada —algunos parecieron interesarse cuando admitió que era estudiante de primer año—, mencionó su obsesión reciente con Nabokov, y dijo:

—En términos de proyectos, estoy trabajando con un escrito al que llamo «cosa»; es largo, así que supongo que será una novela.

—Una novela —dijo la maestra—. Ambicioso. ¿Nos puedes contar de qué se trata?

—Se trata de una familia en Vermont que se ve obligada a recibir a su sobrino cuando los padres de este mueren. Está narrada desde la perspectiva del padre, que comienza a perder la cordura hasta convencerse de que su sobrino mató a sus padres.

—¿Narrador no fiable? —dijo la profesora.

—Es tercera persona, pero equisciente, entonces podrías decir que sí.

—Si planeas entregar partes de la novela para el taller —le dijo, claramente haciendo la conexión entre él y su carpeta de escritura, sonriendo, satisfecha—, asegúrate de incluir un resumen, tanto como puedas, que le dé contexto al fragmento.

—Claro —contestó Matthew—. Gracias.

Luego pasaron al siguiente estudiante, y sintió cómo se liberaba de su atención. Ya había terminado la novela, la había escrito durante el verano, durante y después del juicio, con la ayuda de la libreta de su tío. Tras lo que ocurrió en Brooklyn, había regresado a casa y había esculcado la maleta de su tío. Ahí encontró el cuaderno. Al hojearlo esa noche vio su nombre y decidió esconderlo.

Lo encontró otra vez, semanas después, en uno de los bolsillos interiores de su mochila. La mayoría de las entradas eran fragmentos; un par de enunciados, una imagen o un símil. Y, justo como se había imaginado, casi todo era sobre él. Matthew, el monstruo. Matthew, el asesino. Matthew, el genio criminal. Quizás Gil lo veía como un diario, aunque seguramente le puso un nombre tonto como *cuaderno de escritor*. Matthew probablemente debió haberlo quemado, pero a medida que leía las entradas, sintió que su novela tomaba forma. No quería llamarla así porque no quería sonar pedante, pero era Yale, de alguna forma, era lo que se esperaba de él. Ambicioso, como dijo la profesora. Y la ambición no era algo que le hiciera falta.

31

Seis cosas a la vez. Lo mismo que cualquier otro día, ya debería estar acostumbrada. Lo estaba, pero eso no significaba que no fuera una mierda. Luego, justo al final de la junta de la mañana, le dicen: «Ah, sí, mueve a Patch». Otra vez, en lunes. Lo que Patch necesitaba no era una habitación distinta, eran más exámenes, medicamentos distintos. Había abierto los ojos la semana pasada, sólo por un minuto, más o menos, pero igual, era la primera vez que los abría. Se lo había comentado a varios doctores, pero ahora que progresaba, tras todos estos meses, ¿les importaba? «Sólo cámbialo al final del pasillo, donde no estorbe». Tendría que pedirle ayuda a Jerome.

Pero Patch no era una prioridad en su lista. Había revisado sus tablas. Tenía que hacer que el 710 bebiera la tinta de contraste, porque las tomografías pronto estarían saturadas. Tenía que hacer el inventario de sus habitaciones.

No era una sorpresa, eran un desastre. ¿Cuántas veces tendría que pedirles que cambiaran las sábanas? Y ya le había echado un vistazo al baño de la 720. Necesitaría una máscara sólo para entrar.

Eventualmente tuvo tiempo —la tomografía no mostraba nada fuera de lugar—, y aunque hubiera preferido quedarse en su computadora o llamar a su madre, fue a buscar a Jerome, segura de que estaba en la entrada de ambulancias.

—Oye, grandulón, te necesito —le dijo mientras las puertas se abrían, dejando entrar el calor.

Jerome estaba demasiado cerca de las puertas para estar fumando. Tenía un aire que sugería que sólo era una cuestión de tiempo antes de que estrangulara a alguien. Si no lo había hecho ya. Jerome le había dado su nombre a Patch, aunque ella nunca entendió por qué. Cuando le pregunto, sólo dijo:

—Porque ese es un pinche nombre, obviamente. —Ahora, Jerome se pasó la mano por la barba y dijo—: Me alegro por ti, pero necesito este cigarro.

Jaló el humo con furia y lo dejó salir por su nariz. Le dijo:

—¿Quieres uno?

—Estoy bien —respondió ella, dando un paso hacia un pequeño cuadrado de sol. Debían estar a treinta y tantos. Al otro lado del lote, dos hombres bajaban una camilla de una ambulancia. El cuerpo, que parecía ser de alguien viejo por lo delgado de su figura, se meció y sacudió. La sábana que lo cubría se corrió, revelando un brazo delgado y huesudo, amarrado con demasiada fuerza a la camilla. Para cuando lograron liberar la llanta del lugar en que se había atorado con la defensa, Jerome arrojó su colilla, haciendo saltar chispas sobre el asfalto negro.

—A la mierda, vamos —dijo, despegando su enorme cuerpo de la pared.

Ella había estado de guardia la noche que trajeron a Patch. Lo habían sacado del río en Red Hook: sin chamarra, sin pantalones, sin identificación, con hipotermia. Le había dado un paro cardiaco en la ambulancia, sus signos vitales se estaban desplomando cuando ingresó. Su olor era horrible, pero distinto al de la mayoría de los indigentes. Desarrolló pulmonía y nadie pensó que sobreviviría.

Esa primera noche, ella le había calculado una semana, pero luego pasaron tres más. Las probabilidades de que despertara eran escasas, pero de alguna forma él siguió. Contactaron albergues; sin embargo, no había registro de alguien con sus características, aunque no tenían mucha referencia que darles. No era como que a alguien le importara, pero ella hizo su mejor trabajo. Quizás porque presentía que este no era un desconocido. A pesar del olor, se veía más arreglado que la mayoría. Su barba lo estaba, no tenía parásitos, ni piojos, ninguna infección o algún a llaga, sólo una herida abierta en su pierna que necesitó un tratamiento de antibióticos. Ella lo había rasurado y su piel no estaba seca ni quebrada, que era lo que le pasaba a la piel de los indigentes durante el invierno. Sus manos eran suaves, con las uñas cortas. Alguien había cuidado de él en un albergue hace poco, quizá. Lo había comentado con el Dr. Grodin, pero él sólo había asentido de forma constante y ausente, luego le había dado el portapapeles y se había ido, vadeando, como si tuviera algo metido en el culo.

El trabajador social de la ciudad vino esa primera semana, pero cuando ella sugirió que buscaran los registros dentales, al hombre le había dado un escalofrío, dio unos golpes leves a su libreta con su pluma, sacudió la cabeza y dijo que no; él estaría atento a los reportes de personas desaparecidas. Ella apenas lo recordaba: pantalones cafés que le quedaban demasiado grandes, un bigote, o quizás era barba y bigote, cabello marrón y delgado. Recordaba un detalle en específico: su camisa estaba mal fajada, atorada en el cinturón, exponiendo un cacho de su estómago pálido, lleno de vellos oscuros que parecían alambres. Sospechaba que el hombre jamás había llenado el papeleo inicial, porque cuando quiso contactarlo para darle seguimiento al caso unas semanas después, le informaron que él ya no trabajaba en la agencia y que pronto alguien más se encargaría. Cuando presionó sobre este caso en particular, la mujer al otro lado de la línea se enfadó y le dijo que había muchos cambios en ese momento y que fuera paciente. ¿Podía ser paciente? ¿Podía esperar? Bien. Nunca escuchó de la agencia de nuevo. Jerome dijo que tenía que orinar y se desvió antes de que llegaran a Patch; ella entró sola, tomando nota mental de lo que podrían dejar conectado para evitarse más papeleo. Definitivamente podían quitarle el intravenoso, así que levantó la mano de Patch, aflojó la cinta, y entonces sintió cómo apretaba. Suave, pero constante.

—Hey, hola. ¿Te sientes mejor? —le dijo, observándolo. Sus ojos estaban abiertos, pero no como la última vez: ahora no tenía la mirada vacía. Sus ojos estaban enfocados en ella. Su cabeza había girado en la almohada. O, quizás, él la había movido. Tenía una mirada salvaje y de miedo.

—¿Me puedes escuchar? —le dijo, tomando su mano—. ¿Me escuchas?

Él apretó su mano nuevamente y sus labios se movieron, apenas logrando mover el aire. Lo intentó, un gemido suave, recorriendo su cara con la mirada.

Ella presionó el botón de llamada a un lado de la cama mientras sostenía su mano.

Él la miraba, frenético. El sonido de su pulso en la máquina se aceleró.

—Mantén la calma, vas a estar bien. Todo va a estar bien. Te estamos cuidando. —Sintió algo que no había experimentado en mucho tiempo. Emoción. Este hombre tendría que estar muerto o en un coma permanente, pero aquí estaba, despertando. En gran medida, gracias a ella, que lo había cuidado, no solo por su cuenta, claro, había otros pero, ¿les importaba? Ella lo volteaba, lo bañaba, lo alimentaba, a veces revisaba su estado cuando no estaba en turno porque lo sabía, sabía que despertaría. De alguna forma, lo había salvado.

Patch se quedó despierto por más de media hora antes de dormir de nuevo —le preocupaba que se les fuera a ir, uno de esos momentos de consciencia, más comunes de lo que la gente se imaginaba—, pero tres horas después despertó de nuevo. Intentó hablar, pero no podía mover la boca. Ella le hizo preguntas que él contestaba con apretones. ¿Recordaba quién era? Apretón. ¿Sabía dónde vivía? Apretón. ¿Sabía dónde estaba? Nada. Esto no le tocaba a ella. Había especialistas que querrían verlo. Regresas a la consciencia después de meses. No era un milagro, ella lo sabía. Era ciencia, pero se sentía así. Su propio milagro. Santa Helena. Sonaba bien y podía vivir con eso.

Pasaron tres días antes de que pudiera decir una palabra. Lo primero que ella hizo esa mañana fue entrar a su cuarto a preguntar:

—¿Cómo te sientes hoy?

Cuando apretó su mano, ella dijo:

—Señor, ¿puede decirme su nombre? Lo necesitamos para poder ayudarlo.

Sus labios temblaron y salió un sonido, uno distinto. Más que un gemido.

—¿Puedes intentarlo de nuevo? —le preguntó, acariciando el dorso de su mano.

Arrastraba las palabras y era difícil entenderlo, pero ella hizo que lo intentara una y otra vez. Lo escribió para ver si podía leerlo, para confirmar lo que había escuchado.

Escribió: «Bill». Él sacudió la cabeza, lo intentó, pero ahora el sonido era imposible de descifrar.

—Primera letra —le dijo—. Intentemos eso.

El hombre cerró sus ojos, concentrándose. Su boca se arrugó e hizo un sonido: *G*. La forma de sus labios, el sonido bajo. Tenía que ser, así que escribió *G* en su libreta y él asintió. Su cara se llenó de alivio. Lo tenía: «Gil». Lo escribió. ¿Estaba bien? ¿Era Gil su nombre? Él entrecerró los ojos, la miró y asintió. Parecía estar a punto de llorar; su ritmo cardiaco se aceleraba.

—Hola, Gil, un gusto conocerte. Espero que te estés sintiendo mejor.

El hombre cerró sus ojos y respiró profundo por la nariz.

—Muy bien, Gil —le dijo—. Son grandes noticias. No te preocupes, te arreglaremos y luego te llevaremos a casa.

AGRADECIMIENTOS

Gracias a mi editora, Andrea Walker, por su edición incisiva, sus consejos, y por creer con todo su corazón. Gracias al equipo de Random House, en especial a Andy Ward, Robin Desser, Emma Caruso y Noa Shapiro. Gracias a Luke Brown y a todas las personas de Serpent's Tail. Gracias a Anna Stein, una maravillosa agente que lideró esta novela a través de múltiples borradores hacia las manos indicadas. Gracias a Sophie Lambert, Claire Nozieres, Enrichetta Frezzato, Julie Flanagan, y Will Watkins.

Gracias a Jessie Chaffee, Brendan Kiely, Cara Blue Adams, Cam Terwilliger, Deborah Treisman, Kenny Cummings, Miranda Beverly-Whittemore, David Lobenstine, Michael Kardos, Katie Pierce, Nicky Beer, Brian Barker, Ashley Van Valkenburgh, Brian Ewing, Bethany Godsoe, y Neil Giacobbi por su amistad y su apoyo a lo largo de la escritura de este libro.

Gracias a mi madre, Peggy Oates, y a mi padre, Thomas Oates, a quien extraño todos los días. Gracias a mis hermanos, Tom, John, y Brendan. Gracias a Mary y Tom Wilkinson y a Jenny Wilkinson y Joel English.

Gracias a Sylvie y Baxter, por su paciencia y sus juegos y la felicidad. Sobre todo, gracias a Amy Day Wilkinson, mi primera lectora, mi pareja brillante, hilarante, paciente e interminablemente generosa, sin ella no me habría sido posible escribir este libro. Gracias por nuestra vida juntos.